Salamanda Drake

Sternenstürmer

cbj

Salamanda Drake

Sternenstürmer

Das Drachenturnier

Aus dem Englischen
von Anne Braun

cbj

cbj
ist der Kinder- und Jugendbuchverlag
in der Verlagsgruppe Random House

FSC
Mix
Produktgruppe aus vorbildlich
bewirtschafteten Wäldern und
anderen kontrollierten Herkünften

Zert.-Nr. SGS-COC-1940
www.fsc.org
© 1996 Forest Stewardship Council

Verlagsgruppe Random House FSC-DEU-0100
Das für dieses Buch verwendete FSC-zertifizierte
Papier *München Super Extra* liefert Arctic Paper
Mochenwangen GmbH.

1. Auflage
Erstmals als cbj Taschenbuch November 2009
Gesetzt nach den Regeln der Rechtschreibreform

Die englische Originalausgabe erschien 2008
unter dem Titel »Dragonsdale – Riding the
Storm« bei The Chicken House, London
Übersetzung: Anne Braun
Innenillustrationen: Petra Kolitsch
Umschlagbild: Heike Vogel
Umschlaggestaltung: Basic-Book-Design,
Karl Müller-Bussdorf
im • Herstellung: ReD
Satz: Uhl + Massopust, Aalen
Druck: GGP Media GmbH, Pößneck
ISBN 978-3-570-22044-3
Printed in Germany

www.cbj-verlag.de

DIE INSELN VON BRESAL

Weit draußen im Ozean, jenseits aller uns bekannten Küsten, schwebt eine gewaltige Nebelwolke – der Schleier.

Der schimmernde weißliche Vorhang des Schleiers verbirgt ein wunderbares Geheimnis.

Denn jenseits des Schleiers liegen die Inseln von Bresal – das Land der Seligen.

Diese Inseln sind die Heimat von Menschen und Meerleuten, von Parden und Peritonen, von Gleitechsen und Seeböcken …

… und von Drachen.

1. Kapitel

Blutstau in der Lunge, bellender Husten, geschwollener Hals mit mehr Ruß darin als in einem verstopften Kamin.« Alberich Drachenmedikus hatte Mondfee gründlich untersucht und erhob sich wieder. »Es ist Kocker, eindeutig. Sie braucht vor allem viel Ruhe«, fuhr er in strengem Ton fort. »Und dreimal täglich je eine Dosis meines Spezialsirups – *meine* Mischung wohlgemerkt, nicht dieses Quacksalberzeug, auf das Mistress Hildebrand so große Stücke hält.« Er verzog das Gesicht, ehe er noch hinzufügte: »Und bloß kein Fleisch!«

Mondfee warf ihm einen leidenden Blick zu und hustete erbärmlich. »Und selbstverständlich nicht Fliegen!« Alberich beäugte Britta so streng, dass man fast glauben konnte, er ginge davon aus, sie würde – kaum dass er ihr den Rücken kehrte – ihren schwerkranken Drachen satteln und reiten, bis er zusammenbrach.

»Sehr wohl, Meister Alberich«, sagte Britta brav.

»Nun, ich muss los, zur Schau von Echsenwald. Sieht man dich dort?«

Britta biss sich auf die Lippen und schüttelte den Kopf.

»Nein, wohl kaum … Dann lebe wohl und kümmere dich um deinen Drachen.« Alberich nickte ihr zum Abschied zu und marschierte mit seinen typischen, reiherähnlichen Schritten aus dem Stall und dann über den gepflasterten Hof. Britta begleitete ihn bis zur Stalltür und schaute ihm nach, als er auf seinen Drachen stieg, der fast ebenso dürr und langgliederig war wie sein Reiter. Der Drachenmedikus schnallte sich auf dem Sattel fest und zog an den Handzügeln. Sein Drache breitete die großen Flügel aus. Als er sich in die Luft erhob, flatterten die Rockschöße des Reiters im Wind, fast so als würden sie ihm beim Fliegen helfen. Bald schon waren der Drachenmedikus und sein Reittier so hoch über dem schlichten Steingebäude von Gut Drachenwelt, dass man kaum noch erkennen konnte, wo der Drache aufhörte und der Reiter begann.

Britta kehrte in den Stall zurück, kniete sich neben Mondfee und streichelte den knubbeligen Höcker über ihrem linken Auge. Mondfee sah wirklich jämmerlich aus an diesem Morgen. Ihre Augen waren trüb, ihre Nase triefte. Teilnahmslos und schniefend, rutschte sie auf ihrer Schlafplattform aus Bimsstein hin und her.

»Oh, Feechen«, sagte Britta betrübt, »was mache ich nur mit dir?«

In diesem Moment streckte Cara ihren Kopf über

den geschlossenen unteren Türflügel. »Na, wie geht es unserer Patientin?«

»Ach, sie hustet noch immer wie eine alte Geiß«, erwiderte Britta. Wie zur Bestätigung ihrer Worte gab Mondfee einen trockenen Huster von sich. Eine zarte Rauchwolke kam aus ihren Nüstern.

»Meinst du, sie hat Appetit auf eine kleine Peritonenkeule?«

Britta schüttelte den Kopf. »Sie darf kein Fleisch fressen, hat Alberich gesagt.«

»Na schön, dann eben das hier.« Cara betrat den Stall und wühlte in den Taschen ihres Reitjacketts. Sie förderte einen Apfel zutage, den sie Mondfee unter die Nase hielt, doch der Drache schnaubte nur gekränkt und schob seine Schnauze unter den Schwanz.

»Feechen! Wo sind deine Manieren geblieben?«, rief Britta tadelnd und blickte Cara entschuldigend an.

»Macht nichts«, sagte Cara. »Ich habe auch immer schlechte Laune, wenn ich Halsweh habe. Und dabei ist mein Hals sehr viel kürzer als der von Feechen.«

Britta seufzte. »Das arme, alte Mädchen.«

»*Du* bist hier das arme, alte Mädchen. Du hast in dieser Saison schon so viel Pech gehabt. Bei der Schau in Flügelheim warst du krank, jetzt bist du wieder gesund, aber dafür hat es nun Mondfee erwischt. Das ist einfach nicht fair!«

Britta seufzte. »Na ja, das kann einen Seemann nicht erschüttern. Außerdem … sag mal, solltest du nicht längst auf dem Weg zur Flugschau von Echsenwald sein? Sternenstürmer muss sich vor dem Wettkampf doch noch etwas ausruhen. Müsst ihr nicht endlich los?«

»Doch, und deshalb bin ich hier«, sagte Cara fröhlich. »Du kommst nämlich mit!«

»Oh, Cara, das würde ich ja schrecklich gerne tun, aber es geht nicht. Ich muss bei Mondfee bleiben …«

»Mondfee will sicher nur schlafen. Ich glaube nicht, dass sie großen Wert darauf legt, dass du wie eine besorgte Glucke um sie herumschleichst.«

»Aber ich muss ihr dreimal täglich ihre Medizin geben …«

»Das kann auch Bran machen.« Cara deutete mit dem Kinn zur Stalltür, hinter welcher der Aufseher der Stallburschen zu hören war, der seinen Untergebenen gerade neue Aufgaben zuwies. »Er hat schon mehr kranken Drachen ihre Arznei verabreicht, als Gerda in ihrem Leben Mahlzeiten gekocht hat. Außerdem war ich noch nie in Echsenwald, und du willst sicher nicht, dass ich mich auf dem Weg dorthin verirre, oder?«

»Aber …«

»Keine Widerworte mehr! Seit Mondfee krank geworden ist, bist du nicht mehr aus diesem Stall herausgekommen. Wenn du nicht aufpasst, wirst du als Nächste erkranken. Alle gehen hin. Mein Vater ist gestern schon aufgebrochen, Wony ist mit Mistress Hildebrand heute in aller Herrgottsfrühe losgeflogen, und Daniel reitet auf einem der Gepäckdrachen mit. Ich habe dir deine Reitsachen mitgebracht und Sternchen steht gesattelt und abflugbereit auf dem Hof.«

»Du hast wirklich an alles gedacht«, sagte Britta unschlüssig. Doch dann lachte sie. »Na schön, du hast mich überredet. Ich fände es wirklich schrecklich, gleich zwei Flugschauen hintereinander zu verpassen, auch wenn ich nicht teilnehmen kann. Und du hast recht – mir blutet das Herz, wenn ich Mondfee die ganze Zeit husten höre. Ich fürchte, ich bin keine gute Krankenpflegerin. Gut, lass mich kurz mit Bran reden, dann können wir los.«

Sternenstürmer flog durch die Schlucht des Flusses Strudelwasser, über die gezackten Felsen hinweg, die wie unregelmäßige schwarze Zähne aus dem Wasser ragten. Der Drache musste mal die linke, dann die rechte Flügelspitze senken, während er dem gewundenen Flussbett folgte. Der Sprühnebel prallte an seinen mächtigen Flügeln ab und er zog wirbelnde Dunstschwaden hinter sich her.

Ungeachtet aller Sicherheitsvorschriften riss sich Britta, die hinter Cara auf dem Tandemsattel saß, den Helm vom Kopf und spähte über Caras Schulter. Wie ein Schleier wehten ihre langen schwarzen Haare hinter ihr her. Mit einem übermütigen Lachen schloss sie die Augen, als ihr ein paar Tropfen ins Gesicht spritzten. Sie öffnete den Mund, um die herrlich erfrischenden Tropfen auf ihrer Zunge zu spüren. »Wir werden ja ganz nass!«

»Na und?«, rief Cara zurück. »Das trocknet schnell wieder.« Dennoch zog sie sachte an den Handzügeln. »Höher, Sternchen!«

Mit einem leisen Glucksen stieg ihr Drache brav in die Höhe, weg von dem schäumenden Wasser. Am oberen Rand der Schlucht angekommen, holte er erst richtig Schwung und schnellte hinauf an den strahlend blauen, mit vereinzelten Schäfchenwolken getüpfelten Himmel, ehe er nach links schwenkte und wieder etwas niedriger über die dunklen, düsteren Teiche und spärlich bewachsenen Wiesen von Klonmoor flog.

»Mehr südlich!«, rief Britta, während sie den Kinnriemen ihres Helms wieder festzog. »Wir kommen gleich an die Küste, in Höhe der Wirbelbucht.«

Cara nickte und befolgte den Rat ihrer Freundin. Sie liebte es, auf Sternchens Rücken zu sitzen, selbst wenn sie nur wie jetzt über eine öde Landschaft flogen. Aber an der Küste entlangzufliegen, klang sehr viel spannender. Sie war bisher nur selten über dem Meer geflogen – auf Drachenwelt fanden die Trainingsflüge meist über den Moorgebieten oder den sanft geschwungenen Hügeln von Finsterwalde statt. Doch sie wusste, dass die südwestliche Küste ihrer Heimatinsel Seehafen einige der atemberaubendsten Landschaften aller Inseln von Bresal aufwies. Das würde eine schöne Abwechslung sein.

Sternchen stieg erneut höher. Und tatsächlich war bald schon in der Ferne ein silberiges Glitzern zu sehen, das sich zunehmend zu einem Streifen, dann zu einer Fläche ausdehnte – zu einer weiten, strahlend blauen Wasserfläche, die sich bis an den Horizont erstreckte.

Britta zeigte nach unten. »Schau, die Wirbelbucht!«

Sie überflogen die Granitklippen und dann einen herrlich gelbweißen Sandstrand, an dem sich träge Wellen mit weißen Schaumkronen brachen.

»Wie schön!«, rief Cara. »Sternchen liebt das Meer auch, nicht wahr, mein Junge?« Sie tätschelte seinen langen Drachenhals. Sternenstürmer blubberte seine Zustimmung. »Schade, dass wir keine Zeit für eine kurze Pause haben!«

»Vielleicht ein andermal. Ich würde auch gerne mit Mondfee herfliegen, wenn sie wieder gesund ist. Es ist ein komisches Gefühl, ohne sie unterwegs zu sein.« Britta klopfte an Sternenstürmers Flanke. »Nichts für ungut, Sternchen.«

Doch dann packte sie Cara unvermittelt am Arm und zeigte hinaus aufs Meer. »Schau! Da drüben! Was ist da im Wasser?«

Cara lenkte ihren Drachen in die Richtung, in die Britta so aufgeregt deutete. Bald schon konnten sie dunkle Umrisse erkennen, die sich mühelos unter der Wasseroberfläche fortbewegten.

»Oh, schau nur, Cara! Es sind Delfine.« Einige der dunklen Körper sprangen aus dem Wasser. »Nein, Tümmler.«

Cara seufzte. »Das ist alles?«

»Das ist *alles*? Hey, Mädchen, jetzt tu nicht so, als würdest du täglich Tümmler zu sehen bekommen!«

»Entschuldige. Ich hatte nur gehofft, es seien vielleicht Meerleute.«

»Klar doch – Meerleute«, wiederholte Britta übermütig. »Du und deine Fantasien. Da müsstest du schon *sehr* viel Glück haben. Die Meerleute zeigen sich nicht gern. Und außerdem leben sie sowieso hauptsächlich in der Bucht, die nach ihnen benannt ist.«

Cara nickte enttäuscht. Schon als kleines Kind hatte sie die Geschichten über die Meerleute geliebt und sich gewünscht, einen dieser geheimnisvollen Meeresbewohner mit eigenen Augen sehen zu können. Doch die Meerleute waren offenbar sehr scheu und legten keinen Wert auf Kontakt mit den Menschen. Na ja, dachte Cara sehnsüchtig, vielleicht eines Tages …

»Weiter, Sternchen!« Cara zupfte an den Zügeln. »Wir dürfen nicht zu spät zur Flugschau kommen.« Sternenstürmer setzte zu einem Sturzflug an, bremste erst kurz oberhalb der auf den Wellen tanzenden Tümmler ab, schnarrte ihnen ein Lebewohl zu und flog dann zur Küste zurück.

Jetzt flogen sie an der Küste entlang. Es dauerte nicht lange, bis der ausgedehnte Sandstrand der Wirbelbucht in steil aufragende Klippen überging. Meeresvögel, die sich auf Felsvorsprüngen niedergelassen hatten, schossen erschrocken auf, als der Drache mit seinen beiden Reiterinnen an ihnen vorbeiflog. Erbost und heiser krächzend, verfolgten sie ihn eine Weile.

Cara genoss es über alle Maßen, durch die frische, klare Luft und über die wunderschöne Landschaft zu fliegen. Jenseits der schwarzen und grauen Klippen erstreckten sich grüne, saftige Wiesen, übersät mit gelben Stechginstersträuchern und Wildblumen aller Arten und Farben. Unter ihnen donnerten die Wellen unermüdlich an die Klippen und wirbelten weiße Wasserfontänen auf, so zart wie Schleierwolken.

Nach einer Weile klopfte Britta Cara auf die Schulter. »So, jetzt müssen wir landeinwärts fliegen. Es ist nicht mehr weit.«

Cara fand es schade, dass sich ihr Flug seinem Ende zuneigte. Auf Sternchens Rücken fühlte sie sich lebendiger als auf der Erde. Es war, als seien in der Luft all ihre Sinne geschärft, Körper und Geist im Gleichgewicht und ihr Verstand wacher als sonst. Jeder Flug auf Sternchens Rücken hatte fast etwas Magisches – sie genoss die Sonne auf ihrem Gesicht, das Rauschen des Windes, der an ihr vorbeistrich, die unter ihr hinweggleitenden, farbenprächtigen Landschaften, die weichen Bewegungen von Sternchens Muskeln, seine mächtigen Flügelschläge, die glänzende Schuppenhaut. Dazu kam noch das Band des Vertrauens zwischen dem Drachen und seiner Reiterin, unsichtbar zwar, aber unerschütterlich wie Stahl. Es vereinte sie stärker, als Blutsbande oder Freundschaft dies jemals vermocht hätten, auf eine besondere Art und Weise, die ein Nichtreiter niemals nachvollziehen konnte.

»Wir sind da!«

Brittas jubilierender Ruf riss Cara aus ihren Träumereien. Wenige Augenblicke später wurden sie von zweibeinigen, drachenähnlichen kleinen Geschöpfen umzingelt, die aus den Bäumen geschossen kamen, als Sternenstürmer über sie hinwegflog.

»Gleitechsen!«, rief Cara.

Britta lachte. »Klar, was hast du in Echsenwald erwartet?«

Aus reinem Übermut zupfte Cara am rechten Hand- und Fußzügel, und prompt setzte ihr Drache zu einer Siegesrolle an. Er senkte einen seiner großen Flügel, um sich in der Luft um seine eigene Achse zu drehen, und Cara lachte vor Freude, als sich die Landschaft und die Wolken um sie zu drehen schienen.

»Puuuuh!« Brittas Hände klammerten sich fester um Caras Bauch. »Könntest du mich das nächste Mal bitte vorwarnen, ehe du ein solches Manöver vollführst?«

»Entschuldige, ich konnte der Versuchung einfach nicht widerstehen!« Cara schaute nach unten. »Schau – da ist Daniel!« Sie verlagerte das Gewicht, um an Höhe zu verlieren, und flog dann Seite an Seite mit einem Gepäckdrachen, der knapp über Baumhöhe kreiste.

Der Drache bedachte Sternenstürmer mit einem finsteren Blick, als wollte er sagen: ›Hey, ihr Jungspunde heutzutage! Denkt wohl, der ganze Himmel gehört euch!‹, und tutete empört. Der Reiter des Gepäckdrachens grinste und winkte Cara und Britta zu.

Cara winkte zurück. »Hey, Daniel! Schau, da ist es – Gut Echsenwald!«

Der schlaksige Stallbursche, der hinter dem Reiter auf dem Tandemsattel saß und sich verkrampft an ihm festhielt, schüttelte den Kopf. »Ich kann nichts sehen!«

Britta hob sich ein Stück aus dem Sattel und legte die Hände als Trichter vor den Mund. »Dann mach gefälligst die Augen auf, du feiges Huhn!«

»Erst wenn wir gelandet sind!« Daniel setzte zu einer wahren Jammerlitanei an. »Ich hasse Drachen… Ich habe Höhenangst… Ich hasse Fliegen… Ich hasse dieses Leben…«

Lachend zog Cara an den Handzügeln. Sternchen machte einen kurzen Kurvenflug und ging dann in einen Gleitflug über.

Britta beugte sich vor. »Ganz schön viele Besucher!«, rief sie Cara ins Ohr.

Sie hatte recht. Der Himmel schien plötzlich voller Drachen zu sein. Obwohl Echsenwald von den fünf Drachenzucht- und -trainingsgestüten, die es auf der Insel Seehafen gab, am weitesten südlich lag und auch am weitesten von der Inselhauptstadt Südlanding entfernt war, gab es zweifelsohne keinen Mangel an Besuchern der alljährlichen Flugschau. Unzählige Reiter waren mit ihren Drachen von jedem Winkel der Insel angereist – entweder um zuzuschauen oder um an den Wettkämpfen teilzunehmen.

Cara spürte, dass Sternenstürmer unter so vielen fremden Drachen zunehmend nervöser wurde. »Ganz ruhig, mein Junge!« Sie schaute nach unten, als sie über die Gebäude des Gestüts flogen. »Es sieht ganz anders aus als Drachenwelt, nicht wahr? Das Wohnhaus und die Ställe sind getrennt und nicht wie bei uns zu Hause aneinandergebaut.«

»Und schau dir mal ihren Wachturm an! Er muss wohl so hoch sein, damit sie über die Bäume hinwegschauen können.« Britta deutete auf die hohe Plattform einer offenen Holzkonstruktion, die eher einem Masten als einem Turm glich.

Von dort oben aus hielten die Wächter von Echsenwald nach Besuchern und ihren Drachen Ausschau (ein erfreulicher Anlass), nach Notleuchtfeuern, mit denen die Wachmannschaft zu Hilfe gerufen wurde (ein weniger erfreulicher Anlass), sowie nach den gefährlichen hungrigen Raubtieren aus den wilden Moorgebieten und den umliegenden Hügeln (der am wenigsten erfreuliche Anlass).

Als sie auf den Turm zuflogen, wurde auf der Plattform plötzlich eine Flagge mit grellen Buchstaben gehisst. Cara las sie aufmerksam: Die eintreffenden Reiter wurden aufgefordert, auf ihre Landeerlaubnis zu warten. Gehorsam ließ sie Sternenstürmer kurz mit den Flügeln wippen, zum Zeichen, dass sie verstanden hatte. Dann schwenkte sie in einem Kurvenflug nach rechts, um sich zu etwa einem Dutzend weiterer Drachen zu gesellen, die über dem Wald ihre Kreise zogen und ebenfalls auf ihre Landeerlaubnis warteten.

»Hoffentlich dauert es nicht ewig!«, jammerte Britta. »Oh, schau dir das an!«, fügte sie entrüstet hinzu, als ein Neuankömmling, der aus nordöstlicher Richtung heranflog, prompt nähergewunken wurde. Cara riss die Augen auf, als sie die tadellos herausgeputzte Reiterin in dem taubenblauen Reitkostüm erblickte, und ihre Hände krampften sich um die Zügel.

»Hortense!«

2. *Kapitel*

Sternchen trompetete warnend und Cara tätschelte besänftigend seinen langen Hals. Seit Hortense ihn letztes Jahr gekauft und kurze Zeit geritten hatte, war Sternchen alles andere als gut auf sie zu sprechen.

Britta schnaubte. »Ist es zu fassen?! Kann sie sich nicht anstellen wie alle anderen? Man könnte fast glauben, ihr gehöre hier das Gut!«

»Tut es doch auch«, gab Cara wahrheitshalber zu bedenken. »Oder zumindest ihrem Vater. Da kann man wohl kaum erwarten, dass die Tochter des Hohen Lords wie das gemeine Fußvolk warten muss. Außerdem freut sie sich bestimmt diebisch, dass sie uns auf diese Weise eins auswischen kann.«

»Bestimmt!«, bekräftigte Britta empört. »Hortense ist die größte Unruhestifterin von ganz Bresal.«

Während der nächsten Minuten zogen Cara und Britta ungeniert über Hortense her, während sie ungeduldig darauf warteten, endlich auch landen zu dürfen. Unter ihnen schoben sich die Zuschauermassen in die farbenfrohen Zelte oder spazierten zwischen ihnen einher, geschäftig und so klein, dass sie wie Ameisen in einem Ameisenhaufen aussahen. Kläffende Hunde und stolpernde Kleinkinder rannten aufgeregt herum und liefen allen anderen in den Weg. Zwischen den Zelten und dem Turniergelände waren kleine Vierecke abgesteckt, in denen die bereits gelandeten Drachen gestriegelt und mit Futter und Wasser versorgt wurden.

Cara warf einen prüfenden Blick auf das Turniergelände. »Es sieht kleiner aus als unseres.«

»Es ist auch kleiner«, bestätigte Britta. »Einige der Kurven sind ganz schön eng.«

»Kein Problem für dich, Sternchen. Du magst enge Kurven, nicht wahr?« Der Drache verrenkte sich beinahe den langen Hals, um seiner Besitzerin einen liebevollen Blick zuzuwerfen und einvernehmlich zu schnarren. Cara musste lachen.

Endlich durften nacheinander alle Reiter auf ihren Drachen auf einer großen Lichtung zwischen dem Turniergelände und dem Wald landen. Manche Reiter trugen die grüne Kennfarbe von Drachenwelt, aber auch die anderen Gestüte waren bunt vertreten: das Rot von Klöppelkrall, das Blau von Flügelheim, das Braun von Drachenstein. Ein paar wenige Reiter trugen die bunten Farben von Privatbesitzern, die keinem Gestüt angehörten.

»Da kommt Hortenses Vater.« Cara und Britta schauten zu, wie die Kalesche von Lord Torin auf der mit fröhlichen Farben beflaggten Start- und Landebahn aufsetzte, die eigens für Fluggefährte reserviert war.

»Schau ihn dir an!«, schnaubte Britta abfällig. »Hat sich wie immer in Schale geworfen, muss aber mit einer Hand seinen Hut festhalten und klammert sich mit der anderen an den Haltegriff! Man könnte gerade meinen, er wäre noch nie zuvor geflogen.«

Lord Torins Kalesche landete dennoch geradezu mustergültig. Die Gleitkufen gruben zwei parallele Furchen in das saftige Gras, als die Zugdrachen nach der Landung noch ein paar Schritte rennen mussten, bis das Gefährt allmählich zum Stehen kam.

Endlich erhielt auch Cara das ersehnte Zeichen zur Landung. Sie glitt heran und trotz seiner Größe und seines Gewichts landete Sternenstürmer so sanft wie auf Distelwolle. Cara nahm ihren Helm ab und rutschte aus dem Sattel.

Ein junger Stallbursche nahm ihr Sternchens Zügel ab. Fröhlich grinste er sie an. »Morgen, Cara.«

Cara fühlte sich mächtig geschmeichelt, weil er sie erkannt hatte. »Du kennst mich?«

»Ich war letzten Blätterfall bei der Inselmeisterschaft dabei. Da hast du ja einen tollen Flug hingelegt – du hättest wirklich gewinnen sollen. Die Schau in Flügelheim vorigen Monat habe ich leider verpasst, aber alle haben gesagt, du hättest die anderen Teilnehmer das Fürchten gelehrt und sie weit hinter dir gelassen.«

Cara errötete. »Na ja, ich hatte einen guten Tag.«

»Mit einem solchen Drachen braucht man keinen guten Tag.« Der Stallbursche tätschelte Sternchens Schnauze und bestaunte andächtig die goldene Blesse an seiner Stirn. »Bin zum ersten Mal so nah an einem Goldstirndrachen. Was für ein Prachttier!«

Britta glitt neben Cara auf den Boden. »Stimmt. Und er hat eine gute Reiterin. Die beiden werden nachher das Wettfliegen der Mittelstufe zum zweiten Mal in Folge gewinnen. Wart's ab!« Sie übernahm Sternenstürmers Zügel. »Komm mit, Cara, ich zeige dir, wohin du gehen musst.«

Britta führte sie an den Reihen von Flechtzäunen entlang, hinter welchen die Reiter und Stallburschen ihre Drachen versorgten. Diese unterbrachen ihr Tun und tuschelten miteinander, als sie dem quirligen, rothaarigen Mädchen nachstarrten, das bei den Wettkämpfen letztes Jahr für solches Aufsehen gesorgt hatte und nun mit seiner hübschen, schwarzhaarigen Freundin vorbeiging. Die beiden Mädchen hatten die Köpfe zusammengesteckt und schienen gar nicht zu merken, dass ihnen alle Blicke folgten.

»So, da wären wir!« Britta half Cara, Sternchen in seinen Behelfsstall zu führen.

Da streckte Daniel seinen zerzausten Haarschopf herein. Er sah noch etwas mitgenommen aus – wie so oft –, doch zumindest hatte er die Augen inzwischen auf. »Hallo!«, rief er.

Cara zog spöttisch eine Augenbraue hoch. »Oh, hallo, Daniel«, sagte sie. »Wie ich sehe, hast du überlebt.«

Daniel massierte sich mit beiden Händen seinen Allerwertesten. »Mit Müh und Not. Mir tut jeder Knochen im Leib weh. Hab ich euch schon mal erzählt, wie sehr ich das Fliegen hasse?«

»Och, höchstens drei- bis viermal am Tag«, entgegnete Cara grinsend.

»Was ihr beide am Drachenreiten so toll findet, werde ich im Leben nicht begreifen. Der Lärm! Der Wind! Das Hin- und Herschaukeln! Und dann noch auf diesen gefährlichen, unbequemen Viechern!« Sternenstürmer bedachte Daniel mit einem vorwurfsvollen Blick und tutete. »Anwesende natürlich ausgenommen«, fügte Daniel hastig hinzu.

Cara schüttelte den Kopf. »Bist du nur gekommen, um uns vorzuführen, wie du dir deinen Hintern reibst und jammerst? Oder wolltest du noch etwas anderes?«

»Ach ja …« Daniel musste so angestrengt nachdenken, dass sich seine Stirn in Falten legte. »Der Drachenmeister lässt fragen, ob du ihm seine Du-weißt-schon-was mitgebracht hast. Falls ja, sollst du sie ihm sofort bringen.« Etwas leiser fügte er hinzu: »Was sind seine Du-weißt-schon-was?«

Cara lachte. »Geht dich nichts an.« Sie wühlte in Sternchens Satteltasche und förderte einen kleinen Gegenstand zutage, den sie sofort hinter ihrem Rücken verschwinden ließ, um ihn Daniels neugierigen Blicken zu entziehen. »Britta, bist du so nett und fängst schon mal an, Sternenstürmer vorzubereiten? Ich brauche nur eine Minute.«

Caras Vater führte gerade ein anstrengendes Gespräch mit Lord Torin. Die Beziehung zwischen dem Hohen Lord von Seehafen und dem Besitzer von Gut Drachenwelt war ziemlich frostig, seit Torin sich gezwungen gesehen hatte, Sternenstürmer an Huw zurückzuverkaufen. Der Drachenmeister hatte dem Hohen Lord weitaus mehr Geld gegeben, als dieser ursprünglich für Sternchen bezahlt hatte, aber dennoch wurde der Hohe Lord aus unerfindlichen Gründen das Gefühl nicht los, bei diesem Geschäft den Kürzeren gezogen zu haben. Wenig später hatte er seine Tochter Hortense auf Drachenwelt abgemeldet und schickte sie seither zum Reiten auf das Gestüt Klöppelkrall – der größte Rivale von Drachenwelt.

Der beleibte Hohe Herr stand nun in wichtigtuerischer Pose da. Sein Tonfall hätte vermuten lassen, er schimpfe gerade seinen Diener aus, weil dieser ihm zu heißes Badewasser eingefüllt hatte – aber keinesfalls, dass er sich mit dem Meister von Gut Drachenwelt unterhalte.

»Ich muss schon sagen, Drachenmeister«, wieherte er gerade bei Caras Eintreffen, »höchst erstaunlich, welche reiterischen Fortschritte meine Tochter gemacht hat, seit sie von Euch weg ist, was? Pah! Der Wechsel nach Klöppelkrall hat sie einen Riesensprung nach vorn machen lassen. Einen Riesensprung!«

Prompt schoss Cara das Bild durch den Kopf, wie Hortense sich verzweifelt an den Hals eines Drachen klammerte, der wie ein tollwütiges Schaf durch die Gegend sprang, und sie hatte alle Mühe, nicht laut loszuprusten.

Bei Caras Anblick schnaubte Lord Torin verächtlich und stieß ein paar Mal wütend »Pah!« aus, ehe er auf dem Absatz kehrtmachte und davonstolzierte. Torin konnte Cara nicht leiden, erst recht nicht mehr, seit sie Sternenstürmer ritt – jenen Drachen, bei dessen Zähmung Hortense so kläglich versagt hatte.

»Ah, Cara.« Huw lächelte seine Tochter niedergeschlagen an. »Hast du mir meine … hm … gebracht?«

»Ja, hier ist sie, Vater.« Cara ließ die Augengläser ihres Vaters in die Tasche seiner Tunika gleiten, wobei sie darauf achtete, dass niemand sonst diese Transaktion sehen konnte. Der Drachenmeister war äußerst gehemmt, was seine Brille anging. Er trug sie nur in seinem Büro oder wenn er – wie jetzt – als Schiedsrichter fungieren musste und sie brauchte, um die Listen und Tabellen durchzusehen.

»Danke.« Huw klopfte auf seine Tasche.

»Bist du Schiedsrichter beim Wettfliegen?«

Huw nickte. »Ja, Mittelstufe und Fortgeschrittene – und beim Kunstfliegen für Fortgeschrittene.«

»Dann sehen wir uns im Ring.« Cara schickte sich an zu gehen.

»Cara?« Sie drehte sich noch einmal um. »Flieg gut!«, sagte der Drachenmeister und schaute ihr in die Augen. »Und vor allem sicher.«

Cara seufzte innerlich. Würde ihr Vater es denn niemals verwinden, dass ihre Mutter beim Sturz von einem

Drachen ums Leben gekommen war? Würde er nie aufhören zu befürchten, dass er Cara auf dieselbe Weise verlieren könnte?

Nein, dachte sie dann. Natürlich nie.

Aber sie antwortete brav: »Ja, Vater.«

Cara schritt um den Turnierplatz und versuchte, sich alle Hindernisse einzuprägen, ebenso wie die Abfolge, in der sie fliegen musste. Danach ging sie zum Gepäckzelt, um ihren Wettkampfsattel abzuholen. Als sie zu Sternenstürmers Behelfsstall zurückkam, konnte sie Daniel gerade noch beleidigt sagen hören: »Man wird ja wohl noch fragen dürfen ...«

Im selben Moment sah sie Brittas Rücken, steif vor Empörung, und stöhnte auf. In welches Fettnäpfchen war Daniel nun wieder getreten? »Was sollte man fragen dürfen?«

Erleichtert wandte sich Daniel ihr zu. »Ich habe Britta nur gefragt, warum sie heute denn nicht einfach einen anderen Drachen nimmt, da ihrer ja krank ist. Und da ist sie fast ausgeflippt.«

»Du hast sie gefragt ...?« Erschüttert über ein solches Ausmaß an Dummheit und Ignoranz gegenüber allem, was Drachen betraf, starrte Cara Daniel mit offenem Mund an. Dann schüttelte sie voller Verzweiflung den Kopf. »Daniel, du bist jetzt fast schon ein ganzes Jahr auf Drachenwelt – hast du denn *gar* nichts gelernt?«

Daniel war sichtlich eingeschnappt. »Doch, klar: Ich

habe gelernt, an welchem Ende man eine Schaufel halten muss, dass man Drachenmist nicht zu schnell auskippen darf, weil er sonst explodiert und …«

»Ja, sehr gut«, sagte Cara spöttisch. »Aber wir haben dir auch von dem Band des Vertrauens erzählt, oder?«

Daniel nickte argwöhnisch. »Ja.«

»Nun, alle Reiter müssen ein Band des Vertrauens zu ihrem Drachen aufbauen. Es ist eine Sache, die nur zwischen *einem* Reiter und *einem* Drachen möglich ist.«

»Aber etliche Leute auf Drachenwelt fliegen auf unterschiedlichen Drachen«, wehrte sich Daniel. »Hortense hat ihren Drachen letztes Jahr mindestens dreimal gewechselt …«

»Ja, aber nur, weil sie mit keinem der Drachen ein richtiges Band des Vertrauens hatte – und deshalb reitet sie auch so miserabel.« Cara holte tief Luft. Wenn sie Daniel etwas erklären musste, kam sie regelmäßig ins Schwitzen. »Vom Prinzip her kann jeder Reiter jeden Drachen nehmen, solange es nur darum geht, von einem Ort zum anderen zu fliegen, um eine Botschaft zu überbringen oder etwas Ähnliches. Doch für alles andere, sobald es auf ein tiefgehendes Verständnis zwischen Drache und Reiter ankommt – beim Jagen, bei der Wachmannschaft und besonders bei Wettkämpfen –, kann man nicht einfach auf den Rücken des nächstbesten Drachen hüpfen und erwarten, dass er begreift, was man von ihm will. Das Band des Vertrauens zwischen Drache und Reiter ist etwas ganz Besonderes, Einmaliges. Manche Drachen lassen sich nur von einer einzigen Person reiten …«

»Wie bei Sternchen und dir«, sagte Daniel, dem plötzlich ein Licht aufging. »Er hat sich vor dir von niemandem reiten lassen.«

»Richtig. Und wenn Britta nun mit einem anderen Drachen auftreten würde, wäre es so, als wollte sie mit verbundenen Augen und gefesselten Beinen an einem Wettrennen teilnehmen – wenn sie es überhaupt über sich bringen würde …« Cara fing Brittas warnenden Blick auf. »Was ohnehin nicht der Fall ist«, fügte Cara hastig hinzu. »Es wäre so ähnlich, als würden zwei Menschen, von denen jeder nur ein einziges, aber ganz anderes Lied kennt, auf einmal zusammen singen wollen.«

»Schon gut«, sagte Daniel. »Tut mir leid, Britta. Mir war nicht klar, dass …«

»Da bist du ja!« Seine Entschuldigung blieb Daniel im Hals stecken, als Mistress Hildebrand eintraf, die Oberreitlehrerin von Gut Drachenwelt. Sie war wie immer vorbildlich korrekt gekleidet und hatte ihre unvermeidliche Reitpeitsche unter den Arm geklemmt.

»Ja, ich bin hier«, erwiderte Cara. »Wie geht es Wony?«

Mistress Hildebrand streifte sie mit einem tadelnden Blick. »Ich hatte nicht dich gemeint, Cara. Ich gehe davon aus, dass die Reiter von Drachenwelt, ungeachtet eventueller anderer Schwächen, es schaffen, rechtzeitig zu einer Vorführung einzutreffen. Wony ist etwas müde – es war ja ein langer Flug für eine Anfängerin –, doch sie und ihr Drache haben sich mittlerweile ausgeruht und dürften gerade zur Wahl des schönsten Drachen antreten. Aber ich habe wirklich keine Zeit für müßige Plaudereien. Ich wollte Daniel sprechen.« Daniel zuckte zusammen. Vor Mistress Hildebrand hatte er einen gehörigen Respekt.

»Der Drachenmeister hat gesagt, du sollst dich bei den Arena-Platzwarten melden.«

Daniel wurde noch blasser als sonst und seine Kinnlade kippte herunter. Er vergaß für einen Moment sogar seine Angst vor Mistress Hildebrand und stammelte betreten: »Platzwarte? Aber da muss man doch an Masten hochklettern – und ich habe schreckliche Höhenangst.«

»Höhenangst ist etwas absolut Überflüssiges«, ließ ihn die Oberreitlehrerin ungnädig wissen. »An der Höhe selbst ist noch kein Mensch gestorben – schlimm ist nur das Herunterfallen. Und falls du dich vor dem Boden fürchtest, müssen wir dafür sorgen, dass du möglichst weit weg bist von ihm. Nicht wahr?«

Bis Daniel den Sinn ihrer Aussage entschlüsselt hatte, war Mistress Hildebrand schon entschlossen davongestapft, um sich ihrer nächsten Aufgabe zu widmen. Daniel sagte nichts mehr, drehte sich nur um und ging schleppenden Schrittes in Richtung Arena, als hätte er Blei in den Stiefeln.

Cara zwinkerte Britta zu. »Der arme Daniel. Er stolpert wirklich von einem Fettnäpfchen ins nächste.«

»Wir sollten ihm vielleicht mal sagen, dass er vor dem Einschalten des Mundwerks erst mal sein Gehirn in Gang setzen sollte«, sagte Britta ungnädig, ehe sie mit einem entschuldigenden Lächeln hinzufügte: »Tut mir leid, aber ich fühle mich irgendwie ...« Sie sah plötzlich hilflos und unglücklich aus, und da sprudelte all ihr Kummer aus ihr heraus. »Weißt du, dies ist das letzte Jahr, in dem ich bei der Juniorenmeisterschaft teilnehmen kann. Nächstes Jahr bin ich zu alt dafür und für die Inselmeisterschaft habe ich mich auch noch nicht qualifiziert. Ich bin die ganze Saison über kaum mit Mondfee geflogen und nach der Schau heute bleiben nur noch drei weitere Wettkämpfe. Wenn ich die Juniorenmeisterschaft nicht gewinne, wird Galen mich nie in seine Wachmannschaft aufnehmen ...«

»Hallo, Britta. Hallo, Cara.«

Die beiden Angesprochenen wirbelten herum. Hortense stand am Eingang des Behelfsstalles. Sternenstürmer knurrte warnend und Cara griff instinktiv nach seinem Kopfgeschirr.

Mit zusammengepressten Lippen fragte Britta: »Was willst du, Hortense?«

»Ach, ich habe nur gerade gehört, dass Mondfee krank ist. Und ich wollte dir sagen, dass es mir leid tut, dass du heute nicht teilnehmen kannst. Es muss schrecklich für dich sein. So ein Pech aber auch!« Hortense schenkte Britta ein mitfühlendes Lächeln. »Hoffentlich geht es ihr bald wieder besser.« Mit einem Nicken machte sie dann auf dem Absatz kehrt und schlenderte davon.

Sternenstürmer trompetete abfällig. Britta stöhnte. »Das war mal wieder der ideale Zeitpunkt! Sie taucht auch immer im unpassendsten Moment auf! Jetzt habe ich mich wieder einmal schön blamiert!«

»Unsinn, du hast dich nicht blamiert«, versicherte ihr Cara. Dann fügte sie verwundert hinzu: »Hortense hat mit jemandem Mitleid? Das ist mir neu.«

Britta starrte mit zusammengekniffenen Augen auf die Stelle, an der die Tochter des Hohen Lords eben noch gestanden hatte. »Ja«, sagte sie nachdenklich. »Ich frage mich auch, was sie dieses Mal im Schilde führt.«

3. Kapitel

Britta polierte das letzte Staubkörnchen von Sternenstürmers inzwischen glänzenden Schuppen und richtete sich dann ächzend auf. »So!«, sagte sie und rieb sich den Rücken. »Wenn er jetzt nicht zum schönsten Drachen gewählt wird, fresse ich diese Bürste hier.«

»Oh, habe ich es dir denn nicht gesagt?«, fragte Cara entschuldigend. »Ich habe ihn gar nicht angemeldet.«

Empört riss Britta die Augen auf. »Und warum schrubbe und poliere ich dann eine Stunde lang an ihm herum?«

»Er musste trotzdem geputzt werden«, entgegnete Cara, »auch wenn wir nur am Wettfliegen teilnehmen. Du weißt ja, wie wichtig ein gepflegtes Äußeres dabei ist.«

»Ich finde, *du* müsstest auch dringend geputzt werden.« Mit der borstigen Bürste und einem schelmischen Grinsen im Gesicht kam Britta auf Cara zu, die ihr lachend auswich.

»Erbarmen! Ich habe ihn nicht zur Wahl des schönsten Drachen angemeldet, weil sie um dieselbe Zeit stattfindet wie die Gehorsamkeitsprüfung für Anfänger, und da will ich hin, um Wony anzufeuern. Du weißt ja, dass sie große Fortschritte gemacht hat – meiner Meinung nach hat sie echt Chancen auf eine Rosette.«

»Na schön, wenn das so ist…« Britta ließ die Bürste sinken. »Du solltest dich trotzdem etwas schick machen. Im Ernst. Beeil dich und zieh dir dein Reitjackett an! Und für deine Haare müssen wir uns auch etwas einfallen lassen.« Kopfschüttelnd beäugte sie Caras zerzauste Zöpfe. »Dich herzurichten ist ja noch mehr Arbeit als in Sternchens Fall.«

Bis Cara in ihr kostbares Reitjackett geschlüpft war, das sie von ihrer Mutter geerbt hatte, und ebenso herausgeputzt und strahlend aussah wie ihr Drache, wurden die Anfänger auch schon in die Arena gerufen. »So – benimm dich, während wir weg sind, mein Süßer«, sagte sie zu Sternenstürmer. Der Drache stieß ein unglückliches Knurren aus. »Oh, du großer Weichling!« Cara streichelte seinen Augenwulst. »Es dauert nicht lange und außerdem kannst uns ja sehen. Wir sind gleich da drüben.«

Sternenstürmer schien noch immer etwas geknickt darüber, in der ihm fremden Umgebung allein gelassen zu werden. Er tutete kläglich und drehte beleidigt den Kopf weg.

»Ich kann ja bei ihm bleiben«, erbot sich Britta.

Cara lachte. »Das ist wirklich nicht nötig. Er schmollt nur, nicht wahr?« Sie rieb über den langen Hals des

Drachen. »Hab keine Angst.« Sie vergewisserte sich noch, ob Sternchen auch gut festgebunden war, denn sonst hätte er mit Sicherheit versucht, ihr zu folgen. Danach machten Britta und sie sich auf den Weg, um bei Wonys Auftritt dabei zu sein.

Der Weg zur Kinderkoppel war mit Imbissbuden gesäumt. In einigen von ihnen wurden Bratkartoffeln, heiße Kastanien und andere kleine Snacks verkauft (»Über dem offenen Feuer gebratene Würstchen mit scharfer Soße – verleihen den Atem eines Drachen!«). In anderen Zelten wurden allerlei Waren feilgeboten, die mit Drachenreiten zu tun hatten: Reitkostüme, Zaumzeug, Werkzeuge und Bürsten zur Pflege, patentierte Öle, Salben und andere Mittelchen, Spielzeugdrachen an Stöckchen und Papierdrachen.

Hinter den Verkaufsbuden war eine Kegelbahn aufgebaut worden. Zahlreiche Spieler und Zuschauer hatten sich eingefunden, und jeder gelungene Wurf wurde mit Applaus, jeder Fehlwurf mit enttäuschten Ausrufen und höhnischem Gelächter quittiert. Am Wegesrand verdienten sich ein paar findige Stallburschen von Echsenwald ein kleines Zubrot, indem sie Körbe mit noch dampfendem Drachenmist an Gärtner verkauften (»Garantiert frisch – und noch warm aus dem Drachenleib!«). Plaudernde Besucher schlenderten umher, begutachteten die ausgestellten Waren, freuten sich, wenn sie alte Bekannte trafen, oder genossen einfach nur das schöne Wetter und das Bad in der Menge.

»Wir haben gewonnen! Wir haben gewonnen!« Eine

vertraute Stimme drang aus der Menschenmenge. Gleich darauf tauchte Wony auf, die ihren sichtlich stolzen Pummel hinter sich herführte und eine große goldene Rosette schwang. »Der erste Platz bei der Wahl des schönsten Drachen!« Wonys Lächeln war fast so breit wie die Flügelweite eines Drachen. »Die erste goldene Rosette meines Lebens!«

Cara stieß einen Freudenschrei aus. »Wunderbar! Das ist dein Lohn für die zahlreichen Stunden harter Arbeit, in denen du Pummel gestriegelt hast. Ich habe dir ja gesagt, dass es sich irgendwann bezahlt machen wird!«

Unsicher beäugte Wony ihre Rosette. »Ich hoffe bloß, dass wir beim Fliegen ebenso gut abschneiden.«

»Da bin ich mir sicher«, beruhigte sie Cara. »Und je mehr du trainierst, desto besser wirst du. Du weißt ja, was Mistress Hildebrand immer sagt: *Es ist noch kein Meister vom Himmel gefallen. Reiter werden gemacht, nicht geboren.*«

»Aber du bist bis vor wenigen Monaten gar nicht geritten«, widersprach Wony, »und dann bist du bei der Inselmeisterschaft als Einzige fehlerfrei geflogen und hast danach in Flügelheim deinen ersten Titel geholt. Du musstest nie groß trainieren, weil du einfach ein Naturtalent bist.«

»Tja, Cara, *der* Punkt geht eindeutig an Wony.« Brittas Lächeln fiel etwas schief aus.

Cara errötete vor Verlegenheit. »Wir müssen *alle* trainieren ...«, sagte sie ausweichend.

»Aber einige mehr als andere«, seufzte Wony.

Eine tiefe Bassstimme ersparte Cara zum Glück weitere Ausflüchte. »Die Teilnehmer an der Gehorsamkeitsprüfung für Anfänger werden gebeten, sich umgehend auf dem Sammelplatz einzufinden.«

»Das bin ich!«, rief Wony nervös. »Ich sollte Pummel besser schon mal aufwärmen. Kannst du das bitte solange für mich halten?« Sie drückte Britta ihre goldene Rosette in die Hand. Das ältere Mädchen betrachtete sie wehmütig.

Cara ahnte, was in ihrer Freundin vorging. In all den Jahren, in denen ihr Vater ihr verboten hatte, zu reiten, hatte Cara sich oft gefragt, ob sie überhaupt jemals auf dem Rücken eines Drachen sitzen würde. Und von einer Rosette hatte sie nicht einmal zu träumen gewagt. »Kein Grund zum Traurigsein«, versuchte sie Britta aufzuheitern. »So eine wirst du auch bald bekommen, sobald Mondfee wieder fit ist – und zwar keine Rosette, weil sie der schönste Drache ist, sondern weil ihr beim Wettfliegen der Mittelstufe gewinnen werdet.«

»In diesem Fall müsste ich erst einmal dich schlagen«, sagte Britta.

Im ersten Moment verschlug es Cara die Sprache. Daran hatte sie wirklich noch gar nicht gedacht! Ihre Freude, Sternchen endlich reiten zu dürfen, sich immer besser in ihn einfühlen zu können und schließlich auch zur lang ersehnten Welt der Drachenreiter zu gehören, hatte in ihrem Kopf keinerlei Raum für derart praktische Überlegungen gelassen. Britta war ihre beste

Freundin – dass sie neuerdings auch ihre Konkurrentin war, hatte Cara bis jetzt noch nie bedacht.

Cara versuchte, die plötzlich herrschende Spannung mit einem Lachen abzutun. »Mit dir als Konkurrentin hätte ich in Flügelheim sicher nicht gewonnen.«

»Meinst du?«, sagte Britta leise. »Da bin ich mir nicht so sicher.«

Schweigend musterten sie sich für einen Moment. Dann wandte sich Cara wieder an Wony. »Auf, du musst los! Zeit für deine zweite goldene Rosette.«

Die Kinderkoppel war eine Wiese, die mit weiß gestrichenen und mit Seilen miteinander verbundenen Holzpfosten abgesteckt war. Kleine Drachen mit ihren Reitern wärmten sich bereits auf und übten einfache Manöver, mit denen sie die Schiedsrichter damit zu überzeugen hofften, dass sie die Grundkenntnisse der Drachenreitkunst beherrschten. Wony führte Pummel zu einem Aufsteigblock am Rand der Arena und hievte sich mithilfe von Cara und Britta in den aus Holz und Leder gefertigten Sattel.

Britta gab Pummel einen Klaps an die Flanke. *»Mögen die Winde dir wohlgesinnt sein …«*

»… und die Sonne dich stets bescheinen«, führte Cara den alten bresalischen Spruch zu Ende, mit dem sie ihrer kleinen Freundin viel Glück wünschten.

Wony zog an den Beinzügeln, zupfte sachte an den Ohrenzügeln, und ihr Drache schwang sich in die Lüfte. Pummel war in den letzten Monaten beträchtlich gewachsen, und es sah ganz so aus, als hätte er endlich begriffen, wofür seine Flügel gut waren. Obwohl sein Flugstil insgesamt noch immer etwas an den einer Riesenhummel erinnerte.

»Was meinst du, wie sie abschneiden wird?«, flüsterte Britta.

»Gehorsamkeitsprüfungen sind nicht so schlimm wie Wettfliegen«, antwortete Cara achselzuckend. »Es kommt wesentlich mehr auf das Wohlwollen der Schiedsrichter an. Beim Wettfliegen dagegen sieht jeder, ob man ein Hindernis gestreift hat oder nicht.«

»Weniger Chancen für Vetternwirtschaft«, stimmte Britta ihr zu. »Zum Glück! Denn sonst würde Hortense ständig gewinnen!«

Cara lachte. »Komm! Mal sehen, gegen welche Gegner Wony antreten muss.«

Die beiden Mädchen suchten sich einen guten Platz am Rand der Koppel. Während die ersten Teilnehmer ihre Drachen die vorgeschriebenen Pflichtübungen absolvieren ließen – Geh- und Laufschritt, Starten und Landen –, begutachteten sie die Darbietungen mit fachmännischen Blicken und gaben kritische Kommentare über die reiterischen Fähigkeiten von Wonys Konkurrenten ab.

»Zu wenig Tempo in dieser Kurve.«

»Zu viel Schultereinsatz, nicht genügend Beinarbeit.«

»Völlig aus dem Takt.«

Ein vernichtendes Urteil bekam ein Junge ab, der mit seinem kleinen Flossenrückendrachen für Drachenstein auftrat. Der glücklose Reiter schien überhaupt keine Kontrolle über seinen Drachen zu haben. Einmal blieb der Drache mitten in der Arena stocksteif stehen, ignorierte eigensinnig die Befehle des Jungen und schaute sich um, als denke er: »Ich höre gar nicht zu – lalalala …« Der kleine Reiter zog heftig an den Bein- und Handzügeln, um sein Reittier zum Weitergehen zu bewegen. Doch vergebens! Der Drache ließ sich störrisch auf den Boden fallen und legte seine Schnauze auf die Vorderfüße.

Frustriert ließ der Junge seine Peitsche auf den Rücken des Drachen niedersausen. Daraufhin sprang der Drache erschrocken auf und stürmte mit voller Geschwindigkeit auf das Schiedsrichterzelt zu, während der Junge hilflos im Sattel auf- und abhüpfte und sich nur mit äußerster Kraft festhalten konnte. Zwei der Schiedsrichter wussten sich in ihrer Panik nicht anders zu helfen, als unter den Tisch zu flüchten und hinter dem langen weißen Tischtuch Schutz zu suchen. Das führte jedoch dazu, dass alle Notizblätter, Rosetten und Trophäen wild durch die Gegend wirbelten. Nur Mistress Hildebrand hielt wacker die Stellung. Sie verschränkte die Arme vor der Brust und starrte den Drachen herausfordernd an, als wollte sie sagen: »Wehe!«

Und buchstäblich in der allerletzten Sekunde, als es ganz so aussah, als würde die Oberreitlehrerin von Drachenwelt überrannt werden, schlug der Drache leicht mit den Flügeln und schwang sich in die Luft, wobei er – zur Erleichterung der Schiedsrichter und zur

Freude der grölenden Zuschauer – das Zeltdach nur leicht streifte.

Obwohl der Junge verzweifelt versuchte, seinen Drachen in eine Kurvenlage zu bringen, flog dieser weiterhin stur geradeaus. Die Hilfeschreie des kleinen Reiters wurden immer leiser, als man den Flossenrücken über das Schieferdach eines Wohngebäudes fliegen sah und dann weiter über die Wipfel der Bäume, die das Gestüt umgaben. Unter den Zuschauern brach Tumult aus, als der Platzaufseher losgeschickt wurde, um den entflohenen Drachen samt Reiter wieder einzusammeln und zurückzubringen.

»Letzte wird Wony nach diesem Auftritt ganz sicher nicht!«, sagte Britta.

Nachdem sich die Zuschauer wieder beruhigt hatten, rief der Ansager den nächsten Teilnehmer auf. »Und nun sehen wir Brachmir, geritten von Wony von Drachenwelt.«

Cara und Britta klatschten sich fast die Hände wund, als Wony ihren Pummel in den Ring führte. Während der nächsten Minuten ritten sie im Geiste mit Wony zusammen den ganzen Parcours ab, ihre Hände und Beine zuckten, als hielten sie selbst die Zügel in den Händen. Sie trieben Pummel an oder zügelten ihn, wenn nötig, und gaben im Flüsterton Empfehlungen ab.

»Das war ein schöner, enger Kreis«, flüsterte Cara.

»Kopf hoch«, murmelte Britta. »Nicht zu hastig beim Start.«

Sie hätten sich jedoch keine Sorgen zu machen brauchen. Pummel schlug zweimal mit seinen Stummelflügeln und schon war er in der Luft und flog die vorgeschriebene Acht. Drei Runden später konnten Cara und Britta begeistert klatschen, als Wony mit ihrem Drachen landete. Nach einem Gruß in Richtung des Schiedsrichterzeltes verließ sie die Arena.

Cara und Britta rannten zu ihr, um ihr zu gratulieren. »Gut gemacht!«, rief Britta. »Das war wirklich großartig, Wony!«

»Wirklich?«, fragte Wony unsicher. »Gut genug für eine Rosette?«

Cara nickte voller Überzeugung. »Ganz bestimmt.«

Auch die übrigen Teilnehmer führten vor, wie gut oder weniger gut sie ihren Drachen lenken konnten. Danach gab es eine kurze Pause, während der sich die Schiedsrichter zur Besprechung in ihr Zelt zurückzogen. Als Wony und Pummel mit allen anderen Teilnehmern zur Preisverleihung wieder in den Ring gerufen wurden, standen Cara und Britta erneut unter den Zuschauern.

Cara beäugte die Reihe der Schiedsrichter skeptisch. »Mistress Hildebrand ist sicher wie immer fair zu allen und das kann für Wony nur gut sein. Bei Helgo von Flügelheim bin ich mir da nicht so sicher. Und schau nur, wer der oberste Schiedsrichter ist – Adalbert von Klöppelkrall! Alle Welt weiß, dass er etwas gegen Drachenwelt hat. Und ausgerechnet *er* hat die Rosetten in der Hand.«

4. Kapitel

Der Drachenmeister von Klöppelkrall war so groß und dünn, dass er geradezu einer Bohnenstange glich. Seine strengen, wachsamen Augen lagen tief in den Höhlen seines skelettartigen Kopfs, und nun blickte er finster auf die Zuschauer, als wollte er ihnen ernsthaft davon abraten, die Platzierungen, die er gleich verkünden würde, infrage zu stellen.

»Hier nun die Ergebnisse der Gehorsamkeitsprüfung«, verkündete er. »Nach einer angeregten Diskussion mit meinen Schiedsrichterkollegen und meiner *Kollegin*...« An dieser Stelle streifte er Mistress Hildebrand mit einem finsteren Blick. »... habe ich folgende Entscheidungen getroffen: Auf dem dritten Platz und Gewinnerin der grünen Rosette ist... Hilda von Flügelheim.«

Donnernder Applaus ertönte, als er die Rosette überreichte. Wony rutschte nervös im Sattel hin und her.

»Und nun zum zweiten Platz. Die blaue Rosette geht an...« Adalbert machte absichtlich eine längere Pause, um die Spannung im Ring und unter den Zuschauern noch zu steigern. »... Lelia von Echsenwald.«

Die Anhänger des Gestüts, auf dem der Wettbewerb stattfand, klatschten begeistert.

»Wony gewinnt Gold!«, flüsterte Cara, die es noch kaum glauben konnte.

»Wäre möglich ...«, meinte Britta zurückhaltend.

»Und nun zum ersten Platz und zur goldenen Rosette in der Disziplin Gehorsamkeitsprüfung für Anfänger ...« Adalbert bewegte sich eindeutig auf Wony und Pummel zu.

»Jawohl! Zweimal Gold!« Cara lachte vor Freude.

Doch ihre Freude war nur von kurzer Dauer. Adalbert ging an Wony vorbei und weiter zu einem Mädchen, das im Rot von Adalberts Gestüt gekleidet war. »Violet von Klöppelkrall!«

Wony biss vor Enttäuschung die Zähne zusammen und musste die Augen schließen, um zu verhindern, dass sie an Ort und Stelle losheulte. Sie wendete Pummel und ließ ihn mit den anderen Drachen im Gänsemarsch aus dem Ring tapsen. Britta und Cara erwarteten sie am Gatter.

»Das war total unfair!«, versicherte Cara Wony. »Das Ganze war ein einziger Schwindel!«

»Ein abgekartetes Spiel!« Britta schäumte vor Wut. »Ich frage mich, wie Klöppelkrall damit durchkam! Die Schiedsrichter müssen Tomaten auf den Augen gehabt haben! Und vom Drachenfliegen haben sie auch keine Ahnung!«

»Ich kann nur hoffen, dass ich selbst von diesem Urteil ausgenommen bin!«

Wony und Cara erstarrten beim Klang von Mistress Hildebrands Stimme, während Britta sich nicht einschüchtern ließ. »Wony hätte eine Rosette verdient!«, teilte sie der Oberreitlehrerin unverblümt mit. »Das wisst Ihr so gut wie wir!«

Mistress Hildebrand überhörte Brittas zornige Worte geflissentlich und wandte sich an Wony. »Glaub mir, ich hatte dich für eine Rosette vorgeschlagen, doch ich fürchte, dass Drachenmeister Adalbert dich schlecht bewertet hat. Auch Meister Helgo merkte an, du hättest bei einigen Manövern etwas müde gewirkt. Aber das war nach der langen Anreise vermutlich nicht weiter verwunderlich.«

Wony seufzte. »Na ja, vielleicht habe ich das nächste Mal mehr Glück.«

Die Oberreitlehrerin schüttelte den Kopf. »Das glaube ich nicht.«

Wonys Unterkiefer kippte herunter. »Oh, ich dachte, Ihr hättet gesagt …«

»Wenn du mich vielleicht mal ausreden ließest, kleine Wony – es wird kein nächstes Mal geben, weil ich der Meinung bin, dass du inzwischen eine Klasse aufrücken kannst. Mit den Gehorsamkeitsprüfungen ist es also vorbei. Bei der nächsten Schau wirst du beim Wettfliegen der Anfänger auftreten. Ich erwarte dich also nächste Woche in der Senke des Drachenhorts, um mit dem Hindernisfliegen anzufangen.«

Mistress Hildebrand wandte sich nun an Cara. »Apropos Wettfliegen – solltest du dich nicht langsam fertig machen? Die Wettkämpfe der Mittelstufe beginnen in fünf Minuten. Übrigens noch ein kleiner Rat: Pass bei den parallelen Querstangen auf! Sie sehen recht tückisch aus. Flieg sie nicht zu schnell an und verlass dich dann weitgehend auf deinen Drachen. Guten Flug und viel Glück!«

Während Mistress Hildebrand entschlossen davonstapfte, stand Wony noch mit offenem Mund und großen Augen da und stammelte: »Wettfliegen für Anfänger, Wettfliegen für Anfänger …«

Caras Ärger war dahingeschmolzen wie Schnee in der Frühlingssonne. »Hast du das gehört, Wony? Du darfst eine Klasse aufrücken!«

»Was für ein Tag!« Wony schlang beide Arme um Pummels langen Hals und drückte ihn an sich. Der Drache stieß ein verdutztes Trompeten aus. »Oh, Pummel, ich hab dich ja so lieb!« Sie drückte erneut zu. »Ich geh jetzt etwas zu essen für meinen Pummel holen und danach belohne ich *mich* mit einem Besuch am Imbissstand! Will jemand mitkommen?«

Cara schüttelte den Kopf. »Würde ich ja gern, aber ich muss Sternchen noch aufwärmen.« Sie deutete auf Wonys goldene Rosette. »Mal sehen, ob ich auch so ein Ding gewinnen kann!«

Cara und Wony, die Pummel am Führstrick mitzog, gingen lachend und fröhlich plaudernd davon. Britta betrachtete die Rosette in ihrer Hand fast so, als fürchte sie sich davor. Doch dann gab sie sich einen Ruck und beschloss, ihren Freundinnen zu folgen.

Cara überließ es Britta und Wony, Pummel abzuzäumen, da sie sich nun um Sternenstürmer kümmern musste. Schon als der Drache sie aus der Ferne sah, stieß er einen lauten Freudenschrei aus und flatterte aufgeregt mit den Flügeln.

»Beruhig dich, du Dummerchen«, sagte Cara liebevoll und klopfte Sternchen an die Flanke. »Ich habe dir doch gesagt, dass es nicht lange dauern wird.« Der Drache schlang seinen langen Hals um Caras Schulter und drückte seinen Kopf an ihren Rücken. »Schon gut, schon gut. Ich weiß doch, dass du mich magst.« Sie griff nach seinem Kopfgeschirr und schaute ihm in die Augen. »Wir fliegen um Gold, denk daran! Und für Drachenwelt und … meine Mutter.«

Sternenstürmer gab ein zuversichtliches Schnarren von sich und Cara drückte ihre Stirn kurz an die goldene Blesse über seinem Augenwulst. Ganz leise sagte sie: »Du bist der beste Drache von ganz Bresal und ich habe dich eigentlich gar nicht verdient.« Sternchen schüttelte den Kopf, breitete die Flügel aus und trompete lauthals aus Protest.

Cara musste lachen. »Na schön, ganz wie du meinst. Dann zeigen wir den anderen mal, was wir zwei können!«

Eine Glocke ertönte – das Signal für den baldigen Beginn des Wettfliegens für die Mittelstufe. Als Cara

Sternenstürmer über das kurz geschnittene Gras zum Turnierplatz führte, gesellte sich Britta wieder zu ihr. »Hast du dir die Hindernisse schon angesehen?« Britta blickte an einem der Masten hinauf und riss verblüfft die Augen auf. »Schau nur – da oben ist Daniel! Was macht er da?«

Hoch über dem Boden, auf einer kleinen Plattform neben der unteren der beiden Querstangen stand Daniel und klammerte sich an den Mast, als ginge es um sein Leben – was nach seinem Empfinden auch zutraf. Er hatte sich, gemäß Mistress Hildebrands Auftrag, brav bei den Platzwarten gemeldet. »Hallo, mein Name ist Daniel. Ich wurde geschickt, um euch zu helfen.« Nachdem sich die Platzwarte vor Lachen ausgeschüttet hatten – Daniel begriff beim besten Willen nicht, was an seinen Worten so lustig gewesen sein sollte –, trat der Größte von ihnen vor.

»Mach dir nichts draus, Junge, wir sind eben ein lustiges Völkchen. Nimm's nicht persönlich, wenn's beliebt.« Er streckte seine in einem Lederhandschuh steckende Hand aus, die Daniel zögernd ergriff. Es war, als würde er von einem wattierten Schraubstock gepackt werden. »Ich bin Fergus von Echsenwald, der Aufseher der Kerle hier.« Fergus beäugte Daniel von Kopf bis Fuß. »Will zwar nicht unhöflich sein, aber haste schon mal bei 'ner Schau mitgeholfen?«

Daniel musste zugeben, dass er weder jemals bei einer Schau mitgeholfen noch überhaupt die leiseste Ahnung von den Aufgaben eines Platzwarts hatte, was ihm prompt weiteres überhebliches Kopfschütteln und Augenzwinkern bescherte.

»Na ja, mein Junge, wir mussten alle mal irgendwann anfangen, nicht wahr? Dann würde ich sagen, du holst dir am besten mal gleich dort oben deine ersten Lorbeeren.« Er deutete auf einen der sechs schwindelerregend hohen Masten, an denen die Querstangen angebracht waren, hoch über der Arena.

Daniel wurde noch blasser als sonst. »Da oben …?«

»Klar doch«, sagte Fergus nickend. »Siehst ja sowieso aus wie das geborene Eichhörnchen! Also, du kletterst jetzt einfach da hoch und stellst dich neben die untere Querstange.« Weiteres Gelächter erschallte.

»Eichhörnchen?«, wiederholte Daniel verdattert, obwohl ihm schwante, dass ihm die Antwort nicht gefallen würde.

»Nun, David …«

»Daniel«, verbesserte ihn Daniel. »Mein Name ist Daniel.«

»Entschuldige, *David* …« Wieder ertönte unterdrücktes Gekicher.

»Wenn die Drachen gegen die Stangen fliegen oder sie irgendwie berühren, fallen diese – schwupps! – auf den Boden, und jemand muss sie ebenso – schwupps! – wieder aufheben und an ihren Platz zurücklegen. Dafür sind wir Eichhörnchen zuständig. Aber es gibt natürlich noch andere Aufgaben: Wir haben zum Beispiel die Aufleser – schau, da sind sie!« Er deutete mit einer Kopfbewegung auf eine Schar junger Stallburschen von Echsenwald. »Wir nennen sie auch Ringratten, weil sie so flink wie Ratten durch den Ring flitzen, um die Stangen wieder vom Feld zu holen.« Fergus wandte sich an die Ringratten. »Besonders wenn das gnädige Fräulein Hortense fliegt, nicht wahr, Jungs? Ich habe in meinem Leben noch keinen Reiter gesehen, der mehr Zeug heruntergerissen hätte als sie! Da fallen die Stangen zu Boden wie die Blätter im Herbst! Zieht bloß immer schön den Kopf ein, wenn das gnädige Fräulein im Anflug ist!«

Trotz seiner Nervosität brachte Daniel bei der Erwähnung von Hortenses Reitkünsten doch ein schiefes Grinsen zustande.

Fergus war mit seinem Vortrag noch nicht am Ende. »Dann gibt es noch die Zieher, die kräftigen Kerle da drüben.« Blinzelnd schaute Daniel in die angedeutete Richtung und sah eine Gruppe von jungen Männern, deren Arme so muskelbepackt waren wie die Vorderfüße eines Drachen. »Sie kümmern sich um die Taue, an welchen die Hindernisse oben befestigt sind. Aber es gibt natürlich unterschiedliche Taue und Stricke …«

»Das habe ich befürchtet«, stöhnte Daniel, dem längst der Kopf schwirrte.

»Es gibt Seile zum Raufziehen und Runterlassen, und natürlich auch Seile zum Rein- und Rausziehen, aber die brauchen dich nicht weiter zu kümmern.«

»Ah, gut«, seufzte Daniel erleichtert.

»Also, beim Raufziehen werden Sachen raufgezogen und beim Runterlassen werden sie runtergelassen – kannst du mir so weit folgen?«

»Ähm …«

»Wenn nun eine Stange runterfällt, ziehen die Zieher sie mit dem Raufziehseil wieder rauf. Und das ist der Punkt, an dem das Eichhörnchen, nämlich du, in Aktion tritt.«

»Ach ja?«

»Oh ja.« Fergus zwinkerte seinen Kumpanen verschwörerisch zu. »Also, wenn das Raufziehseil oben ist, müsst ihr Eichhörnchen euch auf den Weg machen – und zwar bis ans Ende des Querbalkens.« Nun wich jeglicher Rest von Farbe aus Daniels Gesicht. »Ihr verbindet dann das Seil zum Raufziehen mit dem Seil zum Runterlassen. Danach holen wir das Seil zum Runterlassen ein und lassen das Raufziehseil natürlich so weit ablaufen …«

»Natürlich«, murmelte Daniel und schloss resigniert die Augen.

»… bis das Ende des Seils den Boden berührt. Dann legen wir die Stange in die Schlinge am Ende des Raufziehseils und ziehen es rauf, während wir jetzt gleichzeitig das andere Seil ablaufen lassen, bis beide Seile wieder oben sind. Du musst dann das Seil zum Runterlassen losbinden, und wir lassen das Raufziehseil so weit runter, bis die Stange wieder genau an ihrem richtigen Platz sitzt. Wenigstens so lange, bis der nächste Trottel sie runterwirft, denn dann geht der ganze Zirkus wieder von vorne los. Noch Fragen?«

»Ähm …«

»Gut, dann nichts wie rauf mit dir!«

Nach diesem verwirrenden Vortrag war Daniel nichts anderes übrig geblieben, als bis zum unteren Querbalken des Masts hochzuklettern. Tief unter sich sah er nun Cara und Britta, die ihm begeistert zuwinkten. Er kam jedoch gar nicht erst in Versuchung, ihren Gruß zu erwidern, weil er sonst garantiert seinen Halt und den letzten Rest an Körperbeherrschung verloren hätte.

Unten auf dem Boden zog Cara eine Schnute. »So ein Flegel! Winkt nicht mal zurück! Na ja, wenn es ihm so viel Spaß macht, da oben herumzuturnen, dann soll er doch!«

»Jungs!«, sagte auch Britta abfällig. »Müssen ständig klettern. Wenn nicht auf Bäume, dann eben auf Masten oder an Seilen hinauf.« Sie betrachtete die Stange, die zwischen Daniels Mast und dem seines Nachbarn hing. »Aber noch mal zu diesen Hindernissen …«

»Ich habe sie mir vorhin schon angesehen«, antwortete Cara. »Das einzige Problem hat Mistress Hildebrand vorhin schon angesprochen – die doppelten Querstangen dort. Man muss nach den ersten Doppelstangen einen ziemlich steilen Sturzflug hinlegen, aber ich denke, das schafft Sternchen mit links.«

»Das glaube ich auch …« Da schallte plötzlich die Stimme des Ansagers durch die Arena und schnitt Britta das Wort ab.

»Die erste Reiterin beim Wettfliegen der Mittelstufe

unserer Großen Schau von Echsenwald ist Hortense, die Tochter des Hohen Lords, die auf dem Rücken von Silberwolke für Klöppelkrall reitet.« Es gab verhaltenen Applaus von den Zuschauern auf der Holztribüne, als Hortense auf einem weiblichen Bartdrachen in die Arena geflogen kam, in der Mitte landete und die Schiedsrichter grüßte.

»Richtig, erst mal die Nichtskönner«, merkte Britta säuerlich an, »die Besten heben wir uns für später auf.«

Cara schmunzelte. Die Auslosung hatte ergeben, dass sie als Letzte fliegen würde, doch das war nicht unbedingt ein Segen. Einerseits wusste sie dann zwar bereits, wie ihre Konkurrenten abgeschnitten hatten, andererseits war das aber auch eine nervliche Belastung – wenn davor jemand fehlerfrei geflogen war, wusste man, dass man sich die goldene Rosette schon beim kleinsten Fehler abschminken konnte.

Cara zuckte mit den Schultern. »Man kann nie wissen. Vielleicht hat Hortense in den letzten paar Wochen ja etwas dazugelernt.«

Spöttisch zog Britta eine Augenbraue hoch. »Klar, so sicher, wie Drachen schwimmen können!«, schnaubte sie.

5. Kapitel

Ein Glockensignal gab Hortense das Startzeichen.

Daniel, hoch über den Köpfen der Mädchen, überkreuzte instinktiv Zeige- und Mittelfinger. Doch dann merkte er, dass er dazu eine Hand vom Mast genommen hatte, und klammerte sich erschrocken rasch wieder fest. Unwillkürlich stöhnte er auf. »Bitte, wirf meinetwegen sämtliche Stangen herunter, Hortense. Alle, die du willst, nur bitte, bitte *meine* nicht! – Oh nein!« Daniel wurde schlagartig klar, dass all sein Flehen vergeblich sein würde, als Hortense ihren Drachen Silberwolke viel zu schnell auf eine Reihe von Querstangen zulenkte und prompt die untere Stange streifte, die donnernd zu Boden fiel. Das brachte ihr die ersten zehn Strafpunkte ein. Daniel wagte einen Blick nach unten und sah die Ringratten über den Platz rennen, um die heruntergefallene Stange aufzuheben. Dabei schielten sie besorgt auf Hortense, um zu sehen, was sie als Nächstes anstellen würde.

Britta schnalzte missbilligend mit der Zunge. »Das war nur der Anfang! Ich wette, da kommt noch mehr!«

Cara nickte zustimmend.

Oben auf dem Querbalken dachte Daniel dasselbe. Und tatsächlich machte Hortense auch prompt erneut einen Fehler, sodass die zweite Stange herunterfiel. Nur noch drei weitere Hindernisse trennten sie von Daniels Mast. Er durfte gar nicht daran denken! »Bitte, flieg eine falsche Route«, bettelte er stumm. »Dann wirst du disqualifiziert und darfst aufhören und meine Stange hier bleibt dir erspart.« Seine Miene hellte sich auf. »Oder leg eine Bruchlandung hin! Genau, das wäre das Beste!«

Doch all sein Hoffen und Flehen waren umsonst. Obwohl noch zwei der drei folgenden Stangen auf den Boden fielen, ließ Hortense ihren Drachen unbeirrt wenden und auf den Mast zuhalten, auf dem der zitternde Daniel stand. Hilflos musste er mitansehen, wie der Drache zielgerichtet und genau in Augenhöhe auf ihn zugeflogen kam.

Silberwolke wurde immer größer und größer und Daniel hörte mit Bangen das Rauschen ihrer Flügelschläge. Heftige Windstöße ließen Daniels Kleidung um seinen Körper flattern und rissen seine Haare nach hinten. »Oh nein«, stöhnte er innerlich, als Hortense ihren Drachen auf die parallelen Querstangen und somit auch auf ihn zulenkte.

Dann ein Geräusch, so laut wie ein Donnerhall, und ein stürmisches Rauschen. Instinktiv spannte Daniel sämtliche Muskeln an und schloss die Augen.

Mit einem Schlag war alles vorbei. Der Wind flaute

ab, so schnell wie er gekommen war, und Daniel öffnete vorsichtig blinzelnd ein Auge. Hortense und Silberwolke waren verschwunden. Ungläubig starrte Daniel auf die Stangen. Sie schwankten zwar beide, hingen aber noch in den Seilen! »Hurra!«, rief er. »Hurra! Hu… nein!«

Er hatte sich zu früh gefreut! Die Stangen schaukelten in den Schlingen des starken Seils immer weiter vor und zurück. Hortense hatte das Hindernis im falschen Winkel angeflogen und Silberwolke mit dem Schwanz eine der Stangen gestreift.

Wie in Zeitlupe begann die obere Stange plötzlich aus der Schlinge zu rutschen. Die Zuschauer schnappten nach Luft, als die Stange langsam aber sicher herausglitt.

Gequält schloss Daniel erneut die Augen und jammerte: »Neiiiiin!« Die mit gelben Bändern geschmückte obere Stange krachte donnernd auf die untere, und beide fielen mit einer solchen Wucht zu Boden, dass die Ringratten nur noch um ihr Leben rennen konnten.

Zwei Hindernisse später fanden Hortenses – und Daniels – Qualen ein Ende. Die Tochter des Hohen Lords hatte ihren Durchgang mit sechs heruntergefallenen Hindernissen und insgesamt sechzig Strafpunkten hinter sich gebracht.

»Komm schon!«

Da blickte Daniel nach oben. Der Eichhörnchen-Junge an der Stange über ihm turnte bereits emsig über den Holzbalken, leichtfüßig und unbeschwert wie ein Seiltänzer, und so unbekümmert, als würde er lediglich über ein Gartenmäuerchen balancieren.

Daniel war wie gelähmt. »Das kann ich nicht!«

»Schau, da ist ein Hufseil für die ganz Doofen.« Der Junge grinste zu Daniel herunter. »Nimm das Seil zum Herunterlassen mit dir – ja, das da. Arme über den Querbalken, Latschen auf das Hufseil. Du kriegst den Dreh schon raus.«

Das bezweifelte Daniel zwar ernsthaft, aber er hakte dennoch brav das Seil aus, auf das sein Kollege gezeigt hatte, und klemmte es sich zwischen die Zähne. Dann ließ er sich langsam und bedächtig hinunter und tastete mit den Füßen nach dem Hufseil. So schob er sich Zentimeter für Zentimeter vorwärts und klammerte sich mit beiden Armen am Querbalken fest wie ein Ertrinkender an einer Planke.

Angespornt durch die Rufe und das höhnische Gejohle unter ihm, gelangte Daniel glücklich ans Ende des Querbalkens, machte das Hochziehseil ausfindig und band das mitgeführte Tau daran fest. Die Ringratten unter ihm zogen Handbreit um Handbreit an dem Tau, das knackend über einen hölzernen Flaschenzug lief, während sich die Schlinge langsam zum Boden der Arena senkte. Flugs legten die Ringratten das Seil um das eine Ende der Stange, während ihre Kollegen am anderen Ende dasselbe taten. Jetzt wurde die Stange vorsichtig und Stück für Stück, im gleichen Rhythmus wie vorher nach unten, von den Ziehern wieder nach oben gezogen, bis sie neben Daniel in der Luft hing.

Erst als unter ihm laute Rufe ertönten, streckte Daniel zaghaft eine Hand aus, um das Tau zum Herunterlassen loszubinden, obwohl ihm dabei richtig schwindelig wurde. Erneut nahm er das Seil zwischen seine Zähne, ehe er den langen, schrecklichen Weg auf sich nahm und sich Zentimeter um Zentimeter zurück auf die sichere Plattform am Mast schob.

Doch kaum war Daniel erleichtert und mit einem tiefen Seufzer dort angekommen, als bereits der nächste Teilnehmer im Ring stand. Und schon wieder streifte ein Drache die Querstange, die sich mehrmals in der Luft drehte, ehe sie polternd auf dem Boden landete. Entnervt schloss Daniel die Augen. Hörten seine Qualen denn niemals auf?

Im weiteren Verlauf der Wettkämpfe musste Daniel noch oft in Aktion treten, denn genau wie Mistress Hildebrand vorhergesagt hatte, erwiesen sich die doppelten Querstangen als ein Hindernis, mit dem die meisten Reiter ihre Schwierigkeiten hatten – oder an denen sie völlig scheiterten. Niemand flog fehlerfrei. Unter den kritischen Blicken von Cara, Britta und auch Wony, die sich nach Pummels Versorgung zu ihren Freundinnen gesellt hatte, trat ein Teilnehmer nach dem anderen auf.

»Jetzt kommen nicht mehr viele und niemand ist bisher fehlerfrei geflogen«, sagte Wony. »Ich wette, du holst Gold, Cara.«

»Ernestina fliegt allerdings auch noch«, gab Britta zu bedenken.

»Stimmt, Ernestina …«, sagte Cara besorgt. »Sie kommt als Nächste dran.«

Beide Mädchen respektierten Ernestina als Reiterin, obwohl sie für Klöppelkrall flog und zudem mit Hortense befreundet war. Zwischen ihr und ihrem Drachen, einem fast schwarz glänzenden Schattenhautdrachen namens Sturmvogel, bestand ein starkes Band des Vertrauens. Die unzähligen goldenen Rosetten, die sie in den vergangenen Jahren bei diversen Flugschauen und sogar bei den Inselmeisterschaften gewonnen hatte, bewiesen Ernestinas Können.

Wie zur Bekräftigung von Brittas Worten boten Ernestina und Sturmvogel auch tatsächlich einen großartigen Durchgang. Sie nahmen die ersten Hindernisse so bravourös und meisterhaft, dass sie ihre sämtlichen Vorgänger weit in den Schatten stellten. Ernestina war um Klassen besser als alle anderen. Als sie nun auf die tückische doppelte Querstange zuflog, wog sich Daniel in dem sicheren Gefühl, diesmal ungeschoren davonzukommen.

Doch er sollte sich getäuscht haben.

Als Ernestina ihren Drachen zwischen den parallel hängenden Querstangen hindurchlenkte, streifte Sturmvogel mit einer Flügelspitze ganz leicht das seitliche Haltetau, und prompt fiel die untere Stange herunter. Die Zuschauer stießen ein mitfühlendes »Ahhh!« aus.

»Nein, nicht schon wieder«, stöhnte Daniel. »Ich schwöre, das machen sie mit Absicht!«

Als Ernestina schließlich mit zehn Strafpunkten ins Ziel flog, hüpfte Wony vor Aufregung auf und ab. »Jetzt kommt nur noch Cara. Und bisher ist wirklich niemand fehlerfrei geflogen!«

Britta nickte. »Stimmt, Cara. Wenn du keinen Fehler machst, hast du gewonnen! Viel Glück!«

Cara sagte nichts, doch ihre entschlossene Miene sprach Bände. Wie durch einen dichten Nebel hörte sie die Stimme des Ansagers ihren Namen ausrufen, ehe sie unter dem begeisterten Applaus der Zuschauer auf Sternenstürmer in den Ring flog.

»Auf, Sternchen!«, flüsterte sie. »Jetzt holen wir Gold!«

Sie zupfte nur leicht an den Zügeln und schon preschte Sternchen trompetend los. Im Handumdrehen waren sie am ersten Reifen und auf ein Zeichen von Cara hin legte der Drache brav beide Flügel an.

Ein unbändiges Glücksgefühl durchströmte Cara, als sie Sternchen durch die Arena lenkte. Sie und ihr Drache verstanden sich instinktiv. Sie musste nur sachte am Handzügel zupfen oder an einem der Beinzügel ziehen, und Sternchen wusste, was er zu tun hatte. Ihr gegenseitiges Vertrauen war grenzenlos. Drache und Reiterin bewegten sich, als wären sie zu einem einzigen Wesen verschmolzen: Cara saß geschmeidig im Sattel und ging mit jeder Bewegung Sternchens mit, der seinerseits schon auf die kleinste Anweisung seiner geliebten Reiterin reagierte. Die Stangen und Balken jagten ihm keine Angst ein. Hindernisse? Aber nein, sie markierten lediglich seine Flugbahn. Nie im Leben würde er sie herunterwerfen.

Oben auf der kleinen Plattform hatte Daniel seine anfängliche Panik fast vergessen, als er nun wie gebannt Caras Auftritt verfolgte. Wie elegant sie und Sternchen sich durch die Hindernisse und an ihnen vorbei bewegten! Als er den Flug des Drachen zum ersten Mal aus dieser Höhe beobachtete, begann Daniel vage zu begreifen, was Cara und Britta am Drachenreiten so faszinierend fanden und was sie die langen, anstrengenden Trainingsstunden bei Wind und Wetter in Kauf nehmen ließ. Er konnte plötzlich sogar nachvollziehen, dass Britta traurig war, weil sie heute nicht teilnehmen konnte.

Britta verfolgte Caras Auftritt von der Koppel aus und war zwischen den unterschiedlichsten Gefühlen hin- und hergerissen. Sie könnte auch dort oben sein und für Drachenwelt fliegen, wenn Mondfee nicht krank wäre – die arme Mondfee, wie sie sie vermisste! Natürlich wünschte sie Cara einen fehlerfreien Durchgang, selbstverständlich … Cara und Sternchen flogen so wunderbar. Waren sie und Mondfee auch jemals so wunderbar geflogen? Konnten sie und Mondfee sich überhaupt mit ihnen messen? Auf einmal sah Britta alles verschwommen. Verärgert rieb sie sich die Augen. Verblüfft sah sie dann, dass ihr Handrücken feucht war …

Cara und Sternchen hatten noch immer keinen einzigen Strafpunkt, als sie nun auf die tückische Querstange zuflogen. Doch statt wie all ihre Vorgänger vor dem Hindernis zu beschleunigen, zügelte Cara ihren Drachen, bis dieser fast reglos in der Luft stand und sie den perfekten Anflugwinkel hatten. Die Zuschauer hielten gebannt den Atem an – wenige Reiter hatten ihren Drachen so gut im Griff. Nur ganz wenige trauten sich ein solches Manöver zu und noch weniger hatten auch die nötigen Nerven. Im Schiedsrichterzelt nickte Huw anerkennend und murmelte: »Gut, gut.« Mistress Hildebrand zog eine Augenbraue hoch und kritzelte etwas auf ihren Programmzettel.

Cara nahm den ersten Teil des doppelten Hindernisses in einem gemächlichen, flachen Gleitflug. Dann drückte sie die Knie an Sternchens Flanke, zog an den Fußzügeln und ließ ihren Drachen in einem fast senkrechten Sturzflug auf den zweiten Teil des Hindernisses zufliegen. Daniel sah nur etwas Grünes und Goldenes aufblitzen, als Sternenstürmer mit minimalem Abstand zwischen den Stangen an ihm vorbeiflitzte.

»Jawohl!« Daniel boxte triumphierend in die Luft, kam dabei jedoch ins Schwanken und musste sich flugs wieder am Mast festhalten. Sein Herz hämmerte zum Zerspringen.

Cara flog bereits auf die letzten beiden Hindernisse zu. »Auf, Sternchen!«, murmelte sie. »Weiter so, dann gehört die goldene Rosette uns.« Sie ließ Sternenstürmer einen weiteren Sturzflug vollführen, ehe sie ihn abfing und wieder geradeaus im Slalom um eine Reihe von hohen Weidenruten flitzen ließ, die aus dem Boden ragten. Mit eleganten, kurzen Flügelschlägen preschte Sternchen an ihnen vorbei. *Flick… flack… flick… flack,* wobei seine Schwanzspitze die Ruten jeweils nur um eine Schuppenbreite verfehlte.

Danach waren es nur noch wenige Flügelschläge bis zur letzten Querstange. »Wunderbar, Sternchen«, trieb Cara ihren Drachen an. »Mach du!«

Und sie nahm allen Druck von den Zügeln und überließ es ihrem Drachen, Kurs und Geschwindigkeit zu bestimmen.

Als Sternchen spürte, wie locker sie die Zügel hielt, begriff er, dass Cara sich nun voll und ganz auf ihn verließ. Mit einem aufgeregten Knurren beschleunigte er und schoss dann durch das Hindernis, ohne auch nur in die Nähe der Stangen zu geraten.

»Sie hat es geschafft!«, krähte Wony aufgeregt. Britta nickte lächelnd, doch ihre Augen glänzten auffällig und ihre Unterlippe zitterte. Donnernder Applaus ertönte in den Zuschauerreihen. Allen war klar, dass diese Reiterin und ihr Drache aus einem ganz besonderen Holz geschnitzt waren.

Cara war außer sich vor Freude. Sie tätschelte Sternchens Hals ein ums andere Mal, als sie über die Arena flog und den jubelnden Zuschauern zuwinkte. Sogar Daniel vergaß seine Heidenangst für kurze Zeit und streckte anerkennend einen Daumen hoch.

Die Schiedsrichter mussten nicht lange debattieren.

Schon wenige Minuten später stand Cara auf dem Siegertreppchen, um ihre Rosette und ihren Pokal in Empfang zu nehmen.

»Was für ein Tag!«, jubelte Wony, die gar nicht mehr aufhören wollte zu klatschen. »Zweimal Gold für Drachenwelt!«

Britta lächelte nur wehmütig.

»Es gibt nur ganz wenige Reiter, die es geschafft haben, in einer Saison eine goldene Rosette nach der anderen zu holen«, fuhr Wony fort. »Aber ich wette, dass Cara es schaffen wird. Sie hat alle anderen bereits zweimal hintereinander geschlagen!«

»Nicht alle anderen«, sagte Britta leise. »Das nicht ...«

Wony hörte abrupt auf zu klatschen. »Oh, entschuldige. Ich habe nicht gemeint, dass ... Ich wollte doch nur ...«

»Macht nichts.« Unverwandt schaute Britta auf Cara, die inzwischen vom Siegerpodest gestiegen und von begeisterten Zuschauern und ihren Konkurrenten umringt war, die ihr alle gratulieren wollten. Doch da wandte sich Britta ab und sagte: »Schau, Daniel klettert gerade von seinem Mast herunter. Sollen wir zu ihm gehen und fragen, wie es ihm erging?«

Sie gesellten sich zum grinsenden Fergus und den anderen Platzwarten. Der oberste Platzwart klopfte Daniel kräftig auf den Rücken. »Na, was habe ich gesagt, Junge? Was habe ich gesagt? Du bist das geborene Eichhörnchen.«

»Ich?«, stammelte Daniel, der noch immer wie Espenlaub zitterte.

Mit einer ausladenden Handbewegung zeigte Fergus auf seine Truppe. »Meine Leute hier und ich haben beschlossen, dich zu befördern, weil du ein solches Naturtalent bist.«

»Befördern? Mich?« Daniel wollte seinen Ohren nicht trauen.

»Oh ja, du machst einen kometenhaften Aufstieg, mein Junge.« Fergus zeigte zum Himmel. »Bei der nächsten Schau darfst du ganz nach oben, auf den obersten Querbalken.«

Britta und Wony konnten den armen Daniel gerade noch rechtzeitig auffangen, als er ohnmächtig zu Boden sank.

6. Kapitel

Einige Wochen später saßen Cara und Britta an dem wuchtigen Mooreichentisch in der großen, gemütlichen Küche von Gut Drachenwelt. Gerda, die kugelrunde Haushälterin, eilte wie immer geschäftig hin und her und schleppte Töpfe und Pfannen zum Spültisch. Dort stand Daniel, die Arme bis zu den Ellbogen im Spülwasser, und schrubbte Porzellanteller sauber, die bis vor Kurzem noch angefüllt waren mit Gerdas köstlichem Braten und dicker Soße. Die in der Küche wohnenden Gleitechsen, die auf dem Kaminsims über dem riesigen Herd thronten, plusterten ihr Gefieder und ließen ihn keine Sekunde aus ihren kleinen runden Augen.

Daniel nahm einen weiteren Teller vom Stapel. »Warum muss ich mich hier abrackern, während ihr beide auf eurem Hintern sitzt und belangloses Zeug redet?«, beschwerte er sich.

»Weil *wir* nicht vergessen haben, Gerda zu sagen, wie lecker ihr Siruppudding geschmeckt hat«, entgegnete Cara ungerührt.

»Aber, aber – das ist nun wahrlich eine böse Anschuldigung, mein Kind«, schnaubte Gerda. »Als wenn ich mich von solchen Kleinigkeiten beeinflussen ließe.« Sie stellte eine große gusseiserne Pfanne so heftig auf die Abtropffläche, dass Daniel zusammenzuckte, und kniff die Augen zusammen. »Achte darauf, dass du das Fett *restlos* abschrubbst!«

»Aber dein Pudding war wirklich lecker«, protestierte Daniel. »Alles, was du kochst, schmeckt superlecker, Gerda. Du bist die beste Köchin von ganz Bresal, das weiß jeder.«

»Es ist trotzdem ganz nett, wenn man es hin und wieder gesagt bekommt«, erklärte Gerda. »Jeder hört ab und zu gern mal ein kleines Lob. Damit man nicht das Gefühl hat, alles sei selbstverständlich. So, aber jetzt hör auf zu jammern und schrubbe tüchtig, sonst fallen mir noch mehr Aufgaben für dich ein. Ach ja, in den Zimmern oben muss noch Staub gewischt werden.« Als Daniel stöhnte, zwinkerte sie den Mädchen verschwörerisch zu.

Da öffnete sich die Küchentür und Mistress Hildebrand trat ein. »Ah, Britta, Cara, da seid ihr ja! Hab ich mir schon gedacht, dass ich euch hier finden würde. Einen schönen Tag wünsche ich dir, Gerda.«

»Ich Euch auch, Hildebrand. Ihr kommt etwas spät zum Mittagessen, fürchte ich. Nachdem Galens Wachmannschaft und seine ewig hungrigen Kumpane hier waren, ist kein Fitzelchen mehr übrig.«

Mistress Hildebrand schüttelte den Kopf. »Habe ohnehin keine Zeit fürs Essen. Es gibt zu viel zu tun.« Die Reitlehrerin wandte sich wieder an Cara und Britta. »Seid ihr mit dem Ausmisten und der Schuppenpflege fertig?«

»Das braucht Ihr gar nicht zu fragen«, antwortete Britta missmutig. »Ihr braucht uns nur zu riechen! Bei diesem heißen Wetter schwitzt man sich die Seele aus dem Leib.«

»Wenn ihr nicht nach Schweiß riechen würdet, hättet ihr eure Arbeit nicht gut gemacht«, erwiderte Mistress Hildebrand unbeeindruckt.

»Dann muss ich ja bemerkenswert gut gearbeitet haben«, brummte Daniel und fuhr sich mit dem Unterarm über die Stirn.

»Ich brauche heute Nachmittag eure Hilfe«, fuhr Mistress Hildebrand unbeirrt fort. »Eine Gruppe von Anfängern aus dem Dorf kommt heute zum ersten Mal. Der Drachenmeister ist in Südlanding, um neues Futter einzukaufen, und ich brauche dringend ein paar Leute, die mir helfen, die Anfänger in Schach zu halten.«

Cara und Britta waren alles andere als begeistert. Blutige Anfänger zu überwachen, war ungeheuer anstrengend. Die Kleinen ließen sich normalerweise ohnehin nichts sagen, auch wenn man sich geradezu den Mund fusselig redete. Und zeigte ihr Ungehorsam dann Folgen, musste man ihnen auch noch die Tränen abwischen.

Andererseits waren solche Anfängerstunden als zusätzliche Einnahmequelle sehr wichtig für das Gestüt, denn einige der wohlhabenderen Eltern ließen sich anschließend zum Kauf eines der Drachen von Gut Drachenwelt verleiten.

Trotzdem hatte Cara keine Lust darauf. Sie hatte sich schon so darauf gefreut, am Nachmittag mit Sternenstürmer zu trainieren. »Bedauere, Mistress Hildebrand, wir würden Euch zwar gerne helfen«, sagte sie nicht ganz wahrheitsgemäß, »aber ehe mein Vater losflog, trug er Britta und mir auf, im Drachengehege nach der neuen Brut zu schauen.«

Daniel hingegen sah eine willkommene Gelegenheit, weiteren Arbeiten im Haus zu entkommen. »Das kann ich doch für euch machen, Cara«, sagte er spontan.

Cara und Britta hätten ihn am liebsten gewürgt.

Mistress Hildebrand zog überrascht eine Augenbraue hoch. »Oh, danke, Daniel, das ist sehr nett von dir. Du bist ein guter Junge.«

»Danke«, erwiderte Daniel. »Es ist nett, wenn man es hin und wieder gesagt bekommt. Damit man nicht das Gefühl hat, alles sei selbstverständlich.«

Als Gerda ihm empört ein Geschirrtuch an den Kopf werfen wollte, ertönte draußen plötzlich die Alarmglocke.

Cara und Britta sprangen auf und rannten hinter Mistress Hildebrand aus der Küche. Als sie über den Hof zu den Stallungen eilten, warfen sie einen Blick zum Wachturm, auf dem der Späher mit aller Kraft die große Messingglocke läutete.

Innerhalb weniger Minuten glich der gepflasterte Hof einem Bienenstock. Wie alle Gestüte in Bresal hatte auch das Gut Drachenwelt die Pflicht, denjenigen Farmen, die ihm Tribut zahlten, zu Hilfe zu eilen, wenn sie von wilden Tieren angegriffen wurden. Auf den Hügeln und in den einsamen Mooren trieben sich Feuerhunde, Heuler und manchmal sogar die noch gefährlicheren Parden herum. Gelegentlich kam es auch vor, dass wilde Drachen ein einsam gelegenes Gehöft angriffen. In einem solchen Fall zündeten die Farmen ein Leuchtfeuer an und die Wachmannschaft machte sich auf den Weg.

Inmitten des ohrenbetäubenden Geläuts trieb Galen, Jagdaufseher und Hauptmann der Wachmannschaft, seine Leute zu größerer Eile an.

»Wo ist mein Drache?«, brüllte er. »Wo bleibt Nachtjäger?« Schon kamen ein paar Stallburschen, mit Nachtjäger im Schlepptau, dem grau melierten, scharfzüngigen Hauptmann entgegengelaufen.

Mehrere der anderen Drachen auf dem Hof, darunter auch Sternenstürmer, streckten neugierig die Köpfe aus ihrem Stall und trompeteten aufgeregt angesichts des Aufruhrs. Einem oder zwei der jüngeren Drachen tröpfelten sogar ein paar Flämmchen aus dem Maul.

»Was ist passiert?«, wandte sich Cara an Tord, einen von Galens Männern.

»Kind wird vermisst«, erklärte er kurz angebunden. »Farmerstochter aus Narbengrat. Ihre zahme Gleitechse war entflohen, und da ist sie losmarschiert, um sie zu suchen.«

Galen zählte seine Männer durch und schüttelte dann besorgt den Kopf. »Wir sind nur zu fünft. Imar und seine Leute sind noch in Wilderness auf der Jagd und Mellan überbringt gerade eine Botschaft nach Klöppelkrall. Das reicht eigentlich nicht für einen Suchtrupp.« Er zog die Augenbrauen hoch. »Da müssen wir uns gut verteilen und die Augen offen halten, um möglichst flächendeckend suchen zu können. Wir müssen sofort los! Es ist eine ziemlich wilde Gegend dort oben.«

Die anderen Reiter nickten mit grimmiger Miene. Narbengrat lag an einem der Nordabhänge des Wolkenhorns. In einer so einsam gelegenen Gegend konnte einem Kind alles Mögliche zustoßen.

»Ich könnte doch mit euch fliegen.«

Als Galen sich umdrehte, sah er Britta vor sich stehen.

»Mondfee ist inzwischen wieder fit«, fuhr sie tapfer fort. »Sie hat ihre Krankheit überstanden. Ich könnte euch begleiten. Ich kenne die Gegend recht gut. Dann hättet ihr ein weiteres Augenpaar, das mitsucht…«

Galen kratzte sich sein stoppeliges Kinn und schien zu überlegen.

Cara schlug das Herz bis zum Halse. Sie wusste, wie viel Britta daran lag, zur Wachmannschaft zu gehören. Galen hielt sie schon seit Monaten hin und sagte, sie sei noch nicht so weit und müsse sich erst noch beweisen, indem sie sich für die Inselmeisterschaft qualifiziere. Britta hingegen war davon überzeugt, dass Galen sie nur deshalb ablehnte, weil sie ein Mädchen war. Aber natürlich hätte sie es niemals gewagt, dies dem griesgrämigen Wachhauptmann ins Gesicht zu sagen.

»Britta ist eine äußerst gute Reiterin«, schaltete sich da Mistress Hildebrand ein, die plötzlich neben Galen stand. »Ich bin mir sicher, sie würde Euch nicht enttäuschen.«

Bei diesem Lob aus dem Munde der gestrengen Oberreitlehrerin begannen Brittas Augen zu leuchten. Galens Miene blieb unbewegt, doch zumindest nickte er. »Na schön, aber du bleibst stets an meiner Seite und machst keine Alleingänge.«

Britta stieß einen Freudenschrei aus. »Ja, Galen.«

»Worauf wartest du noch? Sattle deinen Drachen.«

Britta rannte zu Mondfees Stall. Cara folgte ihr. »Ich helfe dir beim Aufzäumen.«

Britta konnte ihr Glück noch kaum fassen. »Ich werde Galen beweisen, dass ich gut bin! Dann *muss* er mich in seine Mannschaft aufnehmen.« Sie stieß die schwere Eisentür auf. »Auf, du Schlafmütze!«, rief sie Mondfee zu. »Wir fliegen heute in der Wachmannschaft mit!«

Während der nächsten Minuten hatten Cara und Britta alle Hände voll damit zu tun, den Drachen aufzuzäumen, der sich von der Aufregung seiner Reiterin anstecken ließ. Vor lauter Hektik brauchten die beiden Mädchen länger als sonst.

»Auf, auf!«, hörten sie Galens ungeduldige Stimme über den Hof schallen. »Wir haben nicht den ganzen Tag Zeit!«

Britta klickte den letzten Zügel ein. »So, fertig!«, sagte sie erleichtert. Sie und Cara führten Mondfee hinaus auf den Hof – und blieben verdutzt stehen, als über ihnen ein lautes Flügelschlagen die Ankunft eines Drachen verkündete.

Mellan, das fehlende Glied in Tords Truppe, ließ seinen Drachen landen und winkte Galen dabei aufgeregt zu. »Ihr könnt unten bleiben«, rief er schon von Weitem. »Ich habe das Mädchen gefunden. Es ist wieder gesund und munter zu Hause.«

»Du hast das Kind gefunden?«, wiederholte Galen. »Hast du überhaupt gewusst, dass es vermisst wurde?«

Mellan lachte. »Nein, hab ich nicht. Ihre Gleitechse fand *mich.* Ich war auf dem Rückweg von Klöppelkrall hierher, als das Tier mir dauernd vor der Nase herumflatterte, bis ich mich darauf einließ und ihm folgte. Es führte mich geradewegs zu dem Mädchen.«

»Klingt fast so, als hätte das Tier mehr Verstand im Leib als sein Frauchen.« Galen gab dem Späher auf dem Wachturm ein Zeichen. Die Alarmglocke verstummte. »Ihr könnt wieder absitzen, Männer!«

Die Wachsoldaten ließen sich von den Stallburschen beim Absteigen helfen und waren froh, dass sie ihre Drachen wieder abschirren konnten. Britta dagegen kämpfte vor Enttäuschung mit den Tränen.

Tröstend legte Cara ihrer Freundin eine Hand auf

die Schulter. »Ist nicht so schlimm, Britta. Du wirst deine Chance schon noch bekommen.«

»Und wann?« Frustriert ballte Britta die Fäuste. »Galen sagt dauernd, ich müsse mich erst noch beweisen, aber wie könnte ich das, wenn er mich nie mitfliegen lässt?«

»Aber er hat auch gesagt, dass er es sich noch einmal überlegt, wenn du bei der Inselmeisterschaft gut abschneidest.«

»Dafür muss ich mich zuerst qualifizieren.«

Cara schnalzte mit der Zunge. »Das schaffst du schon! Nächsten Monat findet die Schau von Drachenstein statt, und da kann Mondfee wieder mitfliegen. Du musst nur auf einen der ersten drei Plätze kommen.«

Britta seufzte. »Du hast recht. Entschuldige, es ist nur so, dass … na ja, du weißt schon.« Sie rieb Mondfees Schulter. »Tut mir leid, dass wir dich ganz umsonst aufgezäumt haben.«

Da hatte Cara eine Idee. »Weißt du was? Mondfee ist sowieso schon abflugbereit, und beim Anfängerunterricht mitzuhelfen, wäre alles andere als lustig. Es ist so ein schöner Tag. Was hältst du davon, wenn ich Sternchen schnell aufzäume und wir zusammen ans Meer fliegen? Wir könnten zur Wirbelbucht fliegen – du weißt schon, die kleine Bucht, die wir bei unserem Flug nach Echsenwald gesehen haben. Damals haben wir doch beschlossen, irgendwann zusammen hinzufliegen, sobald wir Zeit hätten. Warum nicht jetzt? Es wird dir guttun.«

Brittas Miene hellte sich auf. »Meinst du, das geht?«

Cara lächelte. »Kein Problem«, sagte sie. »Ich weihe Gerda ein. Ihr wird schon einfallen, wie sie uns irgendwie decken kann. Auf, zier dich nicht, Britta. Es wird bestimmt lustig werden.«

Britta gab sich einen Ruck. »Gut! Abgemacht!«

7. Kapitel

Komm doch auch zu uns, Mondfee. Das Wasser ist …«

»Eiskalt!«, jammerte Cara.

»Ich wollte ›erfrischend‹ sagen. Sieh selbst!« Britta griff mit beiden Händen in das glitzernde Nass und bespritzte Cara, die aufkreischte und zurückspritzte. Doch dann duckten sich beide und schnappten nach Luft, als Sternenstürmer, der bislang über ihren Köpfen gekreist hatte, plötzlich die Flügel anlegte und mit einem Bauchklatscher im Meer landete – mit so viel Schwung, dass das Platschen an den gesamten Klippen widerhallte und so hohe Wellen erzeugte, dass die beiden Mädchen fast überspült worden wären. Amüsiert schauten Cara und Britta dann dem herumplanschenden Drachen zu, der vor Vergnügen gurrte, sich aufbäumte und mit halb angelegten Flügeln absichtlich noch einmal eine riesige Welle erzeugte, sodass beide Mädchen rückwärts stolperten. Mondfee, die nervös am sandigen Ufer auf und ab stapfte und bisher nur unglücklich getutet hatte, trompetete jetzt kläglich.

Schwankend gelang es Cara, sich wieder aufzurichten. »Das ist unfair!«, schrie sie. »Hör sofort auf damit, du Trampel!« Sternchen schnaubte übermütig und flatterte mit seinen riesigen Flügeln, um sie wieder zu trocknen. Das erzeugte ein Geräusch, als klatschte ein Riese in die Hände.

Hustend und prustend tauchte auch Brittas Kopf wieder aus dem Wasser auf. »Mondfee!«, rief sie keuchend und watete auf wackeligen Beinen durch das flache Wasser ans Ufer, um ihren unglücklichen Drachen zu trösten. »Mir geht es gut, das siehst du doch, oder?« Mondfee säuselte besorgt.

»Es ist nur ein Spiel. Komm doch auch mit ins Wasser!« Sie versuchte, Mondfee mit sich zu ziehen, doch der Drache stemmte alle vier Füße in den Sand. Cara, die bis zum Bauch im Wasser stand, kugelte sich fast vor Lachen, weil Mondfee wie ein Riesenhund aussah, der sich mit aller Kraft gegen ein Bad wehrte.

»Komm schon, du Dummerchen. Es macht solchen Spaß!« Britta stellte sich hinter Mondfee und drückte mit der Schulter gegen ihren mächtigen Leib, doch auch das nützte nichts. »Was bist du nur für ein Feigling, es ist nicht zu glauben!« Schließlich gab sie auf, stellte sich wieder vor ihren Drachen und stemmte die Hände in die Hüften. »Du solltest dich schämen! Ein großer, starker Drache wie du, der sich vor ein bisschen Wasser fürchtet!« Mondfee schnarrte entschuldigend, machte jedoch keinerlei Anstalten, sich auf das Wasser zuzubewegen.

»Lass sie!«, rief Cara aus der Ferne. »Die meisten Drachen fürchten sich vor dem Meer!«

Britta ließ sich nicht mehr von Mondfees kläglichem Winseln beeindrucken und watete zu Cara zurück. »Warum ist das so, was glaubst du? Im Drachensee plantschen sie doch auch gern herum!«

»Sagt der Volksmund nicht, dass Feuer und Wasser sich nicht vertragen? Es ist für Drachen schwerer, vom Wasser abzuheben, wenngleich sie es notfalls schaffen. Vielleicht liegt es an den Wellen. Das Meer ist manchmal ziemlich stürmisch. Vielleicht ist den Drachen bewusst, dass das Meer eines der wenigen Dinge in ganz Bresal ist, die mächtiger sind als sie. In der einen Minute ist es noch ruhig, aber schon in der nächsten …« Cara schöpfte wieder mit beiden Händen Wasser und spritzte es Britta ins Gesicht, »… ist es stürmisch und wild!«

Britta prustete. »Warte, das wirst du mir büßen!«

Lachend ließ Cara sich nach hinten fallen und schwamm mit kräftigen Beinschlägen rückwärts, wobei sie Britta, die hinter ihr her war, nass spritzte. Auf einmal riss Britta beide Arme hoch, stieß einen spitzen Schrei aus – und verschwand unter den Wellen.

»Britta!«

Die lauten, erschrockenen Schreie von Mondfee und Sternenstürmer hallten in Caras Ohren wider. »Britta!« Cara wendete und schwamm hektisch auf die Stelle zu, an der ihre Freundin im Wasser verschwunden war. Sternchen setzte sich mit lautem Flügelrauschen in Bewegung und schwebte ängstlich trompetend über ihr.

Britta kam wieder an die Oberfläche, den Kopf in den Nacken gelegt, prustend und mit beiden Armen um sich schlagend. Cara machte einen Satz auf ihre wild rudernde Freundin zu und bekam sie buchstäblich im letzten Moment noch zu fassen. Cara schlang ihre Hände um Brittas Nacken und begann, sie mit kräftigen Beinschlägen in Richtung des Ufers zu schleppen. Sie war heilfroh, als ihre Füße wenig später weichen Sand berührten. Erst da ließ sie Britta los, die sich im hüfthohen Wasser taumelnd auf die eigenen Beine stellte.

Sternchen, der ebenfalls herbeigeflattert war, stieß einen erleichterten Schrei aus und ließ sich wieder auf den Wellen nieder. Prustend wischte sich Britta das Wasser aus den Augen. »Danke.«

Cara strich ihrer Freundin die langen, dunklen Haare aus dem Gesicht. »Du musst auf einem Stein ausgerutscht sein. Alles in Ordnung?«

»Ja, danke.« Britta musste erneut husten. »Ich muss nach Mondfee schauen.« Sie watete ans Ufer, wo sich Mondfee trotz ihrer Angst vor dem Meer ins flache Wasser gewagt hatte und noch immer klägliche, für einen Drachen höchst untypische Wimmerlaute ausstieß. Bei Brittas Näherkommen reckte Mondfee ihren langen Hals und beäugte ihre Reiterin besorgt. Ihre Rufe schwankten zwischen ängstlicher Ratlosigkeit und vorwurfsvollen Lauten hin und her, als würde sie ein ungezogenes Drachenbaby ausschimpfen.

Cara, mit Sternchen im Schlepptau, kam ebenfalls ans Ufer. Als sie fast bei Britta angelangt war, drehte diese sich um und hörte auf, Mondfees Schnauze zu tätscheln. »Noch mal danke«, sagte sie und versuchte zu lachen. »Ein Glück, dass du in der Nähe warst. Und dass du schwimmen kannst.«

Verlegen zuckte Cara mit den Schultern. »Sternchen hätte dich auch gerettet.« Sie rieb sich die nackten Oberarme. »Komm mit, wir müssen uns das Salz abwaschen. Da drüben gibt es einen Wasserfall.«

Während der nächsten Minuten stellten sich die beiden Mädchen abwechselnd unter den prasselnden Wasserfall und schnappten ständig nach Luft, weil das Wasser so kalt war – kein Wunder, schließlich handelte es sich um Schmelzwasser, das vom hohen Wolkenhorn kam. Sternenstürmer hatte es sich wieder an einer flachen Stelle im Meer bequem gemacht und ließ seinen riesigen, schuppigen Leib von den einlaufenden Wellen bespülen. Mondfee stand erneut am Sandstrand, so weit wie möglich von den Wellen entfernt. Sie hatte ihre Schnauze schützend unter den Schwanz geschoben und äugte nur hin und wieder hervor, um sich zu vergewissern, dass ihre Reiterin auch keine weiteren Dummheiten mehr machte.

Nachdem Britta und Cara ausgiebig geduscht hatten, setzten sie sich auf einen großen Felsen und ließen ihre klatschnassen Sachen von der Sonne trocknen.

Cara legte ihr Kinn auf die angezogenen Knie und

blickte verträumt aufs Meer hinaus. »Wie wunderschön es ist!«

»Aber auch traurig.« Brittas Stimme klang düster. »Ich kenne eine Stelle, an der das Meer mehrmals im Jahr weint.«

»Weint?« Verdutzt schaute Cara die Freundin an.

»Ja, es macht so seltsame Seufzer – wie ein Klagelied.«

»Wieso das?«

»Keine Ahnung«, antwortete Britta. »Die Geräusche entstehen vermutlich, wenn die Wellen sich am Ufer brechen. Es gibt dort auch eine Höhle – die Fischer nennen sie Klagehöhle. Es ist ein gespenstischer Ort.«

Cara beobachtete das türkis glitzernde Meer mit den trägen Wellen, auf denen weiße Schaumkronen tanzten. »Dabei sieht es so friedlich aus.«

»Ist es aber nicht immer. Wenn ein Sturm aufzieht, heult der Wind wie ein hungriger Pard. Und die Wellen donnern an die Felsen, als wollten sie die ganze Welt zertrümmern. Und es kommt auch vor, dass das aufgewühlte Meer ein Fischerboot packt und in die Finsternis hinunterzieht.« Britta schauderte.

»Dein Vater war mal Fischer, nicht wahr?«, sagte Cara zögernd. Sie wusste, dass Britta nicht gern über ihre Familie sprach.

»Ja, früher«, antwortete Britta. »Inzwischen hat er einen Stand auf dem Fischmarkt in Südlanding. Als er die Fischerei aufgab, wollte er, dass ich sein Boot übernehme.« Wieder schüttelte sie sich. »Aber für mich gibt es nun einmal nichts anderes als Drachen. Seither spricht er kaum noch mit mir.«

»Aber wenn du unter Fischern aufgewachsen bist, wieso hast du dann nie schwimmen gelernt?«

»Fischer lernen nie schwimmen«, antwortete Britta brüsk.

Cara riss die Augen auf. »Und warum nicht?«

»Ich glaube, das beruht auf einem Aberglauben – die Fischer denken, wenn sie nicht schwimmen können, würde ihr Boot auf sie aufpassen. Könnten sie aber schwimmen, würde ihr Boot irgendwann untergehen und sie nicht mehr beschützen.«

»Das ergibt für mich keinen Sinn!«

»Klar, es ist auch nur ein dummer Aberglaube.« Britta legte sich auf den Rücken und streckte sich. »Wer aber auf jeden Fall schwimmen kann, sind die Meerleute.«

»Aber die Fischer und die Meerleute mögen sich nicht«, warf Cara ein.

Britta lachte. »Das ist vornehm ausgedrückt! Sie hassen sich. Die Fischer behaupten, die Meerleute würden ihre Netze zerreißen und ihre Fische stehlen.«

»Und was sagen die Meerleute über die Fischer?«

»Weiß nicht. Hab sie noch nicht gefragt«, sagte Britta grinsend.

»Ich würde zu gern mal einen der Meerleute kennenlernen«, sagte Cara sehnsüchtig und schaute aufs Meer. »Wie sie da unten wohl leben? Muss es nicht seltsam sein, in einer Welt zu existieren, in der es keinen Wind und kein Grün gibt?«

»Ich denke schon, dass es das dort unten gibt – in Form von Strömungen, Seetang und solchen Sachen«, meinte Britta. »Manchmal wünschte ich, ich wäre ein Meermädchen. Dann hätte ich nicht solche Angst vor dem Wasser.«

»Schon, aber dafür hättest du eine Schwanzflosse und könntest nicht auf einem Drachen reiten«, gab Cara zu bedenken.

»Stimmt.« Britta erhob sich. »Rennen wir um die Wette zu dem großen Stein dort und zurück. Danach sind wir sicher trocken.«

Cara und Britta flogen so spät zum Gut Drachenwelt zurück, dass die Sonne schon tief am Horizont stand, als sie über der trostlosen Einöde von Klonmoor waren. Die unwirtliche Gegend bestand nur aus einer Wildnis von spärlichen Grasflecken, moosbewachsenen Felsblöcken und vereinzelten Heidekrautbüscheln. Hin und wieder ragten ein paar kränklich aussehende Bäumchen aus dem felsigen Untergrund, allesamt nach Osten geneigt, aufgrund der heftigen Winde, die im Winter vom Meer hereinfegten und sie in diese Richtung bogen.

Cara war hungrig und dachte voller Sehnsucht an Gerdas leckeres Essen – und bei dem Gedanken an ihr Buttergebäck, gefüllt mit Himbeermarmelade und Sahne, lief ihr das Wasser im Munde zusammen. Da riss Brittas Pfiff sie unsanft aus ihren Tagträumen. Verwirrt blickte sie sich um, als Mondfee auch schon an ihrer Seite flog. Britta passte das Tempo ihres Drachen dem Sternenstürmers an und streckte eine behandschuhte Hand aus. »Schau, Peritonen!«, rief sie.

Cara blickte nach unten. Tatsächlich, eine kleine Schar des geflügelten Rotwilds graste auf einem der spärlichen Grasflecken des Moors. Cara staunte über die Schönheit dieser Tiere und die Anmut, mit der sie zwischen den borstigen Grasbüscheln einhertrippelten.

Sie schaute wieder zu Britta. »Und?«

»Jagen wir einen?«

Cara schnappte nach Luft. »Was? Jagen? Aber wir haben doch beide keine Erfahrung darin.«

»Na und? So schwer kann es nicht sein! Wir müssen sie nur von Westen her angreifen, damit sie uns vor der untergehenden Sonne nicht gleich bemerken. Und dann schlagen wir zu! Und haben Peritonenbraten zum Abendessen.«

»Warum denn das?«, stammelte Cara. »Wir haben doch genügend Fleisch in unseren Lagerräumen.«

»Na und? Die Jäger sagen immer, dass ein Tier, das man selbst erlegt hat, doppelt so gut schmeckt! Außerdem macht es bestimmt Spaß. Und stell dir mal vor – wenn wir mit einem selbst erlegten Periton nach Hause kommen, ärgert sich dieser Blödmann von Galen schwarz! Dann hat er einen Grund weniger, abzulehnen, wenn ich ihn das nächste Mal frage, ob er mich in seine Wachmannschaft aufnimmt.«

Cara war alles andere als begeistert. Sie verspürte absolut kein Verlangen, einem dieser wunderschönen, geflügelten Tiere Schaden zuzufügen. Gut, hin und wieder gab sie Sternenstürmer eine rohe Peritonenkeule zu fressen, weil sie wusste, dass es seine Leibspeise war. Doch sie selbst aß so gut wie kein Peritonenfleisch. »Wir könnten den Jägern ja von dieser Herde erzählen«, meinte sie ausweichend. »Dann können sie herfliegen und …«

»Ach, bis dahin ist die Herde längst weitergezogen.«

»Aber sie sind doch so anmutig«, sagte Cara ablehnend.

»Mensch, Cara!« Britta schnaubte ungeduldig. »Wenn du zu feige bist, dann jage ich eben allein!«

»Nein, ich komme mit!« Caras Herz schlug schneller, und sie hatte das Gefühl, als sei ihr ein Klumpen kalter Haferbrei im Hals stecken geblieben. Aber sie durfte ihre Freundin nicht im Stich lassen.

»Gut, dann komm mit! Warte, bis ich in der richtigen Position bin! Dann fliegst du mitten in die Herde hinein, um die Tiere auseinanderzutreiben. Ich greife von Westen her an, treibe eines der Tiere von den anderen fort, und dann machen wir gemeinsam Jagd darauf.«

»Na schön.« Cara fühlte sich alles andere als wohl in ihrer Haut, traute sich aber nicht, einen Rückzieher zu machen. Schweren Herzens schaute sie Britta nach, als diese in einem weiten Halbkreis losflog und an Höhe verlor, um sich schließlich zwischen der Herde und der im Westen stehenden Sonne zu platzieren. Was war nur in ihre ansonsten stets umsichtige, vernünftige Freundin gefahren? Dass Britta in letzter Zeit unter Caras Erfolgen litt und deshalb das Bedürfnis verspürte, sich ebenfalls irgendwie hervorzutun, kam Cara gar nicht in den Sinn.

Als Mondfee wendete und dann beschleunigte, zog Cara kurz und heftig an den Beinzügeln, ehe sie den rechten Zügel wieder lockerte. Brav setzte Sternenstürmer zu einem Kurvenflug an und ging gleich darauf in einen fast senkrechten Sturzflug über.

Trotz ihrer Bedenken begann Cara zu strahlen, als sie die Geschwindigkeit und Kraft ihres Drachen spürte. Beim Flug nach unten zerrte der Wind an ihren Kleidern, und die Ärmel und Schöße ihrer ledernen Flugjacke flatterten. Trotz der Schutzbrille begannen ihre Augen zu tränen. Doch augenblicklich trocknete der Wind die auf ihren Wangen brennenden Tränen wieder. Caras Fingerknöchel, Knie und Oberschenkel schmerzten vor Anstrengung, so krampfhaft klammerte sie sich an den Zügeln und im Sattel fest.

Erst kurz oberhalb der Herde der verschreckten Peritonen bremste Sternchen seinen Sturzflug ab. Die Peritonen stoben in alle Richtungen davon und erhoben sich mit hektischen Schlägen ihrer zierlichen Flügel in die Luft.

Fast im selben Moment tauchte Mondfee auf. Britta war halb aus dem Sattel gebeugt und stieß vor Aufregung einen Schrei aus. Während Sternenstürmers Kurvenflug sah Cara, wie Britta einen einzelnen Periton ins Visier nahm – der Größe und dem grauen Fell nach zu schließen, einen bereits älteren Peritonenbock – und Mondfee auf ihn zulenkte.

Der Drache war sehr viel schwerer, schneller und stärker als seine Beute. Doch der Periton war schlau. Er hatte schon viele Angriffe überlebt – von Feuerhunden, Heulern und Parden und natürlich auch von Drachen – und war offenbar wild entschlossen, auch diesen zu überstehen. Er konnte dem schnelleren Drachen zwar nicht davonfliegen, war dafür aber wesentlich wendiger. Cara blieb jedes Mal das Herz stehen, wenn der Periton Mondfee so nah kommen ließ, dass man glauben konnte, die Klauen des Drachen würden ihn gleich packen. Doch dann schwenkte das kleine Tier so blitzschnell nach links oder rechts, dass Mondfees Klauen ins Leere griffen. Britta verlor beim Wenden immer wieder wertvolle Sekunden, ehe sie und Mondfee die Jagd erneut aufnehmen konnten.

»Gib auf, Britta. Bitte, lass es bleiben.« Cara biss sich auf die Lippen. Doch Britta, die offenbar nichts anderes mehr im Kopf hatte, als Galen einen frisch erlegten Periton vor die Füße zu werfen, dachte nicht ans Aufgeben. Unverdrossen trieb sie Mondfee weiter an.

»Oh nein!« Instinktiv ließ Cara auch Sternchen beschleunigen. Sie flog höher in der Luft und konnte sehen, was Britta, die nur Augen für ihre geplante Beute hatte, entging. Der listige Periton, dessen Hufe sich nur wenige Schuppenbreiten über dem Boden befanden, lockte seine Verfolger direkt auf ein Dickicht verkümmerter Bäume zu. Als Mondfee ihm wieder einmal bedrohlich nahe kam, hatte der Periton die Baumgruppe erreicht und schlängelte sich dann im Zickzack hindurch.

Mondfee holte weiter auf. Unter Caras entgeistertem Blick zog Britta an den Beinzügeln, um ihren Drachen noch mehr anzuspornen. Mondfee zögerte zuerst, ehe sie sich anschickte, dem Periton knapp über dem Boden fliegend zu folgen. Dieser flitzte gerade in eine Lücke zwischen zwei Kiefern, die für einen Drachen viel zu schmal war.

Tannennadeln spritzten durch die Gegend, als Mondfees Flügelspitzen die Zweige streiften. Als ihr Drache verzweifelt mit seinen Beinen und Flügeln um sich schlug, weil er die Kontrolle verloren hatte, konnte Britta sich nur noch schützend die Hände vors Gesicht schlagen. Moorlandvögel schwirrten aus den Bäumen, Äste schwankten und brachen krachend ab, und vom Boden stieg eine Wolke vermoderter Blätter auf, als der Drachenkörper mit voller Wucht auf den Boden prallte. Danach trat eine beängstigende Stille ein.

Sternchen war inzwischen am Rande des Dickichts gelandet und Cara sprang aus dem Sattel. Während sie durch den Schauer der herumwirbelnden Kiefernnadeln zum Absturzort rannte, riss sie sich den Helm und die Schutzbrille vom Kopf. »Britta!«, rief sie entsetzt und außer Atem. *»Britta!«*

8. Kapitel

Das hektische Geläut der Glocke auf dem Wachturm durchbrach die Stille des friedlichen Abends. Es hallte an den Steinmauern des Gestüts Drachenwelt wider und drang bis in die letzten Winkel des gepflasterten Hofs vor den Stallungen. Drei Schläge – dann eine kurze Pause –, dann drei weitere Schläge: und das immer und immer wieder.

Galen, der sich gerade mit seinen Wachsoldaten unterhielt, wirbelte herum und blickte gen Himmel. Wony und Daniel, die vor den Stallungen arbeiteten, sahen ebenfalls überrascht auf. »Was ist los?«, fragte Daniel und ließ seinen Besen fallen. »Ein Angriff? Sind es Feuerhunde? Heuler? Parden?«

Wony schüttelte den Kopf. »Nein, das ist kein Angriff. Ein verwundeter Drache ist im Anflug.«

»Von der Wachmannschaft?«

»Das kann nicht sein«, sagte Wony mit angespannter Stimme. »Galens Mannschaft ist bereits zurück und Imar ist vorhin erst abgeflogen. In dieser kurzen Zeit kann nichts Schlimmes passiert sein.«

Der Drachenmeister kam aus der Küche gestapft und zog sich beim Gehen seine Tunika über. Gerda, mit einem besorgten Ausdruck auf ihrem breiten, freundlichen Gesicht, eilte hinter ihm her und wischte sich Mehlspuren von den Händen. Alberich Drachenmedikus, der gerade einen der Renndrachen untersucht hatte, trat aus dem Stallgebäude, und auf seinem hageren Gesicht war zu lesen, dass er sich auf das Schlimmste gefasst machte. Der Späher auf dem Wachturm läutete mit einer Hand weiterhin Alarm, während er mit dem anderen Arm nach Südwesten deutete. Alle Augenpaare auf dem Hof blickten gespannt in diese Richtung.

Zwei Drachen näherten sich auffällig langsam. Auf dem ersten saßen allem Anschein nach zwei Personen. Der Drache, der die Nachhut bildete, war sichtlich angeschlagen. Er flog schwankend und schwerfällig, mit ruckartigen Flügelschlägen, wie unter großen Schmerzen. Als er näher kam, waren ausgefranste Löcher und Risse in seinen Flügelmembranen zu sehen.

»Räumt den Hof!«, rief Huw mit strenger Stimme.

Wonys Kinnlade kippte herunter. »Das sind Britta und Cara auf Sternchen – und Mondfee ist verletzt ...«

»Ich sagte, räumt den Hof!« Beim nochmaligen, strengen Befehl des Drachenmeisters flitzten Wony und Daniel hastig davon. Galen und seine Mannschaft führten ihre Drachen in die Stallungen. Stallburschen schoben hastig die Schnauzen neugieriger Drachen in die Ställe und schlossen flugs die oberen Türflügel.

Der Anblick eines verletzten Artgenossen würde alle anderen Drachen in große Aufregung versetzen.

Sternenstürmer kam als Erster an, kreiste aber noch über dem großen Wohn- und Stallgebäude, damit Mondfee vor ihm landen konnte. Der angeschlagene Drache kam mit matten Flügelschlägen näher, schaffte es aber nur mit größter Not über das Dach des westlichen Stallflügels und plumpste dann förmlich vom Himmel: Hilflos mit den Flügeln schlagend, legte er eine Bauchlandung hin. Doch weil er noch so viel Schwung hatte, rutschte er in einem unkontrollierten Halbkreis bis in die Mitte des Hofs weiter und wurde erst von dem massiven Brunnen gebremst. Dort blieb er mit einem kläglichen Grunzen liegen. Der Kopf zeigte wieder in die Richtung, aus der er gekommen war. Mit halb geschlossenen Augen lag Mondfee dann da und nur ihr Brustkorb hob und senkte sich rhythmisch.

Wony und etliche Stallburschen wollten zu dem verletzten Tier eilen. »Zurückbleiben!«, bellte Huw. »Alberich braucht Platz zum Arbeiten.«

Der Drachenmedikus nickte, eilte schnellen Schrittes über den Hof zu Mondfee und begann, ihre Flanken abzutasten. »Du da! Junge!« Mit einer ruckartigen Kopfbewegung deutete er auf den Burschen, der ihm am nächsten stand – zufällig Daniel. Nach einem kurzen, verzweifelten Blick auf Wony rannte Daniel über die Pflastersteine. Alberich stieß ein paar kurze Befehle aus und Daniel hielt Mondfees verletzten Flügel – sehr behutsam – vom Körper des Drachen weg, damit der Drachenmedikus ihn von unten abtasten konnte. Fasziniert und entsetzt zugleich sah Wony ein paar Tropfen dunkelrotes Drachenblut aus dem verletzten Flügel auf Daniels Hand tropfen. Dieser zuckte zwar zusammen, ließ den Flügel aber nicht los.

Sternenstürmer war währenddessen am anderen Ende des Hofs gelandet. Britta glitt von seinem Rücken und humpelte so schnell zu Mondfee, wie es ihre eigenen Verletzungen zuließen. Sie fiel neben ihrem Drachen auf die Knie und schlang ihre Arme um seinen großen Kopf. Tränen strömten über ihre Wangen. »Mondfee«, schluchzte sie. »Oh Mondfee, es tut mir leid … Es tut mir ja so leid …«

Auch Cara kletterte nun aus dem Sattel. Sternenstürmer gab leise, kehlige Laute von sich. Um ihn zu beruhigen, streichelte Cara ihm über die Augenwülste und merkte erst jetzt, dass ihre Hände zitterten. Aber sie konnte das Zittern nicht abstellen.

Niemand bewegte sich. Niemand sagte ein Wort. Alle Augen waren auf Alberich gerichtet, der Mondfee untersuchte und dabei jeden Knochen und jeden Muskel abtastete. Hin und wieder forderte er Daniel auf, einen Flügel zu bewegen oder einen Fuß höher zu halten. Ohne auf das Blut zu achten, das inzwischen seine ganze Tunika befleckte, tat Daniel, wie ihm geheißen, und das mit einer erstaunlichen Behutsamkeit. Er hielt sogar Mondfees Maul auf, damit der Drachenmedikus hineinschauen konnte. Zuletzt schob Alberich seine

Finger unter den linken Vorderfuß des Drachen und ließ sie eine Zeitlang dort liegen. Dann richtete er sich auf. Britta starrte ihn so ängstlich an, als wäre er ein Scharfrichter, dessen Beil gleich auf sie herabsausen würde.

»Ihr Puls rast«, sagte Alberich unbewegt. »Über siebzig Schläge pro Minute. Sie ist erschöpft und steht unter Schock. Sie hat etliche Muskelzerrungen. Abgesehen davon liegen, soweit ich das beurteilen kann«, Britta schloss die Augen, »keine inneren Schäden vor. Sie hat sich nichts gebrochen und auch keinen größeren Blutverlust erlitten. Die Risse in den Membranen sind schmerzhaft, aber nur oberflächlich. Mit der richtigen Pflege dürfte sie sich bald wieder erholt haben.« Britta stieß laut hörbar einen Seufzer aus und drückte ihr Gesicht an Mondfees Wange.

»Komm mit, Junge!« Alberich musterte Daniel prüfend. »Bringen wir das Tier in seinen Stall zurück!« Er griff nach dem Kopfzaumzeug und Mondfee richtete sich unter Schmerzen auf. Britta schickte sich an, ihnen zu folgen.

»Britta!«, rief Huw in scharfem Ton. »Alberich kümmert sich um Mondfee.« Ein strenger Blick des Drachenmeisters erinnerte die Umstehenden daran, dass Arbeit auf sie wartete, und sie zerstreuten sich, während sie leise miteinander tuschelten. Huw wartete, bis alle fort waren, ehe er sich wieder an Britta wandte. »Und? Wie ist das passiert?«

»Es war alles meine Schuld, Drachenmeister.« Nun

da sie wusste, dass Mondfees Verletzungen nicht so schlimm waren, wie sie befürchtet hatte, war Britta wieder fast die Alte.

»Es war allein meine Schuld«, wiederholte sie. »Ich wollte jagen gehen. Cara versuchte, es mir auszureden. Aber ich habe nicht auf sie gehört.«

Britta schilderte Huw in allen Einzelheiten, was passiert war, in erstaunlich ruhigem Ton und ohne sich selbst zu schonen.

Schweigen herrschte, nachdem Britta verstummt war. Galen ergriff als Erster das Wort: »Jagen!«, schnaubte er höhnisch und verächtlich zugleich.

Gerda trat einen Schritt vor. »Lasst das arme Mädchen in Ruhe, Galen. Seht Ihr denn nicht, dass sie völlig am Ende ist?«

»Zu Recht!« Galen war außer sich vor Zorn. »Nennt sich Drachenreiterin! Lässt mir keine Ruhe, weil sie unbedingt in die Wachmannschaft aufgenommen werden will! Dass ich nicht lache! Sie hat nicht mal das Zeug zur Anfängerin! Wenn sie heute nicht mehr Glück als Verstand gehabt hätte ...«

Britta ließ den Kopf noch mehr hängen, und Galen versuchte, sich zu mäßigen.

»Jäger fliegen stets zu dritt«, schnarrte er. »Und zwar aus gutem Grund. Wenn einer von ihnen verletzt wird, kann einer bei dem Verletzten bleiben, während der Dritte losfliegt, um Hilfe zu holen. Was wäre passiert, wenn Mondfee nicht mehr in der Lage gewesen wäre, zu fliegen? Dann hätte sich Cara in einem unlösbaren

Zwiespalt befunden: bleiben und auf dich aufpassen oder wegfliegen, um Hilfe zu holen, wohl wissend, dass in der Zwischenzeit alles Mögliche passieren könnte – Feuerhunde, Heuler oder sogar Parden hätten nichts mehr von dir übrig gelassen als Knochen! Kein Reiter, der auch nur ein Fünkchen Verstand hat, bringt einen Kameraden in eine solch missliche Lage!«

»Jetzt reicht es aber! Ihr habt Eure Meinung gesagt, aber jetzt ist Schluss!« Gerda schob ihre massige Gestalt zwischen Galen und Britta. Auf ihre Art war die Haushälterin von Drachenwelt ebenso Achtung gebietend wie der Hauptmann der Wachmannschaft. Galen funkelte sie an, hörte aber wenigstens auf zu schimpfen. Gerda wandte sich an Britta: »So, mein Mädchen, jetzt geh und schau nach deinem Drachen«, sagte sie mit sanfter Stimme. »Und hinterher kommst du zu mir in die Küche. Eine leckere, heiße Suppe ist das beste Heilmittel, um sich von einem Schock zu erholen, gefolgt von einem schönen, heißen Vollbad.« Sie tätschelte Brittas Schulter, ehe sie wieder in Richtung Küche davonwatschelte.

Britta stand zuerst nur reglos da und biss sich auf die Lippen. Dann drehte sie sich wortlos um und ging mit hängenden Schultern auf Mondfees Stall zu.

»So ein dummes Ding!«, brummte Galen, ehe er sich an Huw wandte. »Ich hoffe, Ihr werdet dafür sorgen, dass die junge Närrin ihren heutigen Fehler noch eine Weile bereuen wird, Drachenmeister.«

Huw sah Britta mit einem strengem Blick nach, der

jedoch durch einen Hauch von Verständnis gemildert wurde. »Ich glaube, das wird nicht nötig sein. Sie ist schon bestraft genug.«

Nachdem Cara Sternenstürmer abgeschirrt und notdürftig abgerieben hatte, eilte sie zu Mondfees Stall. Im Schein einer Laterne rieben Britta und Daniel das Blut von den Flügeln und vom Leib des lädierten Drachen. Sie gingen sehr behutsam und vorsichtig vor. Über den geschlossenen unteren Türflügel gelehnt, beobachtete Cara fasziniert, wie Daniel seinen blutigen Lappen in den Wassereimer fallen ließ, nach dem Topf mit Dornapfelsalbe griff und damit fachmännisch die verletzten Flügelmembranen einrieb. Mondfee zuckte zusammen, weil die Salbe brannte, dann aber seufzte sie erleichtert, als sogleich die betäubende Wirkung eintrat und die Schmerzen nachließen.

»Kann ich euch helfen?«, fragte Cara und kam sich wie ein Eindringling vor.

Britta blickte auf. Ihre Unterlippe bebte und sie nickte. Cara schlüpfte in den Stall und hielt den unteren Türflügel auf, als Wony mit einem Eimer frischen Wassers ankam. Cara nahm einen neuen Lappen und tauchte ihn in Wonys Eimer.

»Ich dachte immer, du fürchtest dich vor Drachen«, sagte sie zu Daniel, während sie getrocknetes Blut von Mondfees Flanke wischte.

Der Angesprochene hielt keine Sekunde mit seiner

Arbeit inne. »Es ist etwas anderes, wenn sie verletzt sind«, sagte er. »Das habe ich früher bei uns auf der Farm auch gemacht, bevor ich hierherkam – ich meine, ich habe mich um kranke Tiere gekümmert. Kühe, Schafe und so weiter. Ich glaube, das liegt mir. Und ein Drache ist schließlich auch nur ein Tier, wenn auch ein riesiges.«

Als Cara sah, wie behutsam der oft so ungeschickte Daniel die Schuppenhaut des verletzten Drachen berührte, musste sie ihm insgeheim recht geben. Er schien tatsächlich genau zu wissen, was er da tat.

Ein erstickter Schluchzer von Britta riss Cara aus ihren Gedanken. Sie nahm die Freundin in den Arm. »Britta, nicht weinen. Alles wird gut, du hast ja gehört, was Alberich gesagt hat. Deine Fee wird wieder ganz gesund, es geht ihr bereits jetzt schon besser. Kopf hoch, morgen früh sieht die Welt wieder etwas fröhlicher aus.«

Doch für Britta sah die Welt am nächsten Morgen nicht fröhlicher aus und das sollte auch noch viele Tage andauern.

Alberich hatte jedoch recht gehabt: Mondfees Verletzungen heilten tatsächlich recht schnell. Drachen waren eben zähe Geschöpfe, deren Wunden immer in überraschend kurzer Zeit verheilten.

»Mondfee sieht wieder ganz gut aus«, hatte Cara an jenem Morgen zu Mistress Hildebrand gesagt, an dem Britta ihren Drachen zum ersten Mal seit dem Unfall wieder auf den Hof geführt hatte. »Abgesehen von den Narben an den Flügelmembranen sieht man ihr gar nichts mehr an.«

»Das kann ja sein«, hatte die Oberreitlehrerin entgegnet. »Aber manche Wunden heilen nicht so schnell.«

Verärgert hatte Cara das als eine der typisch düsteren Hildebrand-Prognosen abgetan und beschlossen, sie zu ignorieren. Doch als sich die Worte der Oberreitlehrerin im Laufe der Zeit bewahrheiteten, wurde Cara zunehmend besorgter. Seit dem Unfall waren nun schon etliche Wochen vergangen und Britta flog wieder mit Mondfee. Aber sie flogen nicht gut. Obwohl der Termin der Schau von Drachenstein immer näher rückte, ließen ihre Vorführungen auf dem Übungsplatz sehr zu wünschen übrig. Mondfee hatte neuerdings den Tick, vor Hindernissen zu verweigern oder sie so schlecht zu passieren, dass die Platzwarte schon anfingen, sich über das Ausmaß der zusätzlichen Arbeit zu beschweren.

»Was läuft nur schief?«, fragte Cara Mistress Hildebrand, als sie nebeneinander stehend mitansehen mussten, wie Britta ihren Drachen von mehreren parallel angeordneten Stangen weglenkte, nachdem Mondfee sich wieder einmal geweigert hatte, sie zu passieren. »Britta ist früher nie so schlecht geflogen und Mondfee ist schreckhafter als ein Periton.«

»Vertrauen«, sagte Mistress Hildebrand spitz. »Oder besser gesagt, *fehlendes* Vertrauen. Es gibt fünf Hauptgründe, warum ein Drache ein Hindernis verweigert.« Sie streckte alle fünf Finger einer Hand aus und hakte sie einzeln ab. »Schlechtes Reiten, Schmerzen, Ungehorsam, Müdigkeit … und Furcht. Der verflixte Unfall neulich hat das Band des Vertrauens zwischen den beiden zerstört. Das ist etwas, das nicht so leicht repariert werden kann.«

Cara nickte. »Mondfee wollte die Jagd abbrechen, doch Britta hat sie auf eine Stelle zugelenkt, die viel zu schmal war …«

»Genau. Und jetzt verweigert Mondfee vor Hindernissen oder fliegt sie miserabel, weil sie kein Vertrauen in Brittas Urteilsvermögen mehr hat. Und Britta fehlt das Selbstvertrauen, um die Hindernisse wie früher mit der nötigen Entschlossenheit anzufliegen.«

»Aber das Band des Vertrauens zwischen den beiden kann doch wieder aufgebaut werden, oder?«, fragte Cara besorgt.

»Ja, und es wird auch mit jedem Tag stärker.« Mistress Hildebrand legte die Stirn in Falten. »Aber wird es jemals wieder so stark werden wie früher? Das weiß ich nicht. Und je krampfhafter Britta sich bemüht, das Vertrauen ihres Drachen wiederzuerlangen, desto länger wird es dauern. Cara, versuch sie davon zu überzeugen, die Sache etwas entspannter anzugehen. Anders geht es nicht.«

Cara hatte sich diese Worte zu Herzen genommen, dann aber gemerkt, dass Britta ihr auswich. Immer wenn Cara sie überreden wollte, mit ihr zusammen einen Ausritt zu machen oder zusammen die Drachen zu putzen, hatte Britta etwas anderes zu tun. Und wenn die beiden Mädchen allein waren und Cara versuchte, mit Britta darüber zu reden, was Mistress Hildebrand gesagt hatte, betrachtete Britta sie so seltsam, dass Cara ins Stottern kam, den Faden verlor und schließlich aufgab.

»Die arme Britta«, flüsterte sie Sternenstürmer beim Putzen ins Ohr, als Mondfee bei einem weiteren Übungsflug wieder etliche Hindernisse heruntergerissen und vor mehreren verweigert hatte. »Ich weiß nicht, was ich tun soll, Sternchen. Ich würde ihr ja gern helfen, aber sie lässt mich nicht an sich heran.«

Sternchen grummelte verständnisvoll.

»Sie hat sich noch immer nicht für die Inselmeisterschaft qualifiziert«, fuhr Cara leise fort. »Und dabei stehen nur noch drei Flugschauen aus.« Zärtlich strich sie über Sternchens Augenwülste. »Ich habe Angst um sie, Sternchen. Ich weiß, wie wichtig die Inselmeisterschaft für sie ist, aber die Zeit wird knapp.«

9. Kapitel

Am Tag der Schau von Drachenstein, nachdem Cara im Wettfliegen der Mittelstufe wieder einmal eine fehlerfreie Runde geflogen war, ließ sie Sternchen unweit von Britta und Mondfee auf der Koppel landen. Die beiden wirkten so niedergeschlagen, dass Caras Freude über ihren eigenen Erfolg augenblicklich verpuffte. Geistesabwesend nahm sie die Glückwünsche der anderen Teilnehmer entgegen, sogar von Ernestina, die ebenfalls fehlerfrei geflogen war und ihr kühl zunickte. Dann ging sie mit einem aufmunternden Lächeln auf Britta zu. »Drei Reiter ohne Strafpunkte bisher«, teilte sie Britta betont heiter mit. »Ernestina, Ferris von Drachenstein und ich. Du bist als Nächste dran. Wir sehen uns dann beim Entscheidungsflug!«

»Das glaube ich kaum«, sagte Britta leise und ohne den Blick vom Boden zu heben. »Nicht heute.«

Caras Herz wurde schwer, doch sie war bemüht, sich nichts anmerken zu lassen. »Ach was! Du weißt genau, dass du und Mondfee es schaffen könnt! Tu das, was du mir immer geraten hast: Dreh deine Runde und hab Spaß!«

Britta blickte noch immer nicht auf. »Cara, ich …« Sie holte tief Luft. »Hör mal, mit mir ist alles in Ordnung. Aber lass mich jetzt bitte allein, verstanden?«

Cara war bestürzt. »Ach so … ja. Wie du meinst«, stammelte sie. »Dann – viel Glück!«

Britta entgegnete nichts darauf. Gekränkt wandte Cara sich ab und führte Sternchen in seinen Behelfsstall zurück. Sie hatte nicht bemerkt, dass Hortense ihre kurze Unterhaltung mitbekommen hatte und nun grinste wie ein Wiesel, das ein unbewachtes Moorhühnchennest entdeckt hat.

Nachdem Cara Sternchen mit allem Nötigen versorgt hatte, eilte sie zum Turnierplatz, um Brittas Auftritt zu sehen. Sie stand an den Holzzaun gelehnt und ließ ihre Blicke über die ansehnliche Zuschauermenge schweifen. Auf einmal entdeckte sie eine bekannte Gestalt, nur wenige Drachenlängen von ihr entfernt. »Daniel! Was machst du denn hier unten?«

Mit einem breiten Grinsen im Gesicht schlenderte Daniel zu ihr herüber. »Ich bin eine Ringratte!«, sagte er fröhlich.

»Ich dachte, du müsstest wieder als Eichhörnchen arbeiten, ganz oben auf der obersten Plattform.«

»Dachte ich auch, doch als ich mich beim Aufseher der Platzwarte von Drachenstein meldete, ließ dieser mich wissen, dass er keinen dürren, hohlköpfigen Stümper wie mich auf einem seiner Masten haben wollte.«

»Was für eine Unverschämtheit! Ich hoffe, du hast ihm gehörig die Meinung gesagt.«

»Machst du Witze? Ich habe ihm die Hand geschüttelt. Fast hätte ich ihm auch noch die Füße geküsst!« Am liebsten hätte Daniel einen Freudensprung gemacht. »Ich bin heilfroh, dass ich eine Ringratte sein darf. Stangen einzusammeln ist wesentlich ungefährlicher, als an einem Mast zu hängen. Die Chancen, so platt zu enden wie einer von Gerdas Pfannkuchen, sind wesentlich geringer.«

Cara musste lächeln. »Hoffen wir, dass du während Brittas Runde arbeitslos sein wirst.«

»Wie geht es ihr?«, erkundigte sich Daniel.

»Ich glaube, sie setzt sich ziemlich unter Druck. Drei von uns haben es schon bis zum Entscheidungskampf geschafft. Sie muss unbedingt auch fehlerfrei fliegen, wenn sie dabei sein will.« Cara verstummte, weil lauter Applaus ertönte, als Britta und Mondfee in den Ring flogen.

»Ich muss auf meinen Posten«, sagte Daniel. »Drücken wir ihr die Daumen!« Während er zu den anderen Ringratten in die Mitte des Turnierplatzes eilte, legte sich ein erwartungsvolles Schweigen über die Menge. Das Glockensignal läutete die neue Runde ein und Britta lenkte ihren Drachen auf das erste Hindernis zu.

Caras Finger krallten sich um den Zaun. »Auf, Britta!«, flüsterte sie. »Du kannst es schaffen, ich weiß es.«

Als Britta Mondfee fehlerfrei durch die ersten parallel angeordneten Längsstangen lenkte, feuerte Cara sie lauthals an und hoffte, dass ihre Freundin auch weiterhin so gut fliegen würde.

Das nächste Hindernis bestand aus einfach zu bewältigenden parallelen Querstangen, die Sternchen und Cara problemlos passiert hatten. Britta hingegen flog sie sichtlich unsicher und schwerfällig an. Ihre Hände und Beine zuckten leicht, was ihrem Drachen verwirrende Signale übermittelte. Als Reaktion auf Brittas Unentschlossenheit scherte Mondfee zu weit nach rechts aus und stieß an die hölzernen Stangen, die polternd auf den Boden fielen.

Cara drehte sich der Magen um. Nun war der Wettkampf für Britta gelaufen – ihr Traum, es bis zum Entscheidungsflug zu schaffen und sich doch noch für die Inselmeisterschaft zu qualifizieren, war zu Ende, noch ehe er richtig begonnen hatte. Fassungslos schüttelte Cara den Kopf. Die arme Britta, wie enttäuscht sie sein musste! Und jetzt galt es auch noch weiterzufliegen, obwohl es sinnlos war. Cara brachte es kaum über sich, den Rest von Brittas Auftritt weiterzuverfolgen.

Britta und Mondfee flogen wie Anfänger und fanden nur selten einen gemeinsamen Rhythmus. Mondfee streifte ein weiteres Hindernis, das daraufhin direkt vor Daniels Füßen landete. Mit einem mächtigen »Rumms!« bohrte sich die Stange nur wenige Zentimeter vor seiner Nase senkrecht in den Rasen. Ein leichenblasser Daniel starrte auf die hin- und herschwingende Stange, die ihn um ein Haar wie eine grillfertige Wachtel aufgespießt hätte.

Doch damit war Brittas Pechsträhne noch lange nicht beendet. Nun lenkte sie Mondfee auf eine Reihe von eng gesteckten, parallelen Längsstangen zu. Vermutlich um möglichst rasch fertig zu werden und den kritischen Blicken der Zuschauer entfliehen zu können, ließ Britta Mondfee in einem viel zu hohen Tempo fliegen. Cara wurde immer banger ums Herz. Die Lücke zwischen den Stangen ist ziemlich schmal, dachte sie. Britta fliegt viel zu schnell und noch dazu im falschen Anflugwinkel. Ihre Befürchtungen waren gerechtfertigt. Nur noch ein weiterer Flügelschlag und Mondfee war rasend schnell bei dem Hindernis angelangt. Doch dann, im allerletzten Moment, scheute der Drache und schwenkte abrupt nach links. Cara biss sich auf die Lippen. Verweigerung – fünf weitere Strafpunkte! »Arme Britta«, murmelte sie und fügte noch hinzu: »Und arme Fee.«

Inzwischen hatte Britta Mondfee wieder unter Kontrolle gebracht und ließ sie wenden, um das Hindernis ein zweites Mal in Angriff zu nehmen. Wieder schien dem Drachen der enge Abstand zwischen den senkrechten Stangen zu missfallen, denn er verweigerte erneut, indem er diesmal nach rechts abdrehte. Die Menge unter ihm stöhnte gequält auf.

Cara fühlte sich erbärmlich. Bei einer weiteren Verweigerung würde Britta disqualifiziert werden – etwas, das ihr nie zuvor passiert war. Was mochte wohl Galen dazu sagen? Daran wollte sie lieber gar nicht denken.

Offensichtlich schossen Britta ähnliche Gedanken durch den Kopf, denn die Anweisungen, die sie Mondfee gab, wurden zunehmend hektischer. Aber es nützte nichts. Mondfee wollte einfach nichts wissen von diesem Hindernis und widersetzte sich stur ihrer Reiterin.

Cara, die dem Kampf der beiden hilflos zusehen musste, litt Höllenqualen.

»Komm schon, Fee, sei brav«, flehte sie innerlich. Doch dann schlug sie sich vor Entsetzen eine Hand vor den Mund. Sie konnte kaum glauben, was sie da sah: Britta hatte eine Hand vom Zügel genommen, griff in ihre Satteltasche und holte ihre Reitpeitsche heraus!

»Oh nein«, wisperte Cara betroffen. »Nein, Britta, nicht …«

Britta, die die Zügel nur noch mit einer Hand hielt, wurde hin- und hergeworfen und hielt sich nur dank des Sicherheitsgurts im Sattel. Entschlossen packte sie das dünne schwarze Lederstöckchen und holte aus.

Cara wurde ganz schlecht. Britta würde Mondfee doch nicht wirklich schlagen, oder? Dann wären ihre Tage auf dem Gut von Caras Vater gezählt, denn damit würde sie gegen eine der wichtigsten Regeln von Drachenwelt verstoßen: *Schlage niemals aus Wut einen Drachen.*

Britta hielt die Peitsche zögernd über Mondfees

Flanke in der Luft. Doch dann ließ sie die Peitsche sinken, zügelte den Drachen und brach ihre Vorführung freiwillig ab.

Cara wurde fast schwindelig vor Erleichterung.

Spärlicher, tröstender Beifall ertönte, als Britta ihren Drachen mit versteinerter Miene aus dem Ring lenkte.

Voller Mitgefühl rannte Cara zum Gatter, um ihre Freundin zu trösten. Britta saß noch auf dem Rücken ihres sichtlich verzagten Drachen und ein Sturzbach von Tränen strömte über ihr Gesicht.

»Britta …« Verzweifelt suchte Cara nach den richtigen Worten. Was konnte sie sagen? Sollte sie Britta sagen, dass sie sich keine Schuld an Mondfees Verweigerung geben sollte? »Diese parallelen Querstangen … Sie haben Fee vermutlich an den geringen Abstand zwischen den Kiefern erinnert, als du den Periton gejagt …«

»Ich weiß selbst, woran Fee gedacht hat«, fauchte Britta und wischte sich verärgert die Tränen ab. »Erspar mir deine Belehrungen!«

Cara legte eine Hand an Brittas Steigbügel. »Sie wird dir irgendwann wieder vertrauen, ganz bestimmt. Ich weiß, dass es nicht leicht ist, aber du musst ihr etwas Zeit geben.«

»Ach ja? Wie viel Zeit hättest du denn gern? Zeit, in der du eine Rivalin weniger zu fürchten hast?« Wütend stieß Britta ihrem Drachen die Fersen in die Flanken und er setzte sich gehorsam in Bewegung.

Cara stand völlig verdattert da und schaute ihrer Freundin entgeistert nach.

»Cara! Cara! Sechster Platz!« Wony kam quer über die Wiese auf sie zugerannt. »Ich habe zum ersten Mal beim Wettfliegen teilgenommen und wir haben nur drei Hindernisse gestreift. Pummel war großartig!«

»Oh, wie schön«, murmelte Cara geistesabwesend.

Wony war sichtlich enttäuscht über Caras fehlende Begeisterung. »Na ja, ich finde, das ist ein ziemlich gutes Ergebnis fürs erste Mal«, meinte sie betreten. »Ich dachte, du würdest dich mit mir freuen.«

»Oh, Wony, entschuldige«, sagte Cara betroffen. »Es ist nur so, dass ...«

»Bist du nicht fehlerfrei geflogen?«, fiel Wony ihr ins Wort. »Hat jemand anderer gewonnen?«

Cara schüttelte den Kopf. »Nein, das ist es nicht. Es ist wegen Britta.« Nun erzählte sie Wony von dem miserablen Auftritt ihrer gemeinsamen Freundin.

Daniel stand unterdessen noch im Ring und wischte sich den Schweiß von der Stirn. Als Ringratte hatte man auch kein leichtes Leben, das stand fest. Dauernd musste man herunterfallenden Stangen ausweichen, sie dann wieder einsammeln und in die Schlingen zurücklegen.

Der Ansager hob das Megafon an den Mund. »Und nun kommt Hortense, die Tochter des Hohen Lords, die auf Silberwolke für Klöppelkrall reitet.« Das Glockensignal läutete den Beginn der nächsten Runde ein.

»Oh nein«, stöhnte Daniel. »Vom Regen in die Traufe! Jetzt geht es vermutlich erst richtig los.« Er warf einen neidvollen Blick auf den Eichhörnchen-Jungen, der hoch über ihm auf dem Mast stand und keine herabfallenden Stangen fürchten musste.

Tatsächlich brauchte Daniel nicht lange zu warten. Hortense kollidierte erwartungsgemäß mit dem ersten, dem zweiten und dem vierten Hindernis, dann mit dem sechsten, siebten und achten. Es war ein erbärmlicher, miserabler Auftritt, selbst für Hortense.

Unten auf dem Boden rannten Daniel und die anderen Ringratten in sämtliche Richtungen und machten ihrem Spitznamen alle Ehre, als die Stangen auf sie herunterregneten wie Speere auf ein Schlachtfeld. »Jedes Mal dasselbe«, knurrte Daniel, als er an einer Stange rüttelte und zog, die sich tief in den Boden gebohrt hatte. »Jedes verflixte Mal ...« Er machte einen Satz, als eine weitere Stange nur wenige Handbreit von ihm entfernt auf den Boden donnerte. »Und ich hatte gedacht, als Eichhörnchen habe man es schwer«, stöhnte er. »Hätte ich nur geahnt, wie gut man es dort oben hat!«

Doch schließlich beendete auch Hortense ihre Runde und konnte den Ring verlassen. Sie ließ ein Feld der Zerstörung hinter sich zurück. Oben auf der Tribüne schnaubte und schnaufte Lord Torin, was das Zeug hielt. »Das verstehe, wer will! Pah! Was war das los? Pah! Völlig falscher Parcoursaufbau! Das Mädchen ist nicht so schlecht, nie im Leben! Auf Klöppelkrall gewinnt sie bei allen Trainingsflügen. Immer die Erste, jedes Mal. Pah!«

Mistress Hildebrand, die direkt hinter dem Hohen Lord saß, dachte sich, dass Hortense vermutlich nur deshalb immer gewann, weil Drachenmeister Adalbert den anderen Reiterinnen und Reitern von Klöppelkrall Order gegeben hatte, Hortense gewinnen zu lassen. Diese Meinung behielt sie aber wohlweislich für sich.

»Pah! Ein schrecklicher Parcours, ganz eindeutig«, meckerte Torin weiter. »Muss mal ein Wörtchen mit den Schiedsrichtern reden! Damit sie Vernunft annehmen, pah!« Mistress Hildebrand verdrehte nur die Augen, während Torin weiter über den ungeeigneten Parcours und die schlecht aufgebauten Hindernisse schimpfte, um seine werte Meinung allen kundzutun – egal, ob sie sie hören wollten oder nicht.

Währenddessen ging im Behelfsstall Wony beim Überprüfen von Sternenstürmers Zaumzeug Cara zur Hand, denn der Entscheidungskampf gegen Ernestina und Ferris stand bevor. Falls es erneut zu einem Punktegleichstand käme, würde der oder die Schnellste gewinnen. Beim Entscheidungsflug ging es also »um die Wurst«, und das Letzte, was Cara jetzt gebrauchen konnte, wären ein angerissener Riemen oder Gurt gewesen.

Nachdem Wony Sternchens Steigbügel inspiziert hatte, schaute sie zur Koppel hinüber. »Meinst du, ich soll zu Britta gehen und mit ihr reden?«

Cara schüttelte den Kopf. »Nein, lass sie lieber in Ruhe. Sie braucht etwas Zeit, um sich zu beruhigen.«

»Na schön.« Das jüngere Mädchen drückte Cara kurz an sich. »Guten Flug!«

Lächelnd setzte sich Cara ihren Reithelm und ihre Schutzbrille auf, ehe sie auf Sternchens angehobenen Vorderfuß stieg und von dort aus in den Sattel gelangte. Die Glocke ertönte und der Ansager rief die drei Anwärter zum Entscheidungskampf auf den Sammelplatz.

Auf der Koppel rieb Britta unterdessen ihren Drachen ab. Sie hielt kurz inne, als sie die laut dröhnende Ansage vernahm.

»Als Erster fliegt unser Vertreter von Drachenstein. Begrüßen wir ihn mit einem donnernden Applaus – Ferris von Drachenstein!« Stürmischer Beifall war zu hören.

»Na, schaust du dir den Entscheidungsflug nicht an?«

Als Britta den Kopf drehte, erblickte sie Hortense. Wortlos widmete sie sich wieder ihrer Arbeit.

Hortense ignorierte die Abfuhr und fuhr mit honigsüßer Stimme fort: »Ich dachte, du würdest Cara unterstützen – du weißt schon, wegen der Ehre von Drachenwelt und so …«

Britta schwieg weiterhin und rieb verbissen an Mondfees Flanke herum. Ein enttäuschtes Stöhnen aus Richtung des Turnierplatzes zeigte an, dass Ferris von Drachenstein einen Fehler gemacht haben musste.

»Na ja, ist auch nur ein dummer Wettkampf, nicht wahr«, plapperte Hortense ungerührt weiter. »Es geht schließlich nicht um Leben und Tod, oder?«

»Was willst du, Hortense?«

»Was ich will? Wieso unterstellst du mir, ich würde etwas von dir wollen?« Hortense bot ein Bild gekränkter Unschuld. »Ich wollte dir nur sagen, dass ich mit dir gefühlt habe, als du vorhin geflogen bist – ein solcher Auftritt sah dir und Mondfee gar nicht ähnlich. So viele heruntergerissene Hindernisse und so viele Verweigerungen! ›Das sieht Britta aber gar nicht ähnlich‹, habe ich zu meinen Freundinnen gesagt.«

Britta musste hastig die Augen schließen, weil ihre Tränen sie sonst verraten hätten. Ihre äußere Ruhe war nur gespielt. Sie konnte sich lebhaft vorstellen, mit welcher Schadenfreude Hortense das gesagt hatte.

»Aber dann hörte ich von deinem kleinen …« Hortense machte eine kurze Pause, als müsse sie den richtigen Ausdruck erst noch suchen. »… Unfall! Und da war mir alles klar!« Sie seufzte und schüttelte den Kopf. »Drachenmeister Adalbert sagt, dass es nach einem solchen Unfall *Jahre* dauert, bis das Band des Vertrauens zwischen Reiter und Drache wieder gefestigt ist.«

»Ach ja?«, meinte Britta mit zusammengebissenen Zähnen.

»Oh ja, das ist allgemein bekannt«, bestätigte Hortense sehr ernst. Sie verstummte, um der nächsten Ansage zu lauschen.

»Das war Ferris von Drachenstein auf Sonnenfänger, mit zehn Strafpunkten und einer Zeit von dreieinhalb Minuten. Als Nächstes kommt Sturmvogel, geritten von Ernestina von Klöppelkrall.«

Das Publikum spendete großzügigen Applaus.

»Ernestina ist eine gute Reiterin«, sagte Hortense. »Sie hat dich schon häufig geschlagen, nicht wahr?«

Britta presste die Lippen zusammen. Sie wollte Hortense nicht die Genugtuung verschaffen, aus der Haut zu fahren.

Hortense schüttelte den Kopf. »Aber selbst *sie* ist Cara nicht gewachsen. Für jeden ist es sehr viel schwieriger geworden, Gold zu holen, seit Cara und Sternenstürmer mit im Rennen sind.« Sie lachte abschätzig. »Du sehnst dich sicher auch nach den guten, alten Tagen, als Cara noch nicht mitflog…« Sie ließ ihre Aussage in der Luft hängen.

Ein lautes Aufstöhnen aus den Reihen des Publikums ließ darauf schließen, dass auch Ernestina ein Fehler unterlaufen war.

»Zehn Strafpunkte«, stellte Hortense fest. »Sieht ganz so aus, als hätte Cara wieder mal die Nase vorn. Bestimmt gewinnt sie auch heute!« Nach einem tiefen Seufzer fügte sie hinzu: »Cara und Sternenstürmer – welch ein Gespann! Unbesiegbar. Genau wie ihre Mutter, die eine goldene Rosette nach der anderen eingeheimst hat, dreimal hintereinander. Da können alle anderen einpacken.« Hortense verstummte und musterte Britta mit zusammengekniffenen Augen, um zu sehen, ob ihre Worte endlich die gewünschte Wirkung zeigten.

Britta hatte natürlich begriffen, worauf Hortense anspielte: Solange Cara ihr weiterhin haushoch überlegen war, wie groß waren dann ihre eigenen Chancen, die Inselmeisterschaft zu gewinnen und jemals in die Wachmannschaft aufgenommen zu werden?

Ein Glockensignal verkündete, dass Ernestinas Runde zu Ende war, und die Worte des Ansagers bestätigten Hortenses Feststellung. »Zehn Strafpunkte bei einer Zeit von drei Minuten und fünfzehn Sekunden für Ernestina und Sturmvogel. Falls Cara von Drachenwelt nun einen fehlerfreien Durchgang schafft, wird sie zum dritten Mal in Folge die goldene Rosette holen!«

Hortense, die mit schief gelegtem Kopf gelauscht hatte, nickte vielsagend. »Na, was hab ich gesagt?«, trällerte sie. »Genau wie ihre Mutter! Was ist? Kommst du mit zur Tribüne? Dann können wir uns Caras triumphalen Siegesflug zusammen anschauen.«

Britta blieb stumm. Die Tochter des Hohen Lords ließ ihr etwas Zeit, um dem donnernden Applaus zu lauschen, der ertönte, als Cara und Sternenstürmer in die Arena flogen.

»Britta …?« Hortense verstummte. »Na ja, ist eigentlich egal …«

»Was ist eigentlich egal?«, fauchte Britta.

»Ach, nichts … Ich habe nur gerade gedacht … nein, ist wirklich nicht wichtig.«

Britta ballte die Hände zu Fäusten. »Spuck's schon aus, Hortense!«

»Na schön, wenn du darauf bestehst. Ich habe mir nur gerade überlegt, wie schrecklich es wäre, wenn du dich nicht für die Inselmeisterschaft qualifizieren könntest. Aber dann fiel mir ein, dass demnächst ja noch die Flugschauen von Klöppelkrall und Drachenwelt stattfinden, und folglich ist für dich und Mondfee ja noch nicht alles verloren.«

»Stimmt«, kommentierte Britta nüchtern.

»Und außerdem bleibt dir ja auch noch das nächste Jahr.«

»Wie meinst du das?«

»Na ja, wenn du tatsächlich sämtliche Wettkämpfe dieses Jahr abschreiben müsstest, könntest du dich ja nächstes Jahr noch qualifizieren.«

Britta versteifte sich.

»Ach je, ich Dummkopf!« Hortenses Betroffenheit war perfekt gespielt. »Ich habe ganz vergessen, dass es das letzte Jahr ist, in dem du bei den Junioren mitfliegen darfst, nicht wahr?« Sie machte eine kurze Pause, ehe sie zum endgültigen Schlag ausholte. »Da wäre es wirklich ein Jammer, wenn du dich nicht für die Inselmeisterschaft qualifizieren solltest, weil Galen dich dann nicht in seine Wachmannschaft aufnehmen will, stimmt's?«

Britta musste sich auf die Lippen beißen, um nicht vor Kummer aufzuschluchzen.

Als Hortense sah, dass ihre Worte den gewünschten

Erfolg hatten, lachte sie achselzuckend. »Aber was soll's? Wie ich schon sagte, ich bin mir sicher, dass du es trotzdem hinkriegst. Aber bis dahin sehen wir uns ja noch einige Male.«

Als Hortense sich zum Gehen anschickte, brach auf dem Turnierplatz lang anhaltender Applaus aus, der die Stimme des Ansagers fast übertönte: »Ein fehlerfreier Durchgang! Und somit geht die goldene Rosette an Cara von Drachenwelt und ihren Sternenstürmer!«

Hortense drehte sich noch einmal zu Britta um. »Sie ist echt gut, nicht wahr? Und so ehrgeizig! Immer muss sie gewinnen und lässt sich von nichts und niemandem aufhalten. Ohne Rücksicht auf Verluste. Und auch ohne Rücksicht auf ihre Freundinnen …« Nach diesen Worten hob Hortense grüßend die Hand und tänzelte davon, während Britta wie ein begossener Pudel dastand, obwohl sie vor Wut fast platzte.

10. Kapitel

Auf, Britta! Fliegen wir um die Wette zurück nach Drachenwelt!«

Nach den Wettkämpfen auf Gut Drachenstein hatte sich Cara auf den Ausklang des Tages gefreut. Jedes Gestüt auf der Insel versuchte, sich bei einer Drachenschau von seiner besten Seite zu zeigen, und wetteiferte darum, unter Beweis zu stellen, dass es das leckerste Essen und das beste Unterhaltungsprogramm auf die Beine stellen konnte. Dies war, wie Cara sich eingestehen musste, einer der Punkte, in dem Drachenwelt es nicht mit all seinen Konkurrenten aufnehmen konnte. Bei einer Flugschau auf Drachenwelt zauberte Gerda zwar immer eine solche Menge an Köstlichkeiten auf die Tische, dass diese fast ebenso laut unter ihrem Gewicht ächzten wie die Gäste, die sich wieder einmal die Bäuche viel zu vollgeschlagen hatten. Die gebotene Unterhaltung hingegen ließ eher zu wünschen übrig, da Drachenmeister Huw diesem Punkt keinen großen Stellenwert beimaß. Ganz im Gegensatz zu Drachenmeister Lunn, der für eine Flugschau auf Drachenstein stets die besten Barden und Minnesänger von ganz Seehafen einbestellte.

Cara hatte es kaum erwarten können, bis das Unterhaltungsprogramm endlich begann. Doch dann sah sie, dass Britta Mondfee bereits gesattelt und aufgezäumt hatte und offenbar so schnell wie möglich nach Hause fliegen wollte.

»Na schön«, sagte Cara resigniert. »Dann komme ich mit dir.«

»Nicht nötig«, sagte Britta hastig. »Bleib doch noch und schau dir die Tanzeinlagen und alles andere an. Ich finde schon allein nach Hause.«

Doch Cara hatte darauf bestanden, Britta zu begleiten, und schließlich hatte Britta etwas schroff eingewilligt. Auf dem Heimflug hatte Cara immer wieder versucht, über lustige Ereignisse des Tages zu plaudern. Doch Britta hatte nur zusammengekauert im Sattel gesessen und – wenn überhaupt – nur mit einem kurzen, desinteressierten Nicken reagiert, bis Cara schließlich genug hatte und den Vorschlag machte, um die Wette zu fliegen. Im ersten Moment sah es so aus, als würde Britta ablehnen. Doch dann grinste sie verwegen, zog an den Zügeln und drückte ihre Fersen in Mondfees Flanken, woraufhin diese überrascht davonschoss.

Cara duckte sich in den Sattel. »Auf, Sternchen! Den beiden zeigen wir es!«

Cara trieb ihren Drachen an, der prompt zu einem Sturzflug ansetzte, um den nötigen Schwung zu bekommen, ehe er mit kräftigen Flügelschlägen die Luft durchpflügte. Er war so schnell, dass der Wind, der Cara um die Ohren pfiff, zunehmend lauter wurde und von einem Zischen zu einem Brausen anwuchs. Das Ödland von Klonmoor flitzte unter ihnen vorbei und die sonst düsteren Brauntöne waren in dieser Jahreszeit mit dem lebhaften Dunkelrot des früh blühenden Heidekrauts gesprenkelt. Am Fluss Strudelwasser flogen die beiden Drachen Kopf an Kopf über die aufspritzende Gischt hinweg. Doch später, über den sanft geschwungenen Hügeln der Wiesen und Äcker, die Gut Drachenwelt umgaben, legte Sternenstürmer noch an Tempo zu. So kam es, dass eine triumphierende Cara gute vierzig Drachenlängen vor ihrer Freundin auf dem Hof vor den Stallungen landen konnte. Als Britta mit Mondfee ankam, hatte sich Cara bereits den Helm und die Schutzbrille abgenommen und sagte lachend: »Ich habe gewonnen!«

Britta stieg von Mondfees Rücken, nahm bedächtig ihren Helm ab und zog die Schutzbrille herunter, sodass diese um ihren Hals baumelte. Sie machte ein seltsames Gesicht, als sie sich Cara zuwandte – es war ein Lächeln, so traurig und verzerrt, dass es eigentlich gar kein Lächeln war.

»Cara«, sagte sie kopfschüttelnd, »musst du eigentlich *immer* gewinnen?«

Dann drehte sie sich um und führte ihren Drachen in seinen Stall.

»Was ist eigentlich los mit den beiden?« Daniel stützte sich auf seinen Besen und schaute zwischen Britta und Cara hin und her. Dabei musste er seinen Kopf allerdings gehörig drehen, denn die beiden Mädchen striegelten ihre Drachen in zwei gegenüberliegenden Ecken des Hofs, im größtmöglichen Abstand zueinander. Wony setzte ihre Schubkarre ab – sehr behutsam, weil ganz frischer Drachenmist bei Erschütterungen explodieren konnte – und strich sich die Haare aus dem Gesicht. »Keine Ahnung. Sie reden kaum noch miteinander. Das geht jetzt schon so, seit sie von Drachenstein zurückkamen.«

»Aber warum?«, fragte Daniel. »Früher haben sie doch ständig zusammengesteckt. Neuerdings sitzen sie nicht mal mehr beim Essen nebeneinander.«

Wony schüttelte den Kopf. Sie konnte die Eifersüchteleien, die das Verhältnis zwischen den beiden älteren Mädchen vergiftet hatten, nicht begreifen.

Da Wony ihm nicht weiterhelfen konnte, beschloss Daniel, Cara direkt darauf anzusprechen. Am Nachmittag des nächsten Tages, als sie gemeinsam eine Bestandsaufnahme der Lebensmittelvorräte durchführten, fragte er sie unverblümt, was neuerdings mit ihr und Britta los sei.

»Nichts«, entgegnete Cara lässig. »Das macht also dreiundsiebzig Moorhühner und vierundachtzig Wachteln …«

»Ach, komm schon! Ihr habt euch doch wegen irgendwas gestritten.«

»Ich habe mit niemandem gestritten. Dann noch zwanzig Peritonenkeulen – einundzwanzig, zweiundzwanzig, dreiundzwanzig ...«

»Und wieso redet Britta dann nicht mehr mit dir?«

»Verflixt – jetzt hab ich mich verzählt!«

»Versuch nicht abzulenken! Warum?«

»Das fragst du sie besser selbst! So, da hätten wir siebenundfünfzig Futterbeutel – nein, achtundfünfzig, einer war unter diesen leeren Säcken versteckt.«

»Na schön, aber warum redest *du* nicht mit ihr?«

»Ich *rede* mit ihr! Ich rede mit ihr, wann immer sie etwas zu mir sagt.«

»Aber das tut sie doch nie!«

»Tja, und was kann ich dafür? Wie viele Futterbeutel hatte ich gezählt?«

»Weiß ich nicht.«

»Himmel, wie viele hast du dir notiert?«

»Oh – hätte ich etwa mitschreiben sollen?«

Wenig später versuchte Daniel sein Glück bei Britta. Doch diese gab ihm ähnliche, wenn nicht sogar noch ausweichendere Antworten. Mit seinen Fragen hatte Daniel schließlich nur erreicht, dass Cara und Britta, die nach wie vor nicht miteinander redeten, inzwischen auch auf ihn sauer waren.

Einige Tage später blieb Daniel nach dem Mittagessen noch in der Küche und bot Gerda freiwillig seine Hilfe beim Geschirrspülen an. Dieses unerwartete Angebot brachte Gerda so aus dem Konzept, dass sie sich zuerst einmal setzen und mit einem Zipfel ihrer Schürze frische Luft zufächeln musste.

»Du, Gerda«, sagte Daniel, während er eine Pfanne schrubbte, die aussah, als hätte man darin Leim gekocht, »hast du eine Ahnung, was neuerdings mit Britta und Cara los ist?«

Die Haushälterin beäugte ihn skeptisch. »Je weniger man darüber spricht, desto besser. Dir ist wohl einiges entgangen.«

Daniel seufzte und hörte auf zu schrubben. »Oh, bitte tu jetzt nicht auch noch so geheimnisvoll! Ich mache mir langsam Sorgen um die beiden und weiß nicht, mit wem ich darüber reden soll. Ich habe versucht, die beiden darauf anzusprechen ...«

»Aber die Mühe hättest du dir sparen können, richtig?« Gerda tippte Daniel mit dem Stiel einer Schöpfkelle an die Brust. »Es bringt nichts, sich einzumischen. Lass sie in Frieden. Irgendwann werden sie sich wieder vertragen.«

»Na schön, ich nehme an, es ist Mädchenkram, den ich sowieso nicht verstehen werde.«

»Nein, es ist eine Sache zwischen Drachenreitern, und jeder, der auch nur ein Fünkchen Verstand hat ...« Gerda verstummte und stieß einen tiefen Seufzer aus. »Oh, ich fürchte, ich sollte dich besser aufklären, sonst fragst du uns allen noch Löcher in den Bauch und machst die Sache nur noch schlimmer. Also, hör gut zu, mein Junge«, fuhr sie dann etwas freundlicher fort,

»letztes Jahr war Britta unsere beste Reiterin in der Mittelstufe. Alle setzten auf sie, wenn es darum ging, für Drachenwelt die Lorbeeren zu holen. Und selbst wenn Britta nicht gewann, hatte sie es mit Gegnern zu tun, die sie durchaus hätte schlagen *können.* Doch dann begann Cara zu reiten und alles wurde anders.«

»Du meinst, Britta ist neidisch auf Cara?«

Gerda verdrehte die Augen. »Ja, aber die Sache ist etwas komplizierter. Wenn du glaubst, dass Britta nur eine schlechte Verliererin und eingeschnappt ist, bist du auf dem Holzweg. Britta kann durchaus verlieren – na ja, innerhalb gewisser Grenzen –, solange sie weiß, dass sie auch gewinnen könnte. Doch wenn sie gegen Cara antritt, weiß sie von Anfang an, dass sie gar nicht gewinnen *kann.* Das ist der springende Punkt.«

»Aber Cara ist doch ihre Freundin!«

»Das macht die Sache nur noch schlimmer! Britta hat die ganze Saison über versucht, ihren Neid auf Cara zu unterdrücken – das habe ich mehr als einmal mitbekommen. Denn ihr ist natürlich bewusst, dass es gemein von ihr ist und sich nicht gehört, aber sie kommt einfach nicht gegen ihre Gefühle an. Aus diesem Grund ist sie auch sauer auf sich, sogar noch mehr als auf Cara. Und wenn es zutrifft, was mir zu Ohren gekommen ist – und das stimmt meistens –, hat die fiese Hortense zusätzlich versucht, die beiden gegeneinander aufzubringen.«

»Und Britta fliegt ziemlich schlecht zurzeit. Das macht die Sache auch nicht gerade besser.« Daniel dachte kurz nach. »Ist es wirklich so wichtig für sie, zu gewinnen?«

»Ja, weil dieser verbohrte Narr von Galen ...« Gerda verstummte abrupt und stampfte verärgert mit dem Fuß auf. »Siehst du? Jetzt hast du mich dazu verleitet, über eine Respektsperson herzuziehen! Aber es stimmt, er ist wirklich ein Narr, weil er Britta seit Monaten erzählt, dass er sie erst dann in seine Mannschaft aufnimmt, wenn sie die Inselmeisterschaft gewonnen hat. Britta weiß, dass sie das schaffen kann, und es ist auch ihr sehnlichster Wunsch. Aber nun steht Cara zwischen ihr und der Erfüllung ihres großen Traums. Und da fragst du dich, warum die beiden sich neuerdings spinnefeind sind? Denk lieber etwas nach, ehe du dein loses Mundwerk einsetzt, junger Mann, wenn ich dir einen guten Rat geben darf.«

In diesem Moment wurde die Tür aufgerissen und Mistress Hildebrands resolute Stimme hallte durch die Küche, dass die Töpfe auf den Wandbrettern und die Pfannen an ihren Haken klapperten. »Jetzt reicht's! Dieses Mal kündige ich definitiv! Gerda – ist noch etwas Brombeertee da?«

Nach einem kurzen Blick auf das vor Zorn bebende Gesicht der Oberreitlehrerin machte sich Daniel hastig wieder am Spülbecken zu schaffen. Das Spülwasser spritzte nur so in alle Richtungen.

Gerda rollte mit den Augen und hievte sich mühsam auf die Füße. »Ich koche Euch gleich einen frischen Tee. Setzt Euch – es wird nur eine Minute dauern.«

»Danke.« Hildebrand ließ ihre Reitpeitsche so heftig auf die Tischplatte niedersausen, dass Daniel zusammenzuckte. »Wenn ich nur wüsste, was in die beiden gefahren ist!«

Gerda umwickelte ihre Hand mit ihrer Schürze, um den schweren Wasserkessel vorsichtig von der Herdplatte zu heben. »Welche beiden?«

»Na, Cara und Britta!«

Da entglitt Gerda der Kessel und fiel laut klappernd auf den Herd zurück. Sie und Daniel tauschten einen erschrockenen Blick aus.

»Was ist mit ihnen?«, erkundigte sich Gerda besorgt.

Hildebrand seufzte tief. »Meine beiden Außenflügel, Kevin und Piran, mussten aus dem Formationsteam ausscheiden. Sie ließen ihre Drachen beim Training heute Morgen zusammenstoßen, die jungen, dummen Lümmel! Bis zur Schau in Klöppelkrall sind die armen Tiere natürlich noch nicht wieder fit. Vermutlich nicht mal bis zur Schau auf Drachenwelt!« Gerda goss kochendes Wasser in den Teekessel, während Hildebrand wütend fortfuhr: »Deshalb bat ich Cara und Britta, ihre Plätze einzunehmen. Ich hatte gedacht, sie würden sich freuen! Doch sie schauten mich an, als hätte ich ihnen eine Woche zusätzlichen Stalldienst aufgebrummt!« Sie griff nach dem Teebecher, den Gerda ihr mit unbewegter Miene reichte. »Ich schwöre – au! Viel zu heiß! Ich schwöre, es ist mir ein absolutes Rätsel, was manchmal in ihren Köpfen vorgeht!«

Etliche Tage später ließen Daniel und Wony ihre Füße im Drachenbach baumeln und beobachteten gerade, wie Hortense ihren Drachen an einem Pfosten vor Meister Waghards Schmiede ankettete, als Cara vom Haus her den Bach entlanggeschlendert kam. »Hallo«, sagte sie teilnahmslos. »Was gibt es Interessantes zu sehen?«

»Hortense. Sie ist wieder da.« Daniel kickte das Wasser mit seinem Fuß und ein Bogen silberner Tröpfchen spritzte auf. »Sie treibt sich in letzter Zeit ziemlich oft hier herum.«

Cara sah Hortense in der Schmiede verschwinden. »Stimmt, ich glaube nicht, dass sie so häufig hier war, als sie noch bei uns geritten ist. Wenn es ihr bei uns so gut gefällt, warum hat sie dann ihren Reitstall gewechselt?«

Daniel zuckte mit den Schultern. »Jedenfalls hat sie immer einen Grund hierherzukommen – mal bestellt sie was bei Meister Waghard, mal bei Sattler Merril.«

Cara setzte sich neben Wony, zog ihre Stiefel aus und warf sie achtlos ins Gras. »Ach, das sind doch nur Ausflüchte. Sie könnte genauso gut einen Knecht vorbeischicken. Ich wette, dass sie wieder etwas ausheckt.«

»Ich habe gesehen, dass sie sich vor den Ställen herumdrückte und Britta beobachtet hat. Dich übrigens auch …«, sagte Daniel mit einem Seitenblick auf Cara.

»Mich?« Ungläubig schüttelte Cara den Kopf. »Ich kann mir nicht vorstellen, dass Hortense etwas von mir will.«

Daniel beäugte Cara vorsichtig, ehe er sagte: »Meinst du, wir sollten Britta warnen?«

»Wovor?« Cara schnaubte abfällig. »Vielleicht freut sich Britta ja über Hortenses Anwesenheit. Es interessiert mich kein bisschen, wenn sich die beiden anfreunden wollen.«

Wony brach in Tränen aus.

Cara erschrak. »Wonylein!« Besorgt legte sie dem kleineren Mädchen ihren Arm um die Schultern. »Ist etwas passiert? Was ist los?«

»Du! Du und Britta ...« Nachdem Wony sich wieder gefasst hatte, fuhr sie fort: »Alles war so schön früher, und jetzt ist alles ganz schrecklich, weil du und Britta euch zerstritten habt, und ich weiß gar nicht, warum.«

»Na, mich darfst du nicht fragen«, entgegnete Cara gereizt. »Sie schneidet mich, seit wir von Drachenstein zurück sind – obwohl ich extra ihretwegen früher aufgebrochen bin! Jedenfalls ist sie mir gegenüber seither nur noch pampig. Ich habe keine Ahnung, was mit ihr los ist.«

»Ich schon«, sagte da eine kühle Stimme hinter ihnen. Hortense war in der Schmiede offenbar schnell fertig geworden und unbemerkt zu ihnen ans Ufer gekommen.

Cara musterte sie stirnrunzelnd. »Dich hat niemand gefragt«, fauchte sie ungnädig. »Was hast du überhaupt hier zu suchen?«

»Ich habe bei eurem Schmied ein paar Schnallen bestellt, obwohl es dich eigentlich nichts angeht«, erwiderte Hortense schnippisch, ehe sie alle drei mit einem überheblichen Grinsen bedachte und hinzufügte: »Im Übrigen ist es ganz klar, was mit Britta los ist. Sie ist neidisch. Sie verkraftet es nicht, dass du ihr jedes Mal den Sieg wegschnappst, Cara.«

»Man sollte nie von sich auf andere schließen«, sagte Daniel spitz.

Hortenses Augen blitzten zwar auf, doch ihre Stimme blieb erstaunlich ruhig. »Nun seid nicht gleich so unhöflich. Ich sage das ja bloß als Freundin.«

»Als …?« Angesichts dieser Unverschämtheit verschlug es Cara die Sprache.

»Das ist natürlich schrecklich unfair«, fuhr Hortense unbekümmert fort. »Du kannst schließlich nichts dafür, dass du mit Sternenstürmer so viel besser bist als sie auf Mondfee.«

Daniel erhob sich. »Das alles geht dich gar nichts an. Warum gehst du nicht woandershin und hörst auf, deine lange Nase ungebeten in die Angelegenheit anderer Menschen zu stecken?«

»Rede gefälligst nicht in diesem Ton mit mir, du … Stallbursche!«, fauchte Hortense. Doch sie fasste sich rasch wieder und fuhr, an Cara gewandt, fort: »Gut, ich gehe. Aber sag hinterher nicht, ich hätte dich nicht gewarnt! Es ist nicht schön, wenn man feststellen muss, dass jemand, den man für seine beste Freundin hielt, gegen einen intrigiert.« Nach diesen Worten machte sie auf dem Absatz kehrt und stolzierte davon.

Mit zusammengekniffenen Augen starrte Cara ihr nach. »Was wollte sie damit sagen?«

»Aber bitte!«, schnaubte Daniel. »Du gibst doch wohl hoffentlich nichts auf Hortenses Geplapper, oder?«

Hastig schüttelte Cara den Kopf. »Nein, natürlich nicht.«

Doch Hortenses Worte sollten Cara im Laufe der nächsten Tage noch oft im Kopf herumspuken – immer wenn Britta sie übersah, sich beim Essen zu jemand anderem setzte oder allein auf Mondfee ausritt.

»Britta ist so was von *gemein*«, vertraute sie Sternchen an, als sie ihm nach einer wenig erfolgreichen Trainingsstunde im Formationsfliegen den Staub von den Schuppen rieb. Cara wollte nicht glauben, dass Britta nicht mehr ihre Freundin war, doch es fiel ihr immer schwerer, die nagenden Zweifel abzuschütteln. Im Laufe der Zeit waren die Gründe für Brittas Verhalten für Cara immer mehr in den Hintergrund getreten und sie konnte immer weniger Verständnis dafür aufbringen.

»Weißt du«, fuhr Cara leise fort, »sie sieht mich immer an, als wäre ich etwas, das eine der Gleitechsen angeschleppt hat. Sie spricht kaum noch mit mir, und wenn, dann beschwert sie sich nur über Dinge, die mit dem Formationsfliegen zu tun haben. Wenn mir ein Fehler unterläuft, stöhnt und ächzt sie wie ein Drache mit einer schweren Kolik – dabei macht *sie* einen Fehler nach dem anderen. Aber wehe, ich wage es, sie vorsichtig darauf hinzuweisen! Dann würde sie mir am liebsten den Kopf abreißen.« Sternchen raunzte betrübt und Cara kratzte ihm seine Augenwulst. »Oh, tut mir leid, Sternchen. Ich weiß, dass du nichts dafür kannst. Es ist nur so, dass ich niemanden mehr habe, mit dem ich reden könnte. Daniel ist immer so abweisend zu mir. Als ich ihn nach dem Grund dafür fragte, hat er gesagt, er habe die Nase voll davon, dass Britta und ich uns nur noch anschnauzten. Und er habe keine Lust, in unseren Streit hineingezogen zu werden. Ich erklärte ihm natürlich, dass alles von Britta ausgeht und nicht von mir, aber da ließ er mich einfach stehen. Sogar Wony geht mir in letzter Zeit aus dem Weg …«

Caras Augen begannen zu brennen. »Ich finde es ja auch schrecklich, dass es zwischen mir und Britta so weit gekommen ist, aber es ging alles von ihr aus. Ich habe ihr nichts getan! Wenn sie so eifersüchtig und dämlich ist, nur weil wir beide so gut fliegen und sie und Fee nicht, dann kann ich auch nichts daran ändern.« Sie umschlang Sternchens Hals mit beiden Armen und drückte sich an ihn. »Du bist der Einzige, mit dem ich noch reden kann, Sternchen.« Ihre heißen Tränen rollten über die Schuppenhaut des Drachen.

Auch in den nächsten Tagen dauerten die Streitereien, wütenden Blicke und das kalte, feindselige Schweigen an, und ebenso wie Britta versuchte Cara, ihre freie Zeit möglichst fern von Drachenwelt zu verbringen. So kam es, dass sie an einem strahlend schönen Sommertag, zur Zeit der Schafschur, mit Sternenstürmer an eine einsam gelegene Stelle in der Bucht der Meerleute flog.

Sie landeten direkt am Ufer. Der Sand unter Sternchens Klauen war noch feucht. Die Flut hatte sich demnach erst vor Kurzem zurückgezogen. Die Wellen brachen sich brausend und mit einem lange nachhallenden Dröhnen, das wie entfernter Donner klang, ehe sie zischend über den Sand plätscherten. Die Sonne schien von einem wolkenlosen zartblauen Himmel herab.

Die Wärme, der regelmäßige, besänftigende Rhythmus des Meeres und die klagenden Rufe der Seevögel ließen Cara schläfrig werden. Sie rutschte aus dem Sattel und wollte gerade die Schnalle von Sternchens Bauchgurt öffnen, damit ihr Drache ohne Sattel in den Wellen herumplanschen konnte. Da schreckte sie ein bestürzter Schrei aus nächster Nähe auf. Sie ließ die Schnalle los, wirbelte herum und blickte angestrengt in alle Richtungen. Auch Sternchen verrenkte sich fast den langen Hals.

Cara folgte dem Blick des Drachen und sah hinaus aufs Meer. Jenseits der Wogen erspähte sie etwas, das wie ein Junge aussah, der sich im Wasser aufbäumte und hektisch mit den Armen ruderte. Der Junge riss den Mund auf und wieder ertönte ein lauter Schrei.

Cara richtete sich hastig auf. »Komm, Sternchen!« In aller Eile befestigte sie die Schnalle wieder. »Wir müssen da raus! Jemand ertrinkt!«

11. Kapitel

Cara ließ Sternchen über dem um sich schlagenden Jungen kreisen. Die Flügelschläge des Drachen kräuselten die Wasseroberfläche und ließen die Wellen flacher werden.

»Keine Angst«, rief sie. »Wir holen dich heraus!«

Erst da fiel ihr auf, dass die Schreie, die der fremde Junge ausstieß, in Wirklichkeit Worte waren. Er hatte eine hohe, schrille Stimme und einen sonderbaren Akzent, doch als sie genau hinhörte, konnte sie ihn recht gut verstehen.

»Geh weg, Menschenmädchen!«, rief er. »Lass ihn in Ruhe!«

Cara stutzte. Warum nannte er sie »Menschenmädchen«? Er war doch gewiss auch ein Mensch …

Plötzlich ging ihr ein Licht auf. Der fremde Junge war gar nicht am Ertrinken. Er fuchtelte nur mit den Armen, weil er so wütend auf das Wasser einschlug. Aus einem für Cara unerfindlichen Grund schien er sauer auf sie zu sein. Doch davon ließ sie sich nicht abschrecken. »Bist du ein Meerjunge?«

Der Junge hob drohend eine Faust. »Du bekommst ihn nicht!«

Cara schaute sich angestrengt um. »Wen bekomme ich nicht?«

»Meinen Seebock! Du bist direkt neben ihm gelandet! Stell dich nicht dumm! Du willst ihn mitnehmen. Verschwinde!«

Cara war fasziniert. Sie hatte noch nie einen Seebock gesehen, aber schon von diesen Tieren gehört. Sie hatten einen Ziegenkopf und einen Fischschwanz und wurden von den Meerleuten in Herden gehalten, wie die Schafe von den Menschen. Doch Seeböcke verließen das Wasser angeblich nie. Wie konnte sie dann vorhin in der Nähe eines Seebocks gelandet sein? Es sei denn …

»Auf, Sternchen!« Cara zog an den Zügeln. Sternenstürmer grunzte zufrieden – wie alle Drachen fand er das Schweben recht anstrengend. Er kippte die Flügel und ging in einen Gleitflug über. Cara ließ ihn wenden und zum Strand zurückfliegen. Der Meerjunge stieß einen schrillen Wutschrei aus und sprang wie ein Tümmler aus dem Wasser, ehe er ihnen hektisch nachsetzte.

Der vermisste Seebock war nicht schwer zu finden. Er war ungefähr so groß wie ein Delfin, hatte gekrümmte, knorrige Hörner und die seltsamen Schlitzaugen einer Ziege. Der vordere Teil seines Körpers war wie der eines Seehunds mit glattem Fell bewachsen, der hintere Teil mit glänzenden Fischschuppen. Er lag in einem jener Tümpel, die sich bei Ebbe zwischen den Felsen bilden, und schlug so aufgeregt mit den Flossen, dass das Wasser aufspritzte. Vermutlich hatte er ruhig dagelegen, als Cara und Sternchen vorhin neben ihm gelandet waren. Ironischerweise hätten sie das Tier gar nicht bemerkt, wenn sein Besitzer nicht in Panik geraten wäre und sie auf das Tier aufmerksam gemacht hätte. Jetzt aber meckerte der Seebock erbärmlich, vermutlich weil er die vertraute Stimme des Meerjungen gehört hatte.

Cara ließ Sternchen in der Nähe des Tümpels landen. Sie kletterte über die umliegenden Felsen, ließ sich in das etwa hüfthohe Wasser gleiten und gab dabei besänftigende Laute von sich, mit denen sie auch Drachenbabys beruhigte. »Psst, psst, psst«, säuselte sie und streckte die Arme nach dem verschreckten Tier aus. »Keine Angst, ich werde dir nichts tun.«

Doch der Seebock hatte offenbar keine Lust, auf sie zu hören: Er rollte mit den Augen, machte dann – ohne jede Vorwarnung – einen gewaltigen Satz durchs Wasser und stieß Cara seine Hörner mit voller Wucht in den Bauch. Mit einem erschrockenen »Autsch!« fiel Cara rückwärts ins Wasser.

Direkt hinter der unsichtbaren Linie, an der sich die Wellen brachen, fuchtelte der Meerjunge im Wasser herum. »Lass ihn in Ruhe, du … du *Haifisch*! Du tust ihm weh!«

»Ich ihm? Dass ich nicht lache! Er *mir*!« Cara wischte sich das Wasser aus den Augen und brummte missmutig vor sich hin, bevor sie sich wieder aufrichtete und erneut durch das flache Wasser auf den Seebock zuwatete. Das verschreckte Tier versuchte sie zwar erneut umzustoßen, doch Cara hatte nicht umsonst ihr Leben lang mit quirligen Drachenbabys zu tun gehabt. Sie kannte ein paar Tricks, denen der wütende Seebock nicht gewachsen war.

Nach einem vorgetäuschten Ausweichmanöver packte sie das Tier um den Bauch und rief: »Ich hab dich!« Der Meerjunge jaulte vor Verzweiflung auf.

Zwei Dinge wurden Cara dann jedoch rasch klar. Zum einen würde sich der Seebock nicht beruhigen lassen. Er meckerte und blökte und zappelte so wild hin und her, dass Cara ihn kaum festhalten konnte. Zum anderen war das Tier viel zu schwer für sie. Sie würde es niemals herausheben und über den Felsen bis ans immer weiter zurückweichende Wasser tragen können. Bestimmt würde sie den Seebock fallen lassen und er könnte sich verletzen. Und war er ihr erst einmal heruntergefallen, dann würde sie ihn aufgrund seines Gewichts vermutlich auch nicht mehr aufheben können.

Cara ließ den Seebock daher wieder los. Dieser flüchtete sich mit einem erbosten Meckern ans andere Ende des Tümpels. Cara kletterte über die Steine und rannte an den Strand. Sie legte sich die Hände als Trichter an den Mund und rief: »Tut mir leid, aber er ist zu schwer für mich. Ich muss Hilfe holen.«

Das Gesicht des Meerjungen war wutverzerrt. »Ja,

ja – bring nur noch mehr menschliche Jäger her! Nimm doch gleich meine ganze Herde mit!«

»Ich will deinem dummen Seebock doch gar nichts tun! Ich versuche ihm doch nur zu helfen. Hör mal, es dauert nicht lange. Ich hole nur eine Art Schlinge und ...«

Doch der Meerjunge hörte ihr gar nicht zu. Entsetzt riss er die Augen auf – blickte dabei aber nicht auf Cara, sondern auf etwas hinter ihr. »Siehst du? Dein Himmelsdrache ...!« Wieder schüttelte er die Fäuste und schlug in heller Aufregung mit seiner Schwanzflosse auf das Wasser ein.

Cara wirbelte herum. Sternenstürmer, der offenbar auch an diesem lustigen Spielchen teilhaben wollte, kreiste über dem Felsentümpel. Und noch ehe Cara begreifen konnte, was er vorhatte, packte er zu und erhob sich gleich darauf mit einem sich windenden Seebock in den Klauen in die Lüfte.

»Tolle Hilfe! Was deinesgleichen unter ›Hilfe‹ versteht, hab ich schon erlebt. Dein Himmelsdrache verhilft sich gerade zu seinem Abendessen! Ihr Diebe! Piraten! Blutsauger!« Der Meerjunge war außer sich vor Wut und Verzweiflung.

»Keine Angst, er wird deinen Seebock nicht auffressen!« Aber selbst Cara war sich dessen gar nicht so sicher. Drachen durften zwar keine Farmtiere fressen, was sie in der Regel auch nicht taten – zumindest solange sie unter Aufsicht standen. Doch es kam auch mitunter vor, dass ein unbeobachteter Drache ein

Schaf oder eine Ziege riss, weil ihm ein Häppchen Frischfleisch offenbar den Tadel seines Reiters wert war. Cara war sich außerdem nicht sicher, ob Sternenstürmer einen Seebock als Haustier der Meerleute erkennen würde: Vielleicht hielt er ihn für ein wildes Tier, über das ein hungriger Drache herfallen durfte.

»Ich bin mir sicher, dass mein – ähm … Himmelsdrache ihm nichts zuleide tun wird«, rief sie und hoffte, dass sie recht hatte. Sie war mehr als erleichtert, als Sternenstürmer auf das offene Meer zuflog und den Seebock dicht über den Wellen hielt, ehe er seine Klauen vorsichtig öffnete, um ihn loszulassen. Das Seetier war offenbar unversehrt. Aufgeregt blökend schwamm es davon. Etliche andere Seebockköpfe tauchten aus dem Wasser auf. Ihr verlorener Artgenosse wurde mit einem Chor erfreuter Blök- und Meckerlaute empfangen, ehe die ganze Herde unter der Wasseroberfläche verschwand und nicht mehr zu sehen war.

»Gut gemacht, Sternchen!« Cara winkte ihrem Drachen zu, der zufrieden trompetete und sich auf einem großen Felsblock niederließ, der aus dem Wasser ragte. Von dort aus beäugte er seine Reiterin gespannt, um zu sehen, was sie ihm als Nächstes an Unterhaltung bieten würde.

Cara watete auf den Meerjungen zu, der sich wieder beruhigt hatte und nun etwas verlegen dreinsah. Nervös blickte er ihr entgegen, offenbar bereit, beim ersten Anzeichen von Verrat zu flüchten – vorläufig aber rührte er sich nicht von der Stelle. Als Cara so nahe bei ihm war, dass sie nicht mehr schreien musste, um sich zu verständigen, blieb sie stehen. Da meinte der Meerjunge verblüfft: »Du hast die Wahrheit gesagt. Du hast meinen Seebock gerettet.« Er schien nicht recht zu wissen, was er sonst noch sagen sollte, doch dann nickte er, ohne Cara auch nur einen Moment aus den Augen zu lassen: »Besten Dank.«

Cara lächelte. »Sternchen hat ihn gerettet, nicht ich.«

Der Meerjunge wandte sich an den Drachen, schnippte mit seiner Schwanzflosse, sodass sein menschlicher Oberkörper aus dem Wasser ragte, und vollführte eine formvollendete Verbeugung. »Sei gedankt, Freund Himmelsdrache.«

Zu Caras Überraschung kauerte sich Sternchen nieder und schwenkte seinen langen Hals, als erwidere er die Verbeugung. Cara lachte und klatschte vor Freude in die Hände.

Der Junge wandte sich wieder an Cara. »Auch dir nochmals herzlichen Dank, Menschenmädchen. Wenn ich meinen Seebock verloren hätte, wäre mein Vater sehr zornig auf mich gewesen.« Nach diesen Worten schickte er sich an davonzuschwimmen.

»Warte!« Cara wollte ihn noch nicht gehen lassen. Sie war neugierig auf die Meerleute. Außerdem geschah es das erste Mal seit Wochen, dass jemand nicht abweisend zu ihr war, weil sie mit Britta Streit hatte.

Der Meerjunge verharrte mitten in seiner Bewegung und wartete höflich.

Cara stellte die erstbeste Frage, die ihr in den Sinn kam. »Wie heißt du?«

Der Junge lächelte zurückhaltend. »Ronan.«

»Ich bin Cara. Und mein Drache heißt Sternenstürmer.« Als Ronan nichts dazu sagte, fuhr Cara hastig fort: »Was machst du hier?«

»Was ich hier mache?« Ronan breitete die Arme aus und deutete auf das Wasser und die umgebende Landschaft. »Na, was wohl? Dies ist die Bucht der Meerleute.«

Cara wurde verlegen. »Oh, ja, natürlich. Du bist hier zu Hause, nicht wahr? Hm, aber eigentlich wollte ich fragen, wie sich dein Seebock in den Felsentümpel verirren konnte.«

Ronan wirkte nun völlig entspannt. »Ich ließ meine Herde in Küstennähe grasen«, erklärte er. »Auf hoher See gibt es nämlich Seelöwen und Seeleoparden. Sie sind ganz wild auf Seeböcke.«

Cara schaute aufs offene Meer hinaus und fragte sich, wie Seeleoparden wohl aussahen und ob sie ebenso gefährlich waren wie die Parden, die den Norden von Seehafen unsicher machten.

»Und manchmal«, erklärte Ronan weiter, »schwimmen die jüngeren Seeböcke auf der Suche nach den zartesten Seegräsern zu dicht an Land.«

»Aber wenn sie in einem Wassertümpel zwischen den Felsen stecken bleiben, brauchst du doch einfach nur auf die nächste Flut zu warten. Dann können sie wieder aufs Meer hinausschwimmen.«

Ronan nickte. »Manchmal ja. Andere Male hingegen ist es dann zu spät. Wenn die Bootsleute unsere Tiere finden, erlegen sie sie.«

»Du meinst die Fischer?« Cara seufzte. »Ich weiß, dass sie euch nicht mögen …«

»Das beruht auf Gegenseitigkeit – wir mögen sie auch nicht! Unsere Seeböcke und Seekühe verfangen sich in ihren Netzen, ebenso die wild lebenden Tiere, die Delfine und Tümmler, die ihnen schließlich nichts tun.« Ronan machte eine kurze Pause und schien seinen barschen Ton zu bereuen. »Aber es gibt noch weitere Gefahren für ein gestrandetes Tier«, fuhr er dann etwas leiser fort. »Aus dem Landesinneren kommen wilde Tiere heran – Monster mit Augen aus Feuer, vierbeinige Kreaturen mit Stacheln auf dem Rücken …«

»Ah, Feuerhunde und Heuler.« Cara nickte. »Sie greifen auch unsere Farmtiere an. Und auch verletzte Drachen.«

»Und manchmal«, fuhr Ronan fort, während er Cara aufmerksam beäugte, »werden unsere Tiere auch von Himmelsdrachen wie deinem entführt.«

Cara schüttelte den Kopf. »Das kann nicht sein. Drachen jagen keine Seeböcke – sie jagen Peritonen, Wildschweine und Schuppenwindhunde. Aber ich habe noch nie gehört, dass ein Drache einen Seebock gerissen hätte.«

»Doch, das kommt vor«, behauptete Ronan mit Nachdruck. »Ich habe es schon mit eigenen Augen gesehen! Und sie begnügen sich nicht mit gestrandeten

Tieren. Sie machen auch im Meer Jagd auf sie, auf ganze Herden, und die Reiter auf ihrem Rücken erlegen einzelne Tiere mit Pfeil und Bogen oder Lanzen.«

»Nicht *unsere* Drachen!«, rief Cara empört. »Und bestimmt keine Reiter von Drachenwelt!« Ronan zuckte mit den Schultern. Cara versuchte, sich zu mäßigen. Woher hätte Ronan auch wissen sollen, dass es auf der Insel Seehafen unterschiedliche Drachengestüte gab? Sie selbst wusste ja auch nichts von der Welt auf dem Meeresboden. »Entschuldige«, sagte sie kleinlaut. »Ich will mich nicht mit dir streiten, aber ich weiß mit Sicherheit, dass mein Vater es niemals zulassen würde, dass unsere Drachen Jagd auf eure Herden machen.«

Ronans angedeutete Verbeugung besagte, dass er diese Aussage zwar gehört hatte, aber nicht unbedingt glaubte. Cara beschloss, dieses unangenehme Thema fallen zu lassen.

»Es muss eine seltsame Welt sein, in der du lebst«, sagte sie. »Ich meine, eine Welt ohne Vögel, ohne Bäume, Blumen und Gras.«

»Ja, dir würde sie gewiss seltsam vorkommen«, sagte Ronan ernst. »Aber so wie ihr eure Himmelsdrachen habt, haben wir unsere Seedrachen. Wir haben Fische, die im Wasser schwimmen, genau wie eure Vögel in der Luft fliegen. Aber auch wir haben Vögel, ganz verschiedene Arten, die bei euch Papageientaucher, Kormorane und Tölpel heißen… Wenn sie einen Fisch verfolgen, können sie auch schwimmen, wenngleich nicht so lange. Wir haben Seetangwälder, Korallengärten … Ich würde sagen, dass unsere Welt für uns genauso vielfältig und abwechslungsreich ist wie eure Welt für euch.«

»Ja, bestimmt«, sagte Cara höflich, obwohl sie sich nicht so recht vorstellen konnte, dass das Reich der Meerleute so schön und aufregend sein konnte wie die Inseln von Bresal.

»Entschuldige meine Direktheit«, fuhr sie zögernd fort, »aber ich wundere mich, dass du unsere Sprache sprichst. Ist es auch eure Sprache?«

Ronan schmunzelte. »Nein, wir haben unsere eigene Sprache.«

Cara war fasziniert. »Und wie klingt sie?«

»Hm …« Ronan schien zu überlegen. »Na, unser Wort für Meer ist zum Beispiel *Mor.*«

Cara nickte. *»Mor«,* wiederholte sie versuchsweise. *»Mor …«*

Ronan deutete auf den Felsen, auf dem Sternenstürmer sich niedergelassen hatte. »Und das, was ihr Wellen nennt, heißt bei uns *Thonn.*«

»Thonn …«

»Und für Land sagen wir *Tir.* Folglich nennen wir unser Land *Tir Fo Thonn* – Land unter den Wellen.« So, wie Ronan diesen Namen in seiner Sprache aussprach, klang es fast wie das Meer selbst, wenn die Wellen über einen Kieselstrand plätscherten.

»Erstaunlich, wie gut du unsere Sprache sprichst«, sagte Cara bewundernd. »Ich weiß leider gar nichts über deine.«

»Wir haben seit Langem mit den Menschen zu tun, die du Fischer nennst – obwohl ich hinzufügen muss, dass dieser Umgang in letzter Zeit alles andere als freundlich war. Ich habe eure Sprache in der Schule gelernt.«

»Ich wusste gar nicht, dass ihr Meerleute auch Schulen habt«, entfuhr es Cara.

Ronan schien überrascht. »Aber natürlich haben wir Schulen. Tümmler haben schließlich auch Schulen.«

Cara erinnerte sich, was sie in der Schule über die Herdenbildung von Tieren gelernt hatte: *ein Rudel Feuerhunde, eine Kuhherde, ein Vogelschwarm, eine Tümmlerschule.* »Ach so, ja ...«, zögerte sie.

»Na? Wie kam es wohl zu dieser Bezeichnung?« Ronan blickte Cara zuerst sehr ernst an, musste dann aber grinsen.

Cara stutzte, doch dann lachte sie. »Das war ein Scherz!« Sie lachte, bis sie kaum noch Luft bekam. »Tümmlerschule – ha, jetzt hast du mich aber schön hereingelegt!«

Auch Ronan wollte sich ausschütten vor Lachen. »Du hättest dein Gesicht sehen sollen! So ernst ...«

Er kam nicht mehr dazu, seinen Satz zu Ende zu führen. Sternenstürmer trompetete einen Warnruf. Ronan blickte zum Himmel und sein Gesicht bewölkte sich schlagartig. »Drachen im Anflug! Sie haben es auf meine Herde abgesehen.« Anklagend streckte er seinen Arm in Caras Richtung aus und seine Stimme klang bitter.

»Du bist mit den Verrätern im Bunde! Lügnerin! Verräterin! Du hast vorgegeben, mir helfen zu wollen, dabei wolltest du mich nur ablenken, um meine Tiere unbewacht zu wissen!«

»Aber nein!«, rief Cara entgeistert. »Ich schwöre…«

Doch Ronan war bereits unter den Wellen verschwunden. Wenige Sekunden später bäumte sich eine sonderbare Kreatur im Wasser auf. Kopf und Körper erinnerten an einen Drachen, waren aber gelb und weiß gestreift. Das Geschöpf hatte glänzende seegrüne, mit Seetang behangene Gliedmaßen, die weder Beine noch Flügel oder gar Flossen waren, sondern wie eine Mischung aus allen dreien aussahen. Es konnte sich nur um einen Seedrachen handeln.

Vor Caras staunenden Augen sprang Ronan aus dem Wasser auf den Rücken dieser Kreatur. Sie stieß einen merkwürdigen Schrei aus – eine Art plätscherndes Blubbern, das Cara noch niemals gehört hatte – und verschwand dann unter der Wasseroberfläche. Wenige Sekunden später tauchten der Meerjunge und sein Reittier etliche Drachenlängen weiter vorn wieder auf und schlugen einen formvollendeten Bogen, ehe sie erneut in den Wellen verschwanden. Offenbar schwammen sie in größter Eile zu der gefährdeten Herde.

Und es stand außer Frage, dass Ronans Seebockherde in Gefahr war, denn als Cara zum Himmel blickte, waren vier Drachen im Anflug. Die Anführerin der kleinen Truppe war eine Reiterin, die Cara nur zu gut kannte: Ein Mädchen ihres Alters, gekleidet in ein glänzendes, perfekt geschnittenes Reitkostüm. Obwohl ihre normalerweise hochmütige Miene zu einer Fratze voller Jagdfieber und wilder Entschlossenheit verzerrt war, hatte Cara sie auf den ersten Blick erkannt.

»Ich hätte es wissen müssen.« Caras Gesicht verdüsterte sich augenblicklich, als sie den Namen der Reiterin ausspuckte.

»Hortense – schon wieder!«

12. Kapitel

Eilends watete Cara an den Strand zurück. Dabei kam es ihr so vor, als müsste sie sich durch einen Sumpf kämpfen. Stolpernd und steifbeinig pflügte sie vorwärts. Um schneller voranzukommen, schob sie das Wasser mit beiden Händen zur Seite, sodass es glänzenden Phantomflügeln gleich links und rechts von ihr hochspritzte. Sobald sie im flacheren Wasser angelangt war, hob sie ihre Beine seitlich an, wie bei einem Hürdenlauf. »Sternchen!«, rief sie voller Panik, »Sternchen!«

Sternenstürmer breitete seine Flügel aus und sprang von seinem Felsen, um mit ausgestrecktem Kopf neben Cara im flachen Wasser zu landen. An den Zügeln zog Cara sich auf seine Schulter und rutschte von dort aus in den Sattel.

»Auf, Sternchen!«, rief sie. »Wir müssen ihnen den Weg abschneiden!«

Wasserfontänen spritzten auf, als sich der Drache mit einem herausfordernden Trompeten aus dem Meer erhob. Erst im Flug klickte Cara ihren Sicherheitsgurt und die Notkette ein. Sie merkte nicht, wie kalt ihr wurde, als der Flugwind ihre nasse Kleidung trocknete. Sie konnte an nichts anderes denken als daran, ihre verhasste Rivalin an der Jagd auf Ronans Herde zu hindern.

Hortense führte ihre Truppe in einem weiten Bogen über das Meer, ehe sie wieder landeinwärts schwenkte, um die Seeböcke in das flache Wasser der Bucht zu treiben. Das macht sie nicht zum ersten Mal, dachte Cara voller Empörung. Doch dieses Manöver gab Cara zugleich die Möglichkeit, der Truppe von Klöppelkrall den Weg abzuschneiden. Als Cara ihnen entgegenflog, trug der Wind die aufgeregten Rufe der Ankömmlinge zu ihr herüber.

»Da sind sie ja!«

»Suchen wir uns ein schönes, dickes Tier aus!«

»Halali!« Auf Hortenses Jagdruf folgte ein Chor von mädchenhaftem Gekicher und kreischendem Gelächter. Caras Gesicht verfinsterte sich noch mehr. Sie wollen nur ihren Spaß haben, dachte sie. Für sie ist es nur ein Zeitvertreib.

Die ausgelassene Jagdgesellschaft war so sehr auf ihre Beute konzentriert, dass sie den entgegenkommenden Drachen und seine Reiterin gar nicht bemerkte. Gerade wollte Hortense schwungvoll zu einem Sturzflug hinunter zu den verschreckten Seeböcken ansetzen, als es sie völlig unvorbereitet traf: Plötzlich sah sie sich mit einem wütenden Drachen konfrontiert, auf dessen Rücken ein Mädchen mit zornfunkelnden Augen, roten, im Wind flatternden Haaren und salzverkrusteter Kleidung saß, das eher an eine Rachefee aus einer bresalischen Legende erinnerte als an ein menschliches Wesen. Verstört bremste Hortense ihren Drachen ab und ihre ebenfalls schockierten Gefährtinnen taten es ihr nach.

Doch als Hortense schließlich erkannte, wen sie vor sich hatte, verzog sich ihr Gesicht zu einem höhnischen Grinsen. »Cara! Geh mir aus dem Weg, du verrückte Kuh!«

»Nein!«, rief Cara zurück. »Wenn du die Seeböcke jagen willst, musst du erst an mir vorbeikommen!«

Hortense zischte ein sehr hässliches Wort und wollte ihren Drachen in einem eleganten Bogen an Cara vorbeilenken. Doch damit hatten sowohl Cara als auch Sternenstürmer gerechnet. Er schwenkte ebenfalls zur Seite und behielt seine Position direkt vor der Schnauze von Hortenses Drachen bei. Hortense unternahm noch zwei weitere Versuche, um Sternenstürmer zu passieren – doch vergebens. Egal wie flink Hortense auch sein mochte, ihr Drache Silberwolke war Sternchen einfach nicht gewachsen. Nach einer Weile drehte die Tochter des Hohen Lords frustriert ab und gab den Reiterinnen, die links und rechts von ihr flogen, ein Handzeichen.

Obwohl die Schutzbrillen die obere Hälfte ihrer Gesichter verdeckten, glaubte Cara sie zu erkennen: Es waren die jungen Mädchen, die stets in Hortenses Gefolgschaft zu finden waren. Sie ritten auf dem Privatgestüt des Hohen Lords und waren im ersten Jahr der Mittelstufe. Sie bildeten Hortenses Hofstaat, schmeichelten ihrer Eitelkeit und lachten über jeden ihrer Witze.

Als Reaktion auf Hortenses Handzeichen wechselten sie einen kurzen Blick und flogen dann pfeilgerade auf Cara zu.

Seelenruhig wartete Cara ab. Ihre Drachen – ein Feuerhauben- und ein Flossenrückendrache – preschten in einem einschüchternden Tempo auf Cara zu. Erst im allerletzten Moment bremsten sie ab und hoben den Kopf. Unvermittelt spien beide Drachen eine gefährlich zischende Flamme.

Cara wollte ihren Augen nicht trauen! Drachen spien zwar manchmal Feuer, um einander zu zeigen, wer von ihnen der Stärkere war, aber sie waren so dressiert, dass sie niemals mit Flammen auf einen Drachen losgingen, auf dem ein Reiter saß.

Da spien die gegnerischen Drachen erneut. Cara kniff die Augen zusammen. Oh, oh, dachte sie. Ihr wollt es ja genau wissen!

Während die angriffslustigen Reiterinnen noch von den Flammen ihrer eigenen Drachen geblendet waren, flog Cara genau zwischen die beiden, wo die Hitze der Flammen noch zu spüren war. Dann nahm sie Sternchens Zügel sehr straff in die Hand und ließ ihren Drachen ein enges Looping ausführen. »Zeig's ihnen, Sternchen!«

Caras Drache war so schnell, dass die jungen Reiterinnen ihnen nicht folgen konnten. Es war fast komisch zu sehen, wie bestürzt sie sich umblickten, weil der bis eben noch vor ihnen fliegende Drache plötzlich verschwunden war. Doch schon hatte Sternchen sein Looping zu Ende geführt, war wieder genau vor ihnen und riss das Maul auf, um jetzt selbst Feuer zu speien!

Ein lautes Brüllen, ein Hitzeschwall und dann ein blendender Lichtstrahl. Die beiden Drachenreiterinnen stießen einen spitzen Schrei aus und schlugen sich erschrocken die Hände vors Gesicht. Ihre Drachen krächzten heiser und wichen entsetzt zurück, um sich mit hektischen Flügelschlägen vor dem sengenden Flammenstrahl in Sicherheit zu bringen. Dann setzten sie zu einem spontanen Sturzflug an und flohen eiligst.

Cara lächelte grimmig. Wie dumm von ihnen, sich ausgerechnet mit Sternenstürmer anzulegen: Kein Drache konnte so großartig Feuer speien wie ein Goldstirndrache!

Cara flog gelassen zwischen den Möchtegern-Jägerinnen und ihren schon sicher geglaubten Beutetieren einher und beobachtete, dass Hortense der vierten Reiterin ein Zeichen machte, ebenfalls anzugreifen. Diese schüttelte jedoch den Kopf. Hortense winkte ihr erneut zu, diesmal energischer, doch wieder ohne den gewünschten Erfolg. Dann riefen sie sich etwas zu, doch Cara war zu weit entfernt, um hören zu können, worum es ging.

Hortense wandte sich wieder an Cara. Mit einer wütenden Geste streckte sie einen Arm aus, mit flacher Hand und angelegtem Daumen – das Zeichen der Drachenreiter für »Wir müssen reden« –, und deutete auf den Strand unter ihnen.

Cara machte dieselbe Geste, um ihr Einverständnis zu signalisieren. Doch dann hielt sie sich die Hand an die Brust und deutete nochmals an die angegebene Stelle, was bedeutete: »Flieg du voraus, ich folge dir.« Nach einem hasserfüllten Blick zog Hortense an den Zügeln ihres Drachen und lenkte ihn dann nach unten. Ihre Freundinnen folgten ihr.

Kaum war auch Sternenstürmer gelandet, sprang Cara von seinem Rücken und rannte zu Hortense, die hochmütig auf ihrem Drachen sitzen blieb.

»Verschwinde, Hortense!«

»Oh, oh«, sagte Hortense mit einem anzüglichen Grinsen. »Deine Manieren sind so entzückend wie immer!«

»Du hast hier nichts verloren«, fauchte Cara. »Die Bucht der Meerleute gehört nicht zum Jagdrevier von Klöppelkrall!«

»Hey, beruhige dich wieder. Wir haben es nicht auf die räudigen Viecher in euren kargen Moorgebieten abgesehen, Cara von Drachenwelt. Das Meer gehört *allen.*« Beifall heischend wandte sie sich an ihre Freundinnen, die ihr lauthals zustimmten.

»Richtig, Hortense!«

»Sag ihr nur gehörig die Meinung, Hortense!«

Die vierte Reiterin schwieg. Als Cara sie zum ersten Mal genauer betrachtete, erkannte sie, dass es Ernestina war. Die Reiterin von Gut Klöppelkrall erwiderte Caras Blick auf ihre kühle, distanzierte Art.

Hortense griff erneut an. »Du hast kein Recht, uns am Jagen zu hindern.«

»Oh doch, ich habe jedes Recht dazu«, widersprach Cara, »wenn die Beute jemand anderem gehört.«

Hortense starrte sie ungläubig an. »Diese Ziegenfische? Und wem sollen sie deiner Meinung nach, bitte schön, gehören?«

»Es sind Seeböcke und sie gehören Ronan.«

»Und wer soll dieser Ronan sein?«, zischte Hortense. »Ein Fischerjunge mit schwieligen Händen, an dem du einen Narren gefressen hast?«

»Sie gehören Ronan«, wiederholte Cara betont langsam und deutlich. »Ronan ist vom Volk der Meerleute.«

»Meerleute?« Das brachte Hortense kurz aus dem Konzept. Doch sie fasste sich rasch wieder und lachte höhnisch auf. »Oh, ich lach mich tot. Da dachte ich schon, du könntest nicht mehr tiefer sinken, aber jetzt hast du nichts Besseres zu tun, als einer fischschwänzigen Missgeburt nachzurennen – ich korrigiere mich – nachzu*schwimmen*.« Ihre Freundinnen stimmten in ihr Hohngelächter ein und jaulten wie ein paar tollwütige Heuler.

Cara gab sich alle Mühe, ihre Wut zu zügeln. »Die Herde gehört Ronan und …«

»Die *Herde?*«, wieherte Hortense. Doch dann nahm ihr Gesicht einen harten Ausdruck an. »Gut, Cara«, fauchte sie, »genug der Scherze. Meerleute sind Wilde. Barbaren. Sie haben keine Herden und auch keine Rechte. Diese Tiere da unten dürfen gejagt werden, und das werden wir jetzt tun. Also, geh uns aus dem Weg!«

»Nein.«

»Hortense.« Es war das erste Mal, dass Ernestina den Mund aufmachte. »Wir sollten uns besser keinen Ärger einhandeln. Vielleicht sollten wir zuerst nachfragen, was dein Vater dazu sagt, ehe wir …«

Hortense wirbelte zu ihr herum. »Mein Vater wird das Gleiche sagen wie ich!« Ernestina errötete, sagte jedoch nichts mehr. »Wir haben alles Recht der Welt, diese Tiere zu jagen«, wiederholte Hortense. »Und diese Verrückte da hat kein Recht, uns davon abzuhalten.«

»Recht oder Unrecht«, sagte Cara mit Nachdruck, »ich werde es keinesfalls zulassen.«

»Du willst es mit uns vier aufnehmen? Das würde ich dir nicht raten.« Hortenses Gesicht war vor Wut verzerrt. »Zum allerletzten Mal: Geh zur Seite, Fischliebchen, sonst wird es dir noch sehr, sehr leidtun.«

Cara schwieg. Dann drehte sie sich abrupt um, kehrte zu Sternchen zurück und kletterte entschlossen in den Sattel.

Mit einem finsteren Gesicht gab Hortense ihren Begleiterinnen zu verstehen, die Jagd wieder aufzunehmen. Ihre Drachen machten einen Schritt vorwärts – zwei Schritte – drei …

Sternenstürmer beäugte Hortense und ihre Gefährtinnen argwöhnisch. In seinen Augen schwelte ein unterdrücktes Feuer, das bereits tief in seiner Kehle knisterte und jederzeit auflodern konnte.

Er spie erneut Feuer.

Der Sandstrand vor ihm verwandelte sich augenblicklich in geschmolzenes Glas, das für kurze Zeit flüssig war, sich dann aber zu wilden Wellenformen verhärtete und beim Abkühlen blubberte und brodelte.

Cara tätschelte Sternchens Hals. Er wird immer besser, dachte sie.

Ganz gleich ob Hortense und ihre Konsorten die Konfrontation fortsetzen wollten oder nicht – ihre Drachen hatten jedenfalls genug. Erschrocken trompetend erhoben sie sich wie verschreckte Moorhühner mit schwirrenden Flügeln in die Lüfte, ohne auf die hektischen Zügelhilfen ihrer Reiterinnen zu achten, die keinerlei Kontrolle mehr über sie hatten. So schnell sie konnten, flogen sie auf die Klippen zu, in die Richtung, aus der sie gekommen waren.

Nur Ernestina und ihr Drache Sturmvogel hatten sich nicht von der Stelle gerührt. Die Reiterin von Klöppelkrall betrachtete Cara von Kopf bis Fuß, ehe sie sich mit der Peitsche an ihren Helm tippte – eine respektvolle Geste, die ironisch gemeint sein konnte oder auch nicht. Erst dann ließ sie ihren Drachen aufsteigen und seinen Artgenossen folgen.

Cara seufzte erleichtert. Sternchen verdrehte seinen langen Hals, um sie mit einem besorgten Glucksen anzuschauen.

Cara tätschelte seine Wange und lachte benommen. »Mir geht es gut, Sternchen, danke der Nachfrage. Und dir?«

Sternenstürmer grunzte leise und schwang seinen Kopf, um sie wie ein Jagdhund auf etwas hinzuweisen. Cara folgte seinem Blick – und sah einen dunklen Haarschopf auf dem Wasser schaukeln, unweit einer Felsnase, die ins Meer hineinragte.

Sie schnipste mit den Zügeln und Sternenstürmer brachte sie zu dieser Felsnase. Kaum hatte der Drache seine Flügel angelegt und sich niedergekauert, rutschte Cara aus dem Sattel.

Ronan prustete kurz, als würde er gleich ertrinken, suchte aber allem Anschein nach nur die richtigen Worte. »Dein Himmelsdrache – und sein Feueratem – kaum zu glauben! So was von gleißend!«

Er hob seinen Oberkörper aus dem Wasser und verbeugte sich vor Cara ebenso wie vorhin vor Sternenstürmer. »Ich habe mich in dir getäuscht, Cara. Du hast es ganz allein mit vier Gegnerinnen aufgenommen, um meine Herde zu retten. Bitte nimm meine Entschuldigung an.«

Cara wurde plötzlich unsicher und verlegen. »Du brauchst dich nicht zu entschuldigen«, sagte sie. »Aber glaube bitte nie wieder, dass alle Drachenreiter wie Hortense sind.«

»Nun da ich dich kennengelernt habe, weiß ich, dass dem nicht so ist.« Der Meerjunge schenkte Cara ein warmes Lächeln. »Und das werde ich bestimmt nie mehr vergessen.« Ohne Vorwarnung tauchte er dann plötzlich unter, so geschmeidig, dass sich das Wasser kaum kräuselte.

Cara sprang auf. »Warte! Werden wir uns irgendwann wiedersehen?« Doch die einzige Antwort waren die Schreie der Seemöwen und das Plätschern der Wellen.

»Erzähl mir, was heute vorgefallen ist, Cara.«

Cara stand auf dem verblichenen Teppich im Arbeitszimmer ihres Vaters. Drachenmeister Huw saß hinter seinem schweren Schreibtisch mit der abgewetzten ledernen Schreibunterlage, auf der er alle Berichte und Aufzeichnungen seines Guts niederschrieb, und wartete auf ihre Antwort.

Cara holte tief Luft, ehe sie ihm erzählte, was in der Bucht der Meerleute passiert war. Ihr Vater legte die Fingerspitzen aneinander und hörte ihr aufmerksam zu.

Als Cara fertig war, sagte er: »Provokation hin oder her – ich kann es nicht dulden, dass Drachen Feuer speiend aufeinander losgehen.«

»Aber *sie* haben doch angefangen, Pa!«

»Egal. Kein Drache darf jemals einen Menschen mit Feuer attackieren. Das ist ein schwerer Verstoß gegen das Treueabkommen, Cara. Das weißt du genau.«

»Ja, aber es diente doch nur der Abschreckung. Niemand wurde verletzt.«

Die steinerne Miene des Drachenmeisters zeigte keine Regung. »Trotzdem …«

Cara blickte betreten zu Boden. »Es tut mir leid, Pa.«

»Schön. Dann sorge dafür, dass es nie wieder vorkommt.«

»Ja, Pa«, erwiderte Cara. »Aber ich hätte doch nicht tatenlos zusehen können, wie sie Ronans Seeböcke jagen, oder?«

»Nach Meinung einiger Gelehrter«, merkte Huw an, »hätten Hortense und ihre Freundinnen durchaus das Recht dazu.«

»Aber, Pa …«

»Ich schließe mich dieser Gelehrtenmeinung nicht an«, fuhr der Drachenmeister fort, ohne auf Caras Einwurf einzugehen, »aber andere schon. Wenn Hortense auf unseren Ländereien gejagt hätte, wäre ich natürlich schärfstens dagegen …«

»Aha, ein Kaninchen von Drachenwelt ist also mehr wert als ein Seebock der Meerleute, ist es das?«

Huw bedachte seine Tochter mit einem finsteren Blick. »Dürfte ich vielleicht ausreden?«

Cara biss sich auf die Lippen.

»Ich wollte gerade sagen, dass das Meer in den Vereinbarungen zwischen den Gestüten eine Art Grauzone darstellt«, fuhr Huw mit strenger Stimme fort. »Wenn ich eine Beschwerde einreiche, würde sich Lord Torin mit Sicherheit gegen Drachenwelt aussprechen. Nicht nur, weil seine Tochter in den Fall verwickelt ist und weil die Beziehungen zwischen ihm und Drachenwelt in letzter Zeit etwas angespannt sind. Und auch nicht deshalb, weil er alle Fischer gegen sich aufbringen würde, wenn er die Meerleute in Schutz nähme. Sondern weil die Rechtsprechung auf Bresal nichts gegen Vorkommnisse dieser Art vorsieht.«

»Aber trotzdem darf Hortense die Herden der Meerleute nicht angreifen! Es ist Unrecht!«

»Ich stimme dir zu«, sagte Huw ernst, »und ich stehe auf der Seite der Meerleute. Aber ich sehe keinen Sinn darin, mich auf einen Streit mit Torin einzulassen, den ich nicht gewinnen kann. Damit würde ich dem Ansehen von Drachenwelt nur schaden, ohne dass die Meerleute einen Vorteil daraus zögen.«

»Aber Pa …«

»Damit wäre dieses Thema abgeschlossen.« Huw stützte seine Ellbogen auf den Schreibtisch und beugte sich vor. »So, nun zu einer anderen Sache, die mir im Magen liegt. Ich habe gehört, dass Britta und du euch neuerdings in den Haaren liegt.«

Cara schürzte die Lippen. »Es ist nicht meine Schuld! Britta …«

»Ich habe nicht die Absicht, mich in einen kindischen Streit zwischen zwei Reiterinnen hineinziehen zu lassen, besonders wenn eine davon meine Tochter ist.« Huws Stimme klang unerbittlich. »Aber lass dir eines gesagt sein: Persönliche Eifersüchteleien und Rivalitäten können gefährlich sein, besonders beim Formationsfliegen. Ich wollte nicht, dass Mistress Hildebrand euch beide auswählt. Doch letzten Endes musste ich zustimmen. Nicht etwa, weil sie gedroht hat zu kündigen – was sie mehrmals tat...« Ein mattes Lächeln huschte über Caras Miene. »... sondern weil ich ihre Meinung teile, dass sich das Band des Vertrauens zwischen Britta und Mondfee wieder kräftigen könnte, wenn sie eine Zeitlang in einer anderen Disziplin zusammen fliegen, statt ausschließlich im Training für den nächsten Wettbewerb. Doch ich habe meine Entscheidung umgehend bereut, als ich hörte, wie die Dinge zwischen euch stehen. Ich will ganz offen zu dir sein, Cara: Hätte ich zwei andere Reiter mit den nötigen Fähigkeiten an der Hand, wärt ihr beide schon längst aus dem Team geflogen.«

Zur Bekräftigung seiner Worte klopfte er mit dem Zeigefinger auf seinen Schreibtisch. »Das Formationsfliegen erfordert absolutes Vertrauen zwischen den beteiligten Reitern. Und du weißt selbst, dass das Ansehen von Drachenwelt zu einem großen Teil von den Darbietungen beim Formationsfliegen abhängt. Unser aller Lebensunterhalt wiederum hängt vom Ansehen des Gestüts ab, und ich dulde nicht, dass unser guter Ruf gefährdet wird. Wenn du unser Gestüt bei der Flugschau von Klöppelkrall vertreten willst, brauche ich deine Zusicherung, dass du und Britta diesen lächerlichen Streit begrabt. Versprichst du es mir?«

Leise sagte Cara: »Ja, Vater.«

Huw schaute ihr prüfend in die Augen. Dann sagte er: »Gut, das war alles.«

Cara verließ sein Arbeitszimmer mit trockenem Mund und pochendem Herzen. Sie hätte ihrem Vater keine andere Antwort geben können. Aber wie sollte sie ihren Streit mit Britta beilegen? Einfach so?

Das Versprechen war ihr leicht über die Lippen gegangen – doch manche Dinge sind leichter gesagt als getan!

13. Kapitel

Die Proben für das Formationsfliegen verliefen alles andere als erfolgreich.

Drachenwelt hatte seit Jahren ein gut aufeinander abgestimmtes Formationsteam gehabt, bis neulich zwei der älteren Reiter ausgeschieden waren. Außerdem hatte Mistress Hildebrand darauf bestanden, dass zwei weitere Teilnehmer mit berechtigten Chancen bei der Landesmeisterschaft von Bresal sich ganz auf die anstehenden Wettkämpfe konzentrieren sollten. Dies hatte das Team seine erfahrensten Reiter gekostet. Der unglückliche Zusammenstoß von Kevin und Piran hatte zusätzlich alles durcheinandergebracht und die Aufnahme von Cara und Britta machte die Sache erst recht nicht besser.

»Ich weiß nicht, was ich noch tun soll«, seufzte Mistress Hildebrand, als sie mit wachsender Verzweiflung beobachtete, wie das Team eine Fassrolle vorführte und sich die rautenförmige Formation während des Manövers immer mehr verzerrte. »Ich habe ihnen diejenigen Plätze gegeben, auf denen sie am wenigsten exponiert sind. Ich habe die Figuren vereinfacht. Ich habe den beiden separate Paarmanöver übertragen, die sie auch ohne das Team einüben können. Aber in wenigen Tagen findet die Schau von Klöppelkrall statt und ich kann immer noch keinerlei Fortschritte erkennen!«

»Ich bin mir sicher, dass Ihr Euer Bestes getan habt, Hildebrand«, sagte Huw. Galen gab ein unverständliches Knurren von sich.

Der Drachenmeister und seine engsten Mitarbeiter beobachteten das Training vom Übungsgelände aus. Die Manöver des Formationsteams waren so zusammengestellt, dass die spektakulärsten Elemente immer direkt über der Arena stattfanden, damit die Zuschauer sie gut sehen konnten.

Zumindest war es so geplant …

Das Team stieg in einer Pfeilformation steil am Himmel nach oben. Britta und Cara hätten direkt hinter dem Teamleiter fliegen sollen, um den Schaft des Pfeils zu bilden. Doch Mondfees Abstand zum Anführer war viel zu groß, und sie flog außerdem zu weit rechts, während Sternenstürmer zu weit links flog. Deshalb sah es so aus, als wäre der Schaft des Pfeils krumm. Mistress Hildebrand schüttelte den Kopf und schlug sich mit ihrer Reitpeitsche an ihren Stiefel.

Cara trieb Sternenstürmer im hinteren Teil der Formation zähneknirschend auf seine Position. Eigentlich hätte sie sich bei diesem Manöver an Britta orientieren sollen, die jedoch völlig falsch flog. Typisch, dachte

Cara wütend. Ihr Ärger über Britta hatte Cara so stark abgelenkt, dass sie vergessen hatte, an ihre eigene Position zu denken.

Auf ein Handzeichen des Teamleiters hin wendete Cara ihren Drachen nach links. Während das gesamte Team ein Looping vollführte und in eine V-förmige Formation überging, die den Namen Gänseschwarm trug, sollten Cara und Sternchen an einen der Endpunkte des Gänseschwarms fliegen. Jede Wette, dass Britta nicht mehr weiß, wohin sie fliegen muss, dachte Cara. Aber was soll's – meine Schuld ist es jedenfalls nicht.

Das Team hatte nun in dieser neuen Formation den höchsten Punkt des Loopings erreicht und setzte zu einem senkrechten Sturzflug an. Die Drachen legten ihre Flügel halb an, um mehr Schwung zu bekommen.

Unten auf dem Boden überkreuzte Mistress Hildebrand Zeige- und Mittelfinger. »Schon besser …«

»Wenn ihr Timing jetzt nicht stimmt«, knurrte Galen verdrießlich, »können wir sie nachher vom Boden abkratzen!«

Hildebrand funkelte ihn empört an. »Galen!«

»Man wird ja wohl noch sagen können, was man denkt!«

Doch der Teamleiter hatte alles im Griff. Die Formation beendete den Sturzflug am anderen Ende des Drachenbachs, den sie so tief überflog, dass das Schilfrohr am Ufer schwankte. In einem geraden, ebenen

Flug behielten die Reiter ihren Kurs bei, bis sie nur noch wenige Drachenlängen vom Übungsgelände entfernt waren. Dann zogen sie wieder hoch und schwärmten wie ein explodierendes Feuerwerk fächerförmig auseinander. Die meisten Reiter flogen dann auf das Wohnhaus zu, um sich neu zu formieren, während Cara und Britta nach links beziehungsweise rechts wendeten, um sich auf ihr Paarmanöver vorzubereiten.

Trotz des ihrem Vater gegebenen Versprechens hatte sich Caras Verhältnis zu Britta eher noch mehr abgekühlt. Als Teamkolleginnen waren sie natürlich gezwungen, hin und wieder miteinander zu reden, doch das endete meist in verärgerten gegenseitigen Vorwürfen. Wann immer eines ihrer Flugmanöver schiefging – und das geschah in regelmäßigen Abständen –, gaben sie einander die Schuld, wodurch sich ihre Beziehung immer weiter verschlechterte.

Ihr erstes Manöver war relativ einfach. Nachdem die sieben Reiter des Hauptflügels in einer Schwanenfigur über die Zuschauer hinweggeflogen waren, sollten Britta und Cara aus entgegengesetzten Richtungen in die Arena fliegen und vor dem Publikum eine Verbeugung machen. Die einzige Schwierigkeit war der extrem langsame Flug. Die Drachen mussten sogar in der Luft verharren: Dabei fehlte ihnen dann der Auftrieb, den sie beim Vorwärtsfliegen automatisch hatten, sodass dieses Schweben sehr anstrengend für sie war. Und als wäre das nicht schon genug gewesen, mussten sie sich dann auch noch nach vorne neigen (die Verbeugung!) und anschließend rückwärts aus der Arena fliegen – ein höchst unnatürliches Manöver für Drachen, das ihnen sehr viel abverlangte.

Tatsächlich hatten Cara und Britta Probleme mit dem Timing. Cara war als Erste auf ihrer Position und begann mit dem Gleiten, musste dann aber mehrere Sekunden auf Britta warten. »Na, sind wir heute mal wieder nicht aus dem Bett gekommen?«, raunte sie spöttisch, als Britta und Mondfee endlich bei ihr angekommen waren.

»*Du* warst zu schnell«, fauchte Britta zurück.

»Zu schnell? Du hast so lange gebraucht, dass ich schon dachte, Fee müsse zuerst ein Ei legen«, sagte Cara schnippisch. Britta lief rot an.

Doch daraufhin besannen sie sich, hielten ihre Drachen zur Verbeugung an und konnten sich dann erleichtert zurückziehen. Ehe sie sich trennten, zischte Britta Cara noch zu: »Meinst du, du kriegst die Sache mit dem Timing beim nächsten Mal besser hin?«

»Kümmere du dich nicht um *mein* Timing«, entgegnete Cara aufbrausend. »Kümmere dich besser um deines!«

Ihr nächstes gemeinsames Manöver war ein halbes Looping, jeweils in die entgegengesetzte Richtung. Sie sollten aufeinander zufliegen, sich zuerst möglichst in der Mitte der Arena treffen und dann noch einmal am höchsten Punkt des Loopings, ehe jede für sich ihre Schleife zu Ende führte und wieder in die Richtung zurückflog, aus der sie gekommen war.

Dieses Manöver scheiterte kläglich. Diesmal war Britta als Erste im Zentrum, sodass Cara erst ankam, als Britta schon nach oben zog. Statt sich am höchsten Punkt des Loopings zu treffen, flogen sie aneinander vorbei, noch bevor Cara ganz oben war – und alles andere als in der Mitte der Arena.

Mistress Hildebrand schloss gequält die Augen.

Der Rest der Trainingsstunde verlief nicht viel besser. Als das Team endlich landete und die Stallburschen vortraten, um die Zügel der Drachen zu übernehmen, lagen alle Nerven blank und die Gemüter waren erhitzt.

Cara sprang aus dem Sattel und lief zu Britta hinüber. »Was hast du dir denn *dabei* gedacht? Du bist geflogen wie eine blutige Anfängerin mit zwei linken Händen!«

»Oh! Ich eine blutige Anfängerin?«, schrie Britta zurück. »Und was ist mit dir? Du warst bei der entgegengesetzten Rolle so spät dran, dass ich gemütlich hätte zu Abend essen können – samt Nachtisch!«

»Und du? Was hast du bei der Finglassischen Todesrolle gemacht? Wenn du mir noch einmal so nahe auf den Leib rückst …«

»Das reicht!«

Die aufgebrachten Mädchen schossen auseinander und funkelten sich nur noch zornig an, als der Drachenmeister, Galen und Mistress Hildebrand mit großen Schritten auf sie zukamen.

Die Oberreitlehrerin sah aus, als versuchte sie, einen Drachen nachzuahmen, der jeden Augenblick Feuer speien würde. »Ich habe in meinem ganzen Leben noch keine so stümperhafte Vorführung gesehen!«, wetterte sie, während die Reiter verlegen auf den Boden schauten und an ihren Reithelmen herumfummelten. Sie richtete die Spitze ihrer Reitpeitsche zuerst auf Cara, dann auf Britta. »Das gilt besonders für euch beide – mir fehlen buchstäblich die Worte!«

»Ich werde unsere Teilnahme auf Klöppelkrall absagen«, sagte Huw. Einige der Reiter schnappten entgeistert nach Luft, doch ein strenger Blick des Drachenmeisters erstickte jeden Protest schon im Keim. »Ich werde behaupten, es hätte im Team Verletzungen gegeben. Lieber setze ich mich der Verlegenheit einer Absage aus als der Erniedrigung einer jämmerlichen Darbietung. Ihr braucht definitiv noch einiges mehr an Training. Ob ihr an der Flugschau von Drachenwelt teilnehmen werdet, hängt einzig und allein davon ab, ob ihr bis dahin etwas dazulernt.« Nach diesen erbosten Worten wandten er und Hildebrand sich ab und stapften auf das Wohnhaus zu.

Galen warf Britta einen abschätzigen Blick zu und sagte: »Wer nicht in der Lage ist, beim Formationsfliegen seinen Platz zu finden, hat in einer Wachmannschaft nichts zu suchen!« Er nickte dem niedergeschlagenen Teamleiter kurz zu, ehe er sich anschickte, dem Drachenmeister zu folgen.

Cara blickte Britta an und sah ein wutverzerrtes Gesicht.

»Es ist alles deine Schuld!«, schrie Britta. Dann schlug sie sich die Hände vors Gesicht und rannte schluchzend vom Feld.

»Ich soll schuld sein?«, rief Cara ihr nach. »Dass ich nicht lache!«

Für den Rest des Tages ließen sich Cara und Britta nicht mehr blicken. Doch bis spät am Abend konnte der Späher auf dem Wachturm von Drachenwelt mit seinen guten Ohren das jammervolle Weinen aus zwei weit entfernt liegenden Ställen hören: hier aus Mondfees und dort aus Sternenstürmers Stall.

Auf die alljährlich stattfindende Flugschau von Klöppelkrall freuten sich die Reiter von Drachenwelt am wenigsten. Nicht nur, weil sie und ihre Drachen über das langweilige Klonmoor fliegen mussten, vorbei an den ausgezackten Bergspitzen des Wolkenhorns und über die trostlose Einöde des Höhenzugs von Klöppelkrall hinweg, sondern auch, weil sie auf dem rivalisierenden Drachengestüt alles andere als herzlich empfangen wurden.

Obwohl es erst Spätsommer war, wirkte der Himmel über Klöppelkrall düster und bedrohlich. Über den Tälern lagen unangenehm feuchte Nebelschwaden, deren Ausläufer auch die Felsen und das borstige Gras einhüllten, ehe sich die Feuchtigkeit in schleimigen, von braunem Torf durchsetzten Tümpeln sammelte. Die schwarzen Granitgebäude des Guts hoben sich in nichts von der öden Landschaft ab: Man hatte vielmehr den Eindruck, das Wohnhaus und die Stallungen wären direkt aus dem trostlosen Felsgestein herausgewachsen, um trübsinnig auf die tiefer gelegenen Turnierplätze hinunterzuschauen. Die Ecktürme und spitz zulaufenden Bögen des Wohnhauses reckten sich wie gierige, knotige Finger an den rauen grauen Himmel. Groteske Wasserspeier in Form von Drachenköpfen zierten die Mauern unterhalb des grauen Schieferdachs. Ein schwarz gestrichener, schmiedeeiserner Zaun markierte die Grenzen des Drachenzuchtgestüts und wirkte fast so, als wollte er ungebetene Besucher abschrecken.

Klöppelkrall strahlte nichts von der gastfreundlichen Atmosphäre aus, die Drachenwelt auszeichnete.

Die Flugschau sollte unten im Tal stattfinden, wo die eigens dafür aufgebauten Zelte in Purpurrot und Schwarz wenig dazu beitrugen, die düstere Atmosphäre dieses Ortes aufzuheitern. Die Drachen von Klöppelkrall schnitten bei der hauseigenen Flugschau immer erstaunlich gut ab. Lag es daran, dass die deprimierende Umgebung den angereisten Mitbewerbern aufs Gemüt schlug? Oder hatte es möglicherweise andere, finsterere Gründe? Hinter vorgehaltener Hand wurde gemunkelt, dass Klöppelkrall zu unfairen Mitteln greife, obwohl es bisher keinerlei Beweise für diese weit verbreitete Meinung gab. (»Ich weiß, dass sie verdammt noch mal tricksen!«, behauptete auch Mistress Hildebrand steif und fest. »Ich wünschte nur, ich wüsste, *wie* sie es anstellen!«).

Es war eine lange, anstrengende Anreise gewesen. Britta und Cara waren demonstrativ in größtmöglichem Abstand voneinander geflogen, und das Formationsteam litt noch unter der Tatsache, dass es nicht am Schaufliegen teilnehmen durfte. Dazu kam noch, dass die Reiter von Drachenwelt bei ihrer Ankunft angehalten wurden, sich in die Warteschleife einzureihen und auf die Landeerlaubnis zu warten.

Ich wette, dass Klöppelkrall uns absichtlich hinhält, um uns den Rest zu geben, dachte sich Cara, als wenn wir nicht schon erschöpft genug wären!

Sie ließ Sternenstürmer einen großen Bogen fliegen und nutzte die Gelegenheit, das Turniergelände zu inspizieren und sich schon einmal einzuprägen, wo die hohen, dunklen Masten und Türme standen, an denen die Hindernisse unterschiedlichen Schwierigkeitsgrades hingen.

»Sieht ganz schön tückisch aus, Sternchen«, sagte sie zu ihrem Drachen. »Wir müssen uns anstrengen, wenn wir die vierte goldene Rosette in Folge gewinnen wollen!« Obwohl sie sich auf diese Herausforderung freute, konnte sie eine gewisse Beklommenheit und ein ungutes Gefühl nicht abschütteln.

Dann endlich gab der Wächter, der auf einem der höheren Ecktürme von Klöppelkrall postiert war, den Reitern von Drachenwelt die Erlaubnis zu landen. Ein Drache nach dem anderen landete auf der Koppel und die Reiter stiegen ab. Ohne die Existenz der jeweils anderen auch nur zur Kenntnis zu nehmen, verzogen sich Britta und Cara in zwei weit voneinander entfernte Winkel der Koppel und schickten sich an, Sternenstürmer und Mondfee auf ihren Auftritt beim Wettfliegen der Mittelstufe vorzubereiten.

Als Cara eine Moorhuhnkeule aus ihrer ledernen Satteltasche holte, damit Sternchen nicht hungrig starten musste, stand Daniel plötzlich neben ihr. »Na, wie war die Anreise?«, erkundigte er sich.

»Windig, nass und lang«, erklärte ihm Cara. »Doch mit Sternchen zu fliegen, macht bei jedem Wetter Spaß.« Sie streckte die Keule aus, die ihr hungriger Drache gierig verschlang. »Zu schade, dass wir ausgerechnet hierherfliegen mussten. Eine trostlose Gegend, nicht wahr? Und wie war's bei dir?«

»Grässlich!«, stöhnte Daniel. »Ich wurde stundenlang in der harten Kalesche hin- und hergeschüttelt, bin fast erfroren, und mir war ständig schlecht. Kurz vor der Landung hätte ich mich um ein Haar übergeben.«

»Hättest du ruhig tun sollen«, entgegnete Cara ungerührt. »Einen Kleckser Farbe könnten die hier gut gebrauchen.«

»Wie wahr.« Missmutig schaute Daniel sich um. »Wenn es nach mir ginge, wäre ich sowieso zu Hause geblieben.« Cara sagte nichts dazu. Verständlich, dass Daniel auf Klöppelkrall nicht gut zu sprechen war: Die Wachmannschaft dieses Guts hatte Daniels Familie nicht geholfen, als ihre Farm von Feuerhunden und Heulern angegriffen worden war. »Aber weißt du was?

Mistress Hildebrand hat mir befohlen, mich bei Drachenmeister Adalbert zu melden und ihm meine Hilfe anzubieten«, fuhr Daniel fort. »Und das habe ich auch getan.«

»Was darfst du diesmal sein? Eichhörnchen oder Ringratte?«

»Weder noch. Er hat gesagt, er hätte bereits genügend erfahrene Leute. Ist doch merkwürdig, oder?« Daniel deutete mit einer Kopfbewegung auf die Arena, wo sämtliche Platzwarte, Eichhörnchen und Ringratten das Purpurrot von Klöppelkrall trugen. »Es ist das einzige Gut, das nur seine eigenen Leute in der Arena arbeiten lässt. Und nach Meinung von Mistress Hildebrand schneiden ihre eigenen Reiter hier auch immer besonders gut ab …« Er ließ die Anspielung in der Luft hängen.

»Die Platzwarte können mir nichts anhaben, wenn ich fehlerfrei fliege«, entgegnete Cara lachend. »Und das habe ich auch vor!«

Daniel grinste. »Aha, du willst also wieder gewinnen?«

»Mit etwas Glück, ja.« Sie tätschelte Sternchens Hals. »Schließlich habe ich den besten Drachen von ganz Bresal. Du bist ein Prachtkerl, nicht wahr?« Sternchen streckte seinen Hals und grunzte, als wollte er sagen: Natürlich bin ich das!

Es gab eine kurze Pause, während der Daniel interessiert über die Koppel schaute. »Wie geht es Britta?«, fragte er.

Caras Stimmung schlug sofort um. »Frag sie doch selbst!«, sagte sie schnippisch.

Daniel seufzte. »Cara – wollt ihr zwei euch nicht endlich wieder vertragen?«

»Das liegt nicht an mir. Und außerdem – was geht es dich an?«

Daniel machte ein beleidigtes Gesicht. »Ich bin vielleicht nur ein Stall- und Laufbursche, jemand, der sich beim Arbeiten die Hände schmutzig macht, aber sogar ich weiß, wie schwierig es ist, gute Freunde zu finden und wie leicht man sie verlieren kann.« Er klang traurig. »Und ich weiß auch, dass man den wahren Wert einer Sache meist erst erkennt, wenn man sie für immer verloren hat.« Nach diesen Worten machte er auf dem Absatz kehrt und marschierte davon.

»Ach, was weiß er schon, Sternchen?«

Sternenstürmer blieb ruhig, als Cara eine Pufferbürste aus ihrer Gerätetasche holte und ihn damit kraftvoll abrieb.

»Er ist doch nur ein dummer Junge.« Daniels Worte lagen ihr noch schwer im Magen. »Er hat keine Ahnung, wie es ist, einen Drachen zu reiten, und noch weniger Ahnung, welch tolles Gefühl es ist, einen Wettkampf zu gewinnen.« Sie spuckte auf die Bürste, um einen besonders hartnäckigen Fleck wegzubekommen. »Was kann ich dafür, dass Britta sich bisher noch nicht für die Inselmeisterschaft qualifiziert hat? Und es ist auch nicht mein Problem … sondern ihres.«

Aber trotzdem kam Cara ins Grübeln. Es mochte

zwar nicht ihr Problem sein, aber konnte sie nicht doch etwas zur Lösung beitragen? Vielleicht hatte Daniel ja recht, und es war wirklich an der Zeit, sich wieder mit Britta zu vertragen. Wenn ihr nur einfallen würde, wie sie Britta die Hand zur Versöhnung reichen könnte.

»Cara von Drachenwelt?«

Cara drehte den Kopf und erblickte ein kleines, schwarzhaariges Mädchen in einem purpurroten Reitjackett. »Ja, das bin ich«, sagte sie.

»Ich soll dir ausrichten, dass Wony dich gern sehen würde. Sie erwartet dich am Imbisszelt neben der Kinderkoppel.« Ohne auf eine Antwort zu warten, eilte das Mädchen wieder davon.

»Wony!« Caras schlechtes Gewissen regte sich. »Ich habe sie ganz vergessen! Ich bin gespannt, wie sie und Pummel die lange Anreise überstanden haben.«

Wony und Pummel waren kurz nach Tagesanbruch gestartet. Mistress Hildebrand und etliche Mitglieder der Wachmannschaft hatten die Anfänger von Drachenwelt auf dem Flug quer über die Insel begleitet, um sicherzustellen, dass sie auch gesund und munter ankamen, um anschließend an den Wettkämpfen teilnehmen zu können. Noch wichtiger war natürlich, dass keiner der noch unerfahrenen Reiter unterwegs verloren ging.

»Was sie wohl will?« Cara zupfte ein Blatt zwischen Sternchens Schuppen hervor. Der Drache schwang seinen Kopf hin und her. »Vielleicht braucht sie einen

Rat… oder aber etwas Geld, um sich Kuchen zu kaufen«, fügte sie schmunzelnd hinzu. Sie tätschelte Sternchens Hals. »Ich lass dich kurz allein, Sternchen. Es dauert nicht lange. Danach haben wir noch genügend Zeit, uns auf das Wettfliegen vorzubereiten.« Cara vergewisserte sich, dass ihr Drache auch gut angebunden war, ehe sie sich durch die zunehmend zahlreicher eintreffenden Besuchermassen kämpfte.

Doch als sie an dem großen Imbisszelt ankam, das die Form eines Riesenpuddings hatte, war von Wony weit und breit nichts zu sehen. Cara stand wartend am Eingang, hielt nach Wony Ausschau und fragte sich, wo ihre kleine Freundin wohl abgeblieben sein mochte. Nach ein paar Minuten wurde sie ungeduldig.

»Komm schon, Wony«, murmelte sie vor sich hin. »Ich habe nicht den ganzen Tag Zeit…« Gerade als sie wieder zu ihrem Drachen zurückkehren wollte, hörte sie im Zeltinneren eine Stimme, die sie zusammenzucken ließ. »Ich kann Cara einfach nicht verstehen.«

Cara lief ein kalter Schauer über den Rücken. Es war eindeutig die Stimme von Hortense.

14. Kapitel

Cara warf einen verstohlenen Blick in das Zeltinnere. An einem Tisch gleich neben dem Eingang saß die Tochter des Hohen Lords und ließ sich ein Sahnetörtchen schmecken. Neben ihr saß ein Mädchen ihres Hofstaats, das auch damals in der Bucht der Meerleute bei ihr gewesen war. Hastig zog Cara den Kopf wieder zurück und spitzte die Ohren.

»Cara?« Die Stimme des anderen Mädchens klang gedämpft, da sie vermutlich mit vollem Mund sprach. »Wie meinst du das?«

»Na, ich meine das gemeine Verhalten ihrer vermeintlichen Freundin gegenüber. Die arme Britta ist ganz durcheinander«, erklärte Hortense bereitwillig. »Sie hat es mir erzählt.«

Cara stieß einen leisen Schrei aus und schlug sich dann hastig die Hand vor den Mund. Britta und Hortense hatten über sie gesprochen?

»Sie begreift nicht, was in Cara gefahren ist.« Hortense klang ratlos. »Na ja, kann ja auch keiner begreifen. Alle Welt redet über ihren Streit. Britta heult praktisch jeden Tag – natürlich nur dann, wenn Cara nicht in der Nähe ist, aber jeder sieht, wie todunglücklich sie ist. Sie wünscht sich nichts sehnlicher, als zur Wachtruppe zu gehören, aber der Hauptmann will sie erst aufnehmen, wenn sie sich für die Inselmeisterschaft qualifiziert hat. Und alle sagen, dass Cara sie kein bisschen dabei unterstützt – wenn überhaupt, dann fällt sie ihr höchstens in den Rücken …«

Vor Verlegenheit lief Cara feuerrot an. War das die allgemeine Meinung? Dass sie Britta gegenüber nicht fair war?

Auf der anderen Seite der Zeltwand fuhr Hortense fort: »Ich finde es unglaublich, dass Cara so egoistisch ist. Ich weiß natürlich, dass seit ihrer Mutter damals niemand mehr eine Saison lang jeden einzelnen Wettkampf gewonnen hat. Klar, es wäre natürlich großartig, wenn Cara es ihr gleichtun könnte … Aber es gibt schließlich noch wichtigere Dinge im Leben.« Mit selbstgerechter Stimme fügte Hortense hinzu: »Freunde sind wichtiger als Rosetten.«

»Oh ja, Hortense, wie wahr!«

»Eigentlich sollte man annehmen, dass Cara die Sache etwas lockerer sähe und Britta helfen würde, sich für die Inselmeisterschaft zu qualifizieren. Ich meine, schließlich hat sie jetzt schon dreimal hintereinander gewonnen! Und es ist Brittas letzte Chance, beim Wettkampf der Mittelstufe einen der vorderen drei Plätze zu belegen. Mal ehrlich – was zählt da eine weitere Rosette, verglichen mit wahrer Freundschaft?«

»Da kann ich dir nur recht geben, Hortense«, sagte das andere Mädchen einschmeichelnd.

»Wenn ich an Brittas Stelle wäre, würdest du mir diesen kleinen Gefallen doch auch tun, nicht wahr, Jemina?«

»Aber natürlich! Eine Freundin wäre mir wichtiger.«

»Cara sieht es offenbar anders. Sie will nur die Erste sein – immer!«

Cara, die vor dem Zelt stand, erinnerte sich daran, was Britta damals nach der Heimreise von Echsenwald zu ihr gesagt hatte, und sie schämte sich plötzlich in Grund und Boden.

»Na ja, vielleicht war Britta für Cara nie eine richtige Freundin«, ergriff Hortense nun wieder das Wort. »Cara hat sie nur benutzt, als sie selbst noch nicht reiten durfte. Jetzt hingegen behandelt sie Britta wie den letzten Dreck, wie einen Kleckser Drachenmist am Stiefel.«

Cara fühlte sich erbärmlich. War Britta wirklich so unglücklich? Und war sie selbst wirklich so egoistisch? Auf einmal musste Cara an die vielen schönen Stunden denken, die sie mit Britta schon erlebt hatte: das gemeinsame Ausmisten der Ställe und Striegeln ihrer Drachen, ihre Picknicks am Meer, den Spaß beim Wiegen des Drachennachwuchses, wie sie gemeinsam gelacht und auch schon geweint hatten, einander geholfen hatten und… nun ja, eben *Freundinnen* gewesen waren. Caras Magen verkrampfte sich und ihr wurde übel. Freunde waren tatsächlich wichtiger als Rosetten. Es stimmte, sie war wirklich egoistisch gewesen!

Ich muss etwas tun, sagte sie sich. Ich muss tun, was eine wahre Freundin tun würde. Mit diesem Vorsatz kehrte Cara zu ihrem Drachen zurück.

Sie sah nicht, dass Hortense und ihre Freundin aus dem Imbisszelt traten und ihr mit einem zufriedenen Grinsen nachblickten, das verdächtig an satte Heuler erinnerte. Sie hörte auch nicht, wie Hortense leise »Gut gemacht!« sagte und einem kleinen, schwarzhaarigen Mädchen in einem purpurroten Reitjackett einen Silberpenny in die Hand drückte.

Der Himmel blieb auch für den Rest des Tages bedeckt und düster: Schwarze Wolken fegten entlang und legten sich bleischwer auf die Gemüter der Zuschauer.

Auf der Koppel begann Cara, Sternchen für ihren Auftritt vorzubereiten. Doch während ihre Hände eifrig damit beschäftigt waren, die Schuppen des Drachen zu polieren und Schlamm von seinen Klauen zu schrubben, war sie in Gedanken ganz woanders. Sie überlegte so angestrengt, was sie tun könnte, um das Kriegsbeil zwischen sich und Britta wieder zu begraben, dass sie nichts von der Aufregung mitbekam, die ringsum herrschte.

Besorgte Eltern wiesen ihre Kleinen zurecht und gluckten um sie herum, wie Mutterhennen um ihre Küken.

»Lavinia, wie oft muss ich es dir noch sagen? Es

dürfen nicht zwei Zöpfe sein, sondern nur ein einzelner!«

»Ich hatte dir doch verboten, vor deinem Auftritt noch ein drittes Stück Kuchen zu essen! Sieh selbst zu, wie du die Flecken wieder von deinem Jackett bekommst!«

»Denk an deine Hände, an die richtige Haltung, konzentriere dich!«

Obwohl Sternchen nach dem Putzen wirklich prächtig aussah, hatte Cara keine Lust, ihn zur Wahl des schönsten Drachen der Mittelstufe anzumelden (bei der im Übrigen Hortense gewinnen sollte, was niemanden weiter überraschte). Doch bis das Wettfliegen der Mittelstufe begann, hatte Cara einen Plan geschmiedet. Sie wusste nun, wie sie Britta helfen konnte, sich für die Inselmeisterschaft zu qualifizieren.

Als das Glockensignal den Beginn der Wettkämpfe der Mittelstufe verkündete, blickte Cara angestrengt über den Sammelplatz. Britta führte Mondfee herbei. Mistress Hildebrand begleitete sie und erteilte ihr vermutlich die letzten Ratschläge.

Mit einem Ausdruck finsterer Entschlossenheit auf dem Gesicht, stülpte sich Cara den Reithelm über und stieg auf Sternenstürmers Rücken. Bevor sie sich angurtete, lehnte sie sich vor und hielt sich am muskulösen Hals des Drachen fest. »Wir dürfen es niemandem verraten, Sternchen. Ich weiß, dass du gern gewinnst, genau wie ich, aber es gibt Dinge, die wichtiger sind als ein Sieg. Aus diesem Grund machen wir jetzt Folgendes …« Sie beugte sich noch ein Stück weiter vor und flüsterte Sternchen etwas ins Ohr.

Die Glocke ertönte erneut und das Wettfliegen der Mittelstufe begann. Cara ließ ihren Drachen zum Gatter gehen. Von dort aus beobachtete sie die Durchgänge ihrer ersten Konkurrenten und wartete, bis sie an der Reihe sein würde.

Die ersten Teilnehmer stellten keine große Herausforderung dar. Die Drachen von Drachenstein und Echsenwald stießen derart regelmäßig gegen die Hindernisse, dass die misstrauischen Geister unter den Zuschauern vielleicht schon wieder an üble Tricks dachten. Cara dagegen schob die Fehler ihrer Konkurrenten eher auf mangelnde Reitkünste.

Das ist gut für Britta, dachte sie und schmunzelte, als die Ringratten eifrig durch den Parcours rannten, um heruntergefallene Stangen und Stöcke aufzuheben. Je mehr Hindernisse jetzt herunterfallen, desto größere Chancen hat *sie* auf eine Rosette, dachte Cara.

Die Reiter kamen und gingen und es gab auch einige bessere Vorführungen zu sehen. Dennoch gelang keinem der Teilnehmer ein fehlerfreier Durchgang. Der Parcours erwies sich für alle als äußerst tückisch. Und trotz ihres Heimvorteils schnitt auch Hortense so miserabel ab wie immer, was sie erstaunlicherweise – wie Cara auffiel – nicht übermäßig zu stören schien. Als Cara und Sternchen schließlich als Nächste in den Ring gerufen wurden, gab es lediglich drei Teilnehmer mit nur zehn Strafpunkten.

Die Stimme des Ansagers verkündete: »Hier nun die nächste Teilnehmerin im Wettfliegen der Mittelstufe, Cara von Drachenwelt, die versuchen wird, sich die vierte goldene Rosette in Folge zu holen.«

»Auf geht's, Sternchen!« Cara trieb ihren Drachen an. Mit einem einzigen, kräftigen Flügelschlag war Sternenstürmer in der Luft und flog in den Ring.

Nach einem kurzen Rundflug, bei dem sie sich mit dem Parcours vertraut machten, ließ Cara Sternchen wenden und trieb ihn auf das erste, einfache Hindernis aus zwei parallelen Querstangen zu, die so weit voneinander entfernt waren, dass auch unsichere Reiter sie problemlos passieren konnten.

»Wir tun es für Britta«, flüsterte Cara.

Der Drache flog genau auf den Zwischenraum zu, doch im allerletzten Moment zog Cara sachte an den Beinzügeln und Sternchen sackte ein Stück ab. So kam es, dass er beim Passieren des Hindernisses mit dem Bauch die untere Stange berührte, die sich prompt aus ihrer Verankerung löste.

Das Publikum schnappte entgeistert nach Luft. Selbst die Eichhörnchen von Klöppelkrall oben auf den Masten rissen ungläubig die Augen auf. Cara von Drachenwelt, die dreimal hintereinander die goldene Rosette gewonnen hatte, scheiterte am ersten Hindernis! Zehn Strafpunkte! Aus der Traum von einem fehlerfreien Durchgang – war dies das Ende ihrer Glückssträhne?

Sternenstürmer verbog sich den Hals, um seiner

Reiterin einen vorwurfsvollen Blick zuzuwerfen, doch Cara lächelte nur. »Ich weiß, dass es dir schwerfällt«, sagte sie, »aber es ist für einen guten Zweck. So, nun aber zum nächsten Hindernis.« Sie zupfte leicht an den Beinzügeln und ließ die Handzügel sinken, sodass Sternchen das nächste Hindernis – mehrere parallel angeordnete Längsstangen – anfliegen konnte, wie es ihm beliebte.

Als Sternenstürmer kurz vor den Stangen war, zupfte Cara erneut fast unmerklich an den Zügeln. Sternchen schwenkte leicht nach links und streifte mit dem ausgestreckten Flügel die Stange. Erneut zehn Strafpunkte! Der Traum von einer weiteren goldenen Rosette war endgültig ausgeträumt! Cara würde auf keinen Fall am Entscheidungsflug der Mittelstufe teilnehmen. Der Rekord ihrer Mutter würde nicht gebrochen werden.

Unten auf der Tribüne saß Mistress Hildebrand, den Kopf in den Nacken und die Stirn in Falten gelegt. »Was um alles auf den Inseln ist in dieses Mädchen gefahren? Lässt ihrem Drachen freie Bahn und korrigiert ihn dann im letzten Moment! Klassischer Anfängerfehler!«

Auch Daniel, der bei einem Grüppchen von Stallburschen stand, konnte kaum glauben, was er da sah. »Das kann nur an den Schurken von Klöppelkrall liegen. Bestimmt haben sie Sternchen etwas ins Futter getan«, erzählte er allen, die es hören wollten.

Hortense hingegen lachte sich ins Fäustchen.

Auch Cara war mit sich und der Welt zufrieden, doch aus ganz anderen Gründen als Hortense. Sie vollführte mit Sternchen einen steilen Sturzflug, ehe sie ihn wieder gerade, fast parallel zum Boden, fliegen ließ und ihn auf eine Anordnung von Slalomruten zulenkte. Doch statt wie sonst geschmeidig diese Ruten zu umfliegen, zog Sternchen auf Caras Befehl hin fast geradeaus durch, was dazu führte, dass er jede einzelne Rute umstieß – *klack, klack, klack, klack, klack*! Die Ruten flogen in alle Himmelsrichtungen, sodass die armen Ringratten nur noch erschrocken die Flucht ergreifen konnten. Fünfzig weitere Strafpunkte!

»So, das reicht!«, sagte Cara zu Sternchen. »Jetzt zeigen wir ihnen, was wir wirklich können.«

Der restliche Durchgang verlief mustergültig. Reiterin und Drache stießen gegen keine Hindernisse mehr und bekamen keine weiteren Strafpunkte. Sternchen und Cara waren auf einmal wieder ein eingespieltes Team. Stangen, Reifen und Ruten wurden mit großzügigem Abstand um- oder durchflogen, und als sie ihre Runde beendet hatten, ertönte ein wohlwollender und zugleich verwunderter Applaus.

»Warum ist sie nicht die ganze Zeit so gut geflogen?«, murmelte Mistress Hildebrand. »Verflixte Göre! Siebzig Strafpunkte, ist das zu fassen!«

Cara flog aus dem Ring und landete direkt vor Britta, die als Nächste an der Reihe war. Bei ihrem Anblick zuckte Cara mit einem schiefen Grinsen mit den Schultern, doch Britta reagierte nicht darauf. Ihr Gesicht wirkte wie aus Stein gemeißelt. Sie öffnete zwar den Mund, als wollte sie etwas sagen, doch in diesem Augenblick ertönte das Glockensignal, und sie musste in den Ring. Wortlos wandte sie sich ab, griff nach den Zügeln und ließ Mondfee in den Ring fliegen.

Betroffen starrte Cara ihr nach. Was hatte sie *jetzt* wieder falsch gemacht?

Doch sie hatte keine Zeit, lange darüber nachzugrübeln. Eine zornige Mistress Hildebrand kam auf sie zugestapft. »Was um alles auf den Inseln ist in dich gefahren?«, fauchte die Oberreitlehrerin. »Einen solch stümperhaften Auftritt habe ich meiner Lebtag noch nie gesehen! Und ich habe schon viel gesehen, lass dir das gesagt sein!«

»Entschuldigung«, sagte Cara. »Ich weiß nicht, wie es dazu kommen konnte«, fügte sie kleinlaut hinzu und legte auf dem Rücken rasch Zeige- und Mittelfinger übereinander.

»Du hattest alle Chancen, den bisherigen Rekord zu brechen! Aber das ist vorbei! Wer weiß, ob die Gelegenheit jemals wiederkehrt!«

»Freunde sind wichtiger als Rosetten, Mistress Hildebrand.«

»Was soll das nun wieder heißen?«

»Ach, habe ich mal gehört«, sagte Cara.

Die Oberreitlehrerin von Drachenwelt beäugte sie mit zusammengekniffenen Augen. »Aha, daher weht der Wind!« Mutlos schüttelte sie den Kopf. »Glaub nicht alles, was du hörst, mein Kind.« Sie schlug sich mit der

Reitpeitsche an ihren Stiefel. »Doch wie dem auch sei – daran lässt sich nichts mehr ändern. Hoffen wir, dass deine Freundin von deinen ›Fehlern‹ profitieren wird.« Nach dieser spitzen Bemerkung marschierte Mistress Hildebrand empört davon.

»Meine Freundin …«, sagte Cara leise vor sich hin. »Ja, hoffen wir es!« In aller Eile band sie Sternchen fest und gab ihm ein weiteres Moorhühnchen, um ihn seinen verletzten Stolz vergessen zu lassen. Dann lief sie gespannt zur Arena, in der Britta gerade ihre Runde begann.

Mondfee flog sehr gut los und meisterte die ersten drei Hindernisse ohne Probleme. Auch die eng hängenden parallelen Längsstangen schaffte sie mühelos. Beklommen und nervös schaute Cara zu und wagte kaum zu atmen. Da nur noch eine Handvoll anderer Teilnehmer ausstand, würde Britta höchstwahrscheinlich gewinnen, wenn sie fehlerfrei flog. Und selbst mit zehn Strafpunkten hätte sie beim Entscheidungsflug noch immer alle Chancen. »Auf, Britta«, flüsterte Cara vor sich hin, »du kannst es schaffen!«

Britta hingegen, oben in der Luft, war weniger zuversichtlich. Obwohl ihr Drache nach außen hin ruhig wirkte, spürte Britta, dass er unsicher war. Sie musste ihn straff führen und konnte sich nicht darauf verlassen, dass er die Hindernisse von selbst richtig anflog. Das Band des Vertrauens zwischen ihnen war zwar nicht zerrissen, aber längst noch nicht wieder ganz hergestellt. Um mit seinem Drachen eins sein zu können, musste ein Reiter mit sich selbst im Reinen sein, was bei Britta aufgrund der Ereignisse der letzten Monate nicht der Fall war.

Dennoch war sie wild entschlossen, sich für die Inselmeisterschaft zu qualifizieren. Mit ihrem angeborenen Talent fürs Reiten, ihrer Willenskraft und Ausdauer lenkte sie Mondfee durch den Parcours. Ihnen war noch kein Fehler unterlaufen, als sie nun die letzten drei Hindernisse anflogen.

Unten auf dem Boden flog Cara im Geiste mit Britta mit, ahmte instinktiv jede Bewegung nach, hielt nicht vorhandene Zügel in der Hand, rutschte hin und her und beschwor ihre Freundin, bloß keinen Fehler zu machen.

Als Britta auf die drei parallelen Querstangen zuflog, fasste sie die Zügel straffer. »Langsam, Fee, immer schön langsam«, befahl sie. Der Drache drosselte sein Tempo, ehe er die erste Querstange des Hindernisses in Angriff nahm. Es klappte auch ganz wunderbar. Doch dann schien er plötzlich in Panik zu geraten und streifte mit dem Schwanzende die zweite Stange, die prompt aus ihrer Halterung fiel. Zehn Strafpunkte!

Cara stöhnte auf. »Macht nichts, Britta. Du hast noch immer alle Chancen! Du kannst immer noch am Entscheidungskampf teilnehmen!«

Etliche Drachenlängen über ihr biss Britta die Zähne zusammen. »Das reicht!«, zischte sie. »Jetzt bloß keinen Fehler mehr!« Sie ließ Mondfee wenden und flog nun das vorletzte Hindernis an, einen kleinen Reifen, der mit großer Geschwindigkeit durchflogen werden musste, denn gleich dahinter warteten die eng platzierten Querstangen.

Auch die Zuschauer schienen zu spüren, wie viel für die Reiterin auf dem Spiel stand. Alle schauten gespannt zum Himmel, als Britta ihren Drachen mit den Fersen antrieb. Mondfee beschleunigte brav, legte im letzten Augenblick die Flügel an und durchflog den Reifen, ohne ihn zu streifen.

»Jawohl!« Cara boxte in die Luft. »Auf, Britta, weiter so! Nur noch ein letztes Hindernis!«

Das war auch Britta klar. Im Anflug auf das letzte Hindernis lenkte sie Mondfee steil nach oben. Im Handumdrehen waren sie vor den beiden anspruchsvollen Querstangen. Britta duckte sich in den Sattel, um sich möglichst klein zu machen.

Der Drache schoss auf die schmale Lücke zu.

Cara hielt die Luft an.

Mit offenen Mündern starrten die Zuschauer nach oben.

Und dann, als es schon so aussah, als wäre alles bestens gelaufen, berührte Mondfee mit dem Hinterfuß die untere Stange.

Cara erstarrte, als die Stange zu wanken begann – für einen Augenblick sah es so aus, als würde sie oben bleiben. Doch dann rutschte sie aus der Schlinge und fiel zu Boden.

Die Zuschauer stöhnten auf. Cara schloss gequält die Augen. Zwanzig Strafpunkte! Britta durfte nicht am

Entscheidungsflug teilnehmen. Damit war auch ihr Traum von der Inselmeisterschaft fürs Erste geplatzt!

Niedergeschlagen rannte Cara zum Sammelplatz, wo Britta bereits damit begonnen hatte, Mondfee abzuzäumen. »Britta«, begann sie keuchend, »es tut mir ja so leid …«

Britta wirbelte herum. Ihr Gesicht war vor Wut verzerrt. »Was für eine miese Schau hast du da oben abgezogen?«

Cara wich einen Schritt zurück. »Wie?«

»Du bist noch nie im Leben so schlecht geflogen! Glaub ja nicht, ich weiß nicht, warum du das gemacht hast! Du bist absichtlich gegen so viele Hindernisse gestoßen! Ich hab's genau gesehen! Du hast mit *voller* Absicht verloren.«

Völlig überrascht riss Cara den Mund auf. »Ähm, ja schon … ich meine, ich habe – aber doch nur deinetwegen …«

»Ich weiß genau, warum du es getan hast! Um mir eine Chance zu geben. Wie kannst du es wagen?!« Britta hatte sich kaum noch unter Kontrolle. »Hör mir gut zu, Cara von Drachenwelt: An dem Tag, an dem ich deine Unterstützung brauche, um einen Wettkampf zu gewinnen, werde ich das Fliegen ganz aufgeben!«

Caras Wangen liefen heiß an. »Aber, ich wollte doch nur …«

»Du wolltest mir doch bloß später unter die Nase reiben können, dass ich nur noch dann gewinne, wenn du es gnädigerweise zulässt! Schönen Dank aber auch!

Wie großzügig von dir! Ich bin in meinem ganzen Leben noch nie dermaßen gedemütigt worden!«

In Cara begann es zu brodeln. Da hatte sie ihre große Chance vertan, den Rekord ihrer Mutter zu brechen, um Britta einen Gefallen zu tun! Und dafür wurde sie nun schnöde abgekanzelt. »Ich wollte dich nicht demütigen, ich wollte dir nur helfen. Aber das wäre gar nicht nötig gewesen, wenn du und Mondfee nicht so absolut *untalentiert* wärt!«

Cara bereute ihre heftigen Worte sofort. Doch sie konnte sie nicht mehr zurücknehmen. Was gesagt war, war gesagt.

Fassungslos funkelten Britta und Cara sich an, und beiden war klar, dass soeben eine Grenze überschritten worden war, von der es kein Zurück mehr gab.

Plötzlich platzte in das eisige Schweigen ein zartes Stimmchen hinein: »Cara, Britta! Schaut nur! Eine grüne Rosette! Die haben wir gewonnen, Pummel und ich! Unsere allererste Rosette beim Fliegen! Ist das nicht herrlich?«

Cara zwang sich, die Augen von Britta abzuwenden, und sah eine strahlende Wony, gefolgt von Daniel, über die Koppel auf sie zurennen. Triumphierend hielt Wony ihre Rosette hoch.

Unwillig sagte Cara: »Nicht jetzt, Wony.«

Wonys Blick wanderte von Cara zu Britta und wieder zurück. Erst jetzt bemerkte sie das frostige Klima zwischen den beiden älteren Mädchen. Ihr Lächeln erlosch und die grüne Rosette fiel aus ihrer Hand.

Nach einem letzten, hasserfüllten Blick auf Cara drehte Britta sich um und führte Mondfee davon. Betroffen schaute Cara ihr nach und stammelte: »Nein, so was von undankbar …«

»Sei doch still!«

Ungläubig starrte Cara Daniel an. Seine Augen blitzten und seine Lippen waren zu einer dünnen, harten Linie zusammengepresst.

»Es wäre zur Abwechslung ganz schön«, herrschte er sie an, »wenn du und Britta auch mal an etwas anderes als nur an euch beide denken würdet!« Er drehte Cara den Rücken zu und hob Wonys Rosette auf. »Komm, Wony!«, sagte er. »Wir zeigen sie Mistress Hildebrand! *Sie* wird sich bestimmt mit dir freuen!«

»Wony …« Beschämt riss Cara sich zusammen und holte tief Luft. »Du, es tut mir leid. Natürlich freue ich mich und gratuliere dir. Eine grüne Rosette, wie schön! Das ist wirklich … ähm, wirklich …«

»Übertreib's nicht gleich«, sagte Daniel mit einer Stimme, die vor Sarkasmus triefte.

Cara funkelte ihn zornig an. »Lass mich in Ruhe, Daniel! Siehst du denn nicht, wie schlecht es mir geht?«

»Ah, dir geht es schlecht? Wie traurig für dich! Klar, da Britta und du euch ja wie zwei räudige Feuerhunde in den Haaren liegt, habt ihr natürlich das Recht gepachtet, auch allen anderen die Laune gründlich zu vermiesen.«

Cara stampfte mit dem Fuß auf. »Kümmere dich gefälligst um deinen eigenen Kram!« Dann drehte sie sich um und stapfte beleidigt davon.

Daniel achtete jedoch gar nicht mehr auf sie. »Und nachdem wir bei Mistress Hildebrand waren«, sagte er zu Wony, »wie wär's dann mit einem schönen, großen Stück Kuchen?«

Wonys trauriges Gesichtchen hellte sich auf.

»Wie wär's mit Kirschbiskuit?«

Wonys Augen begannen zu strahlen.

»Vielleicht sogar mit Sahne?«

Wony nickte begeistert.

»Gut, dann nichts wie los!«

Hortense hüpfte fröhlich über die Wiese auf die Ställe von Klöppelkrall zu und summte eine fröhliche Melodie vor sich hin.

Ernestina hatte ihr Reitjackett bereits ausgezogen: Es hing an den Zaunlatten von Sturmvogels Umzäunung und die goldene Rosette am Revers glänzte in der Sonne. Sie blickte auf, als Hortense näher kam. »Du bist aber guter Dinge!«

Hortense grinste über beide Ohren. »Cara und Britta haben sich vorhin fast die Augen ausgekratzt!«

Ernestina wandte sich wieder ihrem Drachen zu und rieb ihn weiter ab.

»Ach ja?«, fragte sie unbeteiligt.

»Ja – und man soll sich ja bekanntlich nicht selber loben, aber ich finde, du könntest dich ruhig bei mir bedanken.«

Ernestina fuhr unbeirrt damit fort, Sturmvogels Schuppen von Staub und Schmutzflecken zu befreien.

Lässig lehnte sich Hortense an die Umzäunung und spielte mit ihrer Reitpeitsche herum. »Oh ja – niemand kann sagen, ich würde mich nicht um meine Freundinnen kümmern. Sogar jene, die mich im Stich gelassen haben, als eine übereifrige Reiterin von Drachenwelt mich am Jagen gehindert hat, obwohl ich alles Recht der Welt dazu hatte!« Sie bedachte Ernestina mit einem vorwurfsvollen Blick, der jedoch allem Anschein nach an ihr abprallte. Hortense rümpfte die Nase. »Aber nein, du brauchst dich nicht bei mir zu bedanken. Ich hab's doch gern getan!«

Ernestina rieb heftiger als nötig an einer Stelle herum, die bereits absolut sauber aussah. »Wofür sollte ich mich bei dir bedanken?«

»Na, zum Beispiel dafür, dass ich dir zum ersten Sieg in dieser Saison verholfen habe.«

Ernestina erstarrte.

Hortense plapperte munter weiter: »Ich muss schon sagen, das war wirklich genial von mir. Ich habe Cara eingeredet, sie müsse Britta gewinnen lassen, wenn ihr noch etwas an ihrer Freundschaft läge. Deshalb ist Cara absichtlich so miserabel geflogen, aber Britta hat natürlich nicht gewonnen – sie fliegt in letzter Zeit schlechter als eine Gleitechse mit Schluckauf –, sodass gar keine Gefahr bestand. Aber du hattest freie Bahn!«

Zu Hortenses großer Überraschung reagierte Ernestina alles andere als begeistert auf die Neuigkeit, dass sie ihren Sieg einer Intrige Hortenses zu verdanken hatte.

»Was ist denn?«, hakte Hortense erstaunt nach. »Freust du dich nicht?«

Ernestina blieb stumm und widmete sich wieder ihrem Drachen.

Empört riss Hortense die Augen auf. »Na, das finde ich ja reizend! Da tue ich dir einen Gefallen und was ist der Dank?« Beleidigt wandte sie sich ab und marschierte mit hochmütiger Miene davon.

Ernestina richtete sich nachdenklich auf und wischte sich die Hände an einem Tuch sauber. Dann ließ sie es in einen Eimer fallen und ging zu ihrem Reitjackett. Sie löste die goldene Rosette ab, betrachtete sie einen Moment lang geistesabwesend und betastete das weiche Material.

Dann stopfte sie die Rosette achtlos in ihre Satteltasche, damit sie sie nicht mehr ansehen musste.

15. Kapitel

Cara schwamm in dem klaren, kalten Wasser in der Bucht der Meerleute. Sternenstürmer hatte sich auf einem der Felsen am Ufer niedergelassen, genoss die warmen Strahlen der späten Nachmittagssonne und döste vor sich hin.

Seit der Flugschau von Klöppelkrall hüllte sich Britta in frostiges Schweigen. Selbst Mondfee schien neuerdings die Abneigung ihrer Herrin gegen Cara zu teilen, denn sie schnaubte abwehrend und flatterte mit den Flügeln, wann immer sie Cara auch nur von Weitem sah. Vielleicht flogen Britta und Mondfee aus diesem Grund wieder besser. Es war, als hätte ihre gemeinsame Abneigung gegen Cara das Band des Vertrauens zwischen ihnen wieder gefestigt. Für Britta bedeutete dies, dass die Übungsflüge sehr viel erfolgreicher verliefen und sie weniger Hindernisse herunterwarfen. Es trug jedoch nicht dazu bei, dass Cara sich weniger allein oder beliebter gefühlt hätte. Nicht zuletzt auch deshalb, weil Daniel und Wony noch böse auf sie waren und ihr tunlichst aus dem Weg gingen.

Auch das Training für das Formationsfliegen verlief besser, seit Britta und Cara sich nicht mehr ständig angifteten. Sie behandelten einander wie Luft und hörten nur auf ihren Teamleiter, der inzwischen gelernt hatte, sich im Umgang mit den beiden Mädchen möglichst zurückzuhalten und keine von ihnen auf Kosten der anderen zu loben oder zu tadeln. Nach außen hin war ein Waffenstillstand eingetreten. Die Leistungen hatten sich so weit gebessert, dass Mistress Hildebrand nicht mehr nach jeder Stunde mit Kündigung drohte. Selbst Huw hatte, wenn auch widerwillig, zugesagt, dass die Staffel bei der Flugschau von Drachenwelt – der letzten dieser Saison – auftreten dürfe.

In ihrer freien Zeit flog Cara neuerdings häufig mit Sternenstürmer zur Bucht der Meerleute. Sie hoffte jedes Mal auf ein Wiedersehen mit dem Meerjungen, doch Ronan hatte sich nie mehr blicken lassen.

Cara legte sich auf den Rücken, ließ sich auf den sanften Wellen treiben und schaute hinauf an den wolkenlosen Himmel.

Wie ruhig und friedlich es war! Hier konnte sie all ihre Sorgen vergessen, all ihren Kummer über das Zerwürfnis mit Britta. Am liebsten wäre sie ewig so liegen geblieben …

Da hörte sie rechts von sich plötzlich eine Stimme: »Cara!«

Überrascht schnappte Cara nach Luft und vergaß dabei ganz zu schwimmen. Im Handumdrehen war ihr Kopf unter Wasser. Das Salzwasser brannte in ihren

Augen und in ihrer Nase. Hustend und prustend kämpfte sie sich wieder an die Oberfläche – und sah ein bekanntes, grinsendes Gesicht vor sich.

»Ronan!«

Sternenstürmer schnarrte vor Freude über das Wiedersehen.

Ronan blickte sich hastig um, als hätte er Angst, beobachtet zu werden. Dann ließ er sich von einer Welle zu dem Felsen tragen, auf dem Sternenstürmer lag. Geschmeidig zog er sich daran hoch und setzte sich so, dass seine Schwanzflosse noch im Wasser war. Dann reichte er Cara die Hand und zog sie zu sich auf den Stein.

Schüchtern lächelte er sie dann an. »Freut mich, dich zu sehen.«

»Ganz meinerseits.« Cara kletterte über die Felsen, um eine alte Decke aus Sternchens Satteltasche zu holen und sich damit energisch die Haare trocken zu rubbeln. »Ist dein Seedrache bei dir?«

»Mordan?«

»So heißt er?«

»Ja, er wartet dort draußen auf mich. Er schwimmt nicht gern in Küstennähe.« Ronan schlug mit seiner Schwanzflosse auf das Wasser: Wenige Sekunden später streckte das prächtige Tier mehrere Drachenlängen von ihnen entfernt seinen Kopf aus dem Wasser und stieß einen seltsamen, blubbernden Schrei aus, der Cara bekannt vorkam. Sie hatte den Drachen schon einmal gesehen, als er Ronan geholfen hatte, seine Seebockherde zu beschützen. Jetzt beobachtete sie ihn entzückt und seufzte, als das wunderschöne Geschöpf wieder in den Wellen verschwand.

Cara breitete die Decke auf dem Felsen aus und machte es sich darauf gemütlich. »Ich hatte schon befürchtet, wir würden uns niemals wiedersehen«, sagte sie. »Ich war schon öfter hier …«

»Ich weiß. Ich habe dich gesehen.«

»Warum bist du dann nicht gekommen, um Hallo zu sagen?«

Ronan wurde verlegen. »Hm, weißt du, meine Leute sehen es nicht gern. Ich habe ihnen erzählt, was du getan hast, um meinen Seebock zu retten, aber sie glauben, ich hätte es erfunden oder stark übertrieben. Leider mögen sie die Menschen nicht. Sie waren sogar sauer, weil ich mit dir geredet habe. Und sie haben mir verboten, dich jemals wieder zu treffen.«

»Ich weiß, wovon du sprichst.« Seit Cara Hortense damals an der Jagd auf die Seeböcke gehindert hatte, zog diese sie immer wieder damit auf, in einen Meerjungen verknallt zu sein. Auch Hortenses Freundinnen beschimpften Cara mit Ausdrücken, von denen »Fischliebchen« noch der mildeste war. Cara versuchte, es sich nicht zu Herzen zu nehmen: Im Grunde wäre es ihr völlig egal gewesen, was Hortense und ihr Hofstaat von ihr dachten. Doch da ihre eigenen Freunde ihr neuerdings die kalte Schulter zeigten, litt Cara unter den Beleidigungen mehr als unter normalen Umständen. Deshalb konnte sie gut verstehen, was Ronan von einer erneuten Begegnung abgehalten hatte, wenn er ähnlichen Hänseleien ausgesetzt war.

Ronan seufzte. »Meine Leute sind sehr festgefahren in ihrer Denkweise. Sie können sich einfach nicht vorstellen, dass unterschiedliche Geschöpfe wie wir sich gut verstehen können. Es gibt bei uns ein altes Sprichwort über Meerleute und die Reiter von Himmelspferden: *Feuer und Wasser können keine Freunde sein.*«

»Feuer und Wasser«, wiederholte Cara nachdenklich. Sie legte sich die Decke um die Schultern und setzte sich wieder neben Ronan. »Na ja, ich weiß nicht, warum ein dummes altes Sprichwort uns davon abhalten sollte, Freunde zu sein, wenn wir uns mögen.« Spontan reichte sie ihm die Hand.

Ronan stutzte – offenbar war es bei den Meerleuten nicht Brauch, sich die Hände zu schütteln. Doch dann begriff er, was Cara von ihm erwartete. Zögernd nahm er ihre Hand und schüttelte sie. Cara, die insgeheim erwartet hatte, seine Haut wäre kühl und fischähnlich, war angenehm überrascht, als sie feststellte, dass Ronans Hand sich ebenso warm anfühlte wie ihre eigene.

Ronan ließ Caras Hand wieder los und wandte sich verlegen ab. Cara schnappte nach Luft. »Oh, du hast dich verletzt!«

Ronan schien überrascht. »Nein, warum? Wo?«

»Du hast lange Striemen auf dem Rücken – drei auf jeder Seite! Du musst gebissen worden sein! War es ein Haifisch?«

Ronan starrte sie mit offenem Mund an. Doch dann ging ihm ein Licht auf, und er lachte so schallend, dass er fast vom Felsen gefallen wäre.

»Was ist so lustig an meiner Frage?«

Nach einer Weile hatte sich Ronan so weit beruhigt, dass er wieder sprechen konnte. »Das sind meine Kiemen. Ich brauche sie, um im Wasser zu atmen. Außerhalb des Wasser benutze ich meine Lungen.«

Fasziniert betrachtete Cara die flatternden Hautlappen entlang den Kiemenöffnungen des Meerjungen.

»Fische haben nur Kiemen«, sagte Ronan voller Stolz, »und Tümmler, Delfine und Seeböcke haben nur Lungen. Ich dagegen habe beides und folglich kann ich länger an der Luft sein als jeder Fisch und länger unter Wasser als jeder Delfin.«

»Ich stelle mir vor«, sagte Cara nachdenklich, »dass das Schwimmen unter Wasser so ähnlich ist wie das Fliegen.«

»Kann sein«, antwortete Ronan. »Keine Ahnung. Ich bin noch nie geflogen.«

»Weißt du, wenn ich mit Sternchen fliege, schwebe ich hoch über allem anderen. Die Wälder, Flüsse und Seen liegen weit unter mir, wie eine andere Welt. Wenn ich fliege, gehöre ich zur Welt der Lüfte, ansonsten zur irdischen Welt …«

»Und wenn dein Drache Feuer speit, gehört er auch zur Welt des Feuers.« Eine gewisse Sehnsucht schwang in Ronans Stimme mit. »Ihr könnt euch glücklich schätzen, ihr Drachenreiter. Ihr seid Herren über Erde, Luft *und* Feuer.«

»Und auch über das Wasser«, ergänzte Cara. »Einige von uns können schwimmen.«

Ronan lachte laut. »Nichts für ungut, Cara, aber ihr schwimmt wie eine Flunder mit Flossenfäule. Und außerdem könnt ihr nicht unter Wasser schwimmen – ihr kommt nur mit der Oberfläche unserer Welt in Berührung. Gib dich mit den drei Elementen zufrieden. Wir haben nur eines – das Wasser. Doch darin sind wir absolut frei und können nach Lust und Laune durch unsere Seetanghaine und unterirdischen Höhlen streifen, an sonnenbeschienenen flachen Stellen schwimmen oder in den tiefen Gewässern auf hoher See, wo ewige Dunkelheit herrscht.«

»Dann seid ihr vielleicht sogar besser dran als wir«, sagte Cara. Sie blickte auf Sternchen, der seinen Hals lang machte, damit sie ihm die Augenwülste kratzen konnte. »Ohne unsere Drachen wären wir nicht in der Lage, den Erdboden unter uns zu lassen.« Sie verstummte und hatte das Gefühl, erst jetzt so richtig zu begreifen, was das Treueabkommen mit den Drachen für die Menschen bedeutete.

Sie fröstelte und schaute nach Westen. »Es ist schon spät«, sagte sie bedauernd. »Ich muss gehen.«

»Ich auch. Rufst du mich, wenn du das nächste Mal hier bist?«

»Und wie soll ich das tun?«

»Klatsch aufs Wasser, dreimal.« Ronan schlug mit seiner Schwanzflosse auf das Wasser. Das Geräusch hallte an den nahen Klippen wider, wie wenn ein Riese in die Hände geklatscht hätte.

Cara beugte sich zum Wasser hinunter und schlug mit der flachen Hand auf die Oberfläche.

»So?« Doch das Geräusch, das sie dabei erzeugte, klang kläglich und war absolut nicht mit dem lauten Klatschen von Ronans Schwanzflosse zu vergleichen.

Ronan lachte. »Nein, das werde ich im Leben nicht hören …«

Klatsch! Klatsch! Klatsch!

Verblüfft drehten Ronan und Cara die Köpfe und starrten Sternenstürmer an. Sichtlich selbstzufrieden hob der Drache erneut seinen Schwanz und schlug mit der flossenartigen Keule am Ende dreimal laut klatschend auf die Wasseroberfläche.

»Gut!«, sagte Rowan grinsend. »Ich denke, das werde ich hören. Leb wohl, Cara. Und auch du, mein Freund Himmelspferd.«

Und nach diesen Worten machte er einen Satz und verschwand so elegant im Wasser, dass es sich kaum kräuselte.

Im Laufe der nächsten Wochen konnte sich der Zwist zwischen Cara und Britta nicht weiter zuspitzen, da ganz Drachenwelt damit beschäftigt war, sich auf die letzte Flugschau des Jahres vorzubereiten. Drachenmeister Huw schärfte allen Beteiligten immer wieder ein, wie wichtig es war, dass das gute Ansehen des Gestüts gewahrt blieb.

Das Übungsgelände wurde in einen Turnierplatz umgewandelt, Zelte wurden aufgestellt und alle nötigen Vorkehrungen getroffen, um die Scharen von Zuschauern und Teilnehmern unterzubringen. Neben all diesen Aktivitäten ging natürlich auch der Alltag auf dem Gut weiter: Die Wachtruppen mussten wie immer Patrouille fliegen, die Ställe ausgemistet werden, und auch das Training musste weitergehen, sogar noch intensiver als sonst. Mistress Hildebrand und die erfahrenen Reiter waren ständig auf den Beinen.

In der Küche waren Gerda und ihre Helferinnen Stunde um Stunde damit beschäftigt, den Speiseplan festzulegen und Berge von nötigen Lebensmitteln zu bestellen. Zahlreiche Säcke mit Mehl, frisch gemahlen und direkt von der letzten Getreideernte, wurden Tag für Tag von der Mühle am Ufer des Drachenbachs angeliefert. Die Äpfel und Pflaumen in den Obstgärten wurden gepflückt. Die Kinder wurden ausgeschickt, um die Gegend nach Brombeeren, Schlehen und Stachelbeeren abzusuchen, und sie kehrten mit vollen Körben und verdächtig fleckigen Lippen zurück.

Gerda, deren Gesicht so rot war wie die lodernden Flammen in ihrem Herd, arbeitete bis zum Umfallen, um aus diesen einfachen Zutaten leckere Brotlaibe, Obstkuchen und Torten zu zaubern. Sie durfte sich rühmen, das mit Abstand beste Essen aller Flugschauen auf Seehafen aufzutischen. Angeblich reisten viele der

Besucher, die alljährlich nach Drachenwelt strömten, weniger aufgrund der Wettkämpfe als vielmehr wegen Gerdas ausgezeichneter Küche an.

Kurz vor der Flugschau von Drachenwelt hatten Britta und Mondfee fast wieder ihre Bestform erreicht. Darüber war Cara froh, würde es damit doch endlich spannender werden, gegen sie anzutreten. Und nach ihrem Erlebnis bei der Schau in Klöppelkrall hatte Cara nicht die Absicht, sich noch mal in irgendeiner Form zurückzuhalten. Es reichte schon, wenn Britta Zweite oder Dritte würde, denn damit wäre ihre Teilnahme an der Inselmeisterschaft gesichert. Sie selbst und Sternenstürmer hingegen wollten auf jeden Fall gewinnen.

Auch das Formationsteam hatte große Fortschritte gemacht, doch unter der Oberfläche brodelten Spannungen, die jederzeit ausbrechen konnten. Der Zusammenhalt des Teams stand auf wackligen Füßen.

Als Cara am Tag der Flugschau ihren Drachen für das Formationsfliegen sattelte, war sie nicht sonderlich überrascht, als sie merkte, dass Hortense sie beobachtete. »Suchst du etwas Bestimmtes?«, fragte sie kühl.

»Nein … nein.« Hortense schüttelte den Kopf, rührte sich aber nicht von der Stelle.

Cara versuchte, sich wieder auf die Gurte und Zügel zu konzentrieren, aber irgendwann hatte sie es satt, unter Beobachtung zu stehen. »Hör mal, wenn du etwas zu sagen hast, dann spuck's aus!«

»Na schön, es ist nur so, dass …« Hortense klang nervös und besorgt. »Du wirst doch hoffentlich keine unbedachten Risiken eingehen, oder?«

Cara starrte sie verblüfft an. »Wie meinst du das?«

»Herrje, ich weiß nicht, wie ich es sagen soll … Und ich weiß auch, dass wir keine Freundinnen sind …«

»Das kannst du laut sagen!«

»Aber trotzdem würde ich es nicht gerne sehen …« Hortense holte tief Luft. »Es ist so, dass ich vorhin mit Britta gesprochen habe und sie hat gemeint … Na ja, du weißt schon, die Finglassische Todesrolle, bei der ihr aufeinander zufliegt und beide erst im letzten Moment abdreht …?«

»Und weiter?«

»Na ja, sie hat gesagt, du würdest zu früh abdrehen …«

»Oh, das hat sie gesagt?«

»… und deshalb könnten alle sehen, dass ihr nicht synchron fliegt. Das sähe alles andere als gut aus. Ich habe ihr erklärt, dass du gewiss nur an ihre Sicherheit denkst, aber da hat sie gemeint … Na ja, sie hat gesagt, dass sie genau wisse, an wessen Sicherheit du dabei denkst, und zwar ganz bestimmt nicht an *ihre* …«

Cara zog einen Gurt so heftig fest, dass Sternenstürmer ihr einen vorwurfsvollen Blick zuwarf.

»Aber sie hat auch gesagt, dass sie dich noch darauf anspricht. Hat sie es getan?«

»Nein«, erwiderte Cara mit zusammengebissenen Zähnen.

»Oh – ach, herrje – dann hätte ich vielleicht besser den Mund gehalten …« Hortenses Bestürzung war meisterhaft gespielt. Kein Wunder, sie hatte diese Szene ja bereits einmal durchgespielt – und zwar mit Britta, der sie vor wenigen Minuten fast genau das Gleiche erzählt hatte.

»Es tut mir echt leid, wenn ich … Doch wie dem auch sei, ich bin mir sicher, dass du vernünftig sein wirst.« Hortense zauderte kurz, drehte sich dann aber um und ließ eine vor Wut schnaubende Cara stehen.

Es war zwar nicht so, dass Cara glaubte, was Hortense ihr gesagt hatte, das nicht. Aber wenn es doch stimmte? Und während Cara ihren Drachen fertig aufzäumte, beschloss sie, dass – falls jemand zu früh abdrehte – es mit Sicherheit nicht sie und Sternenstürmer sein würden!

Die ersten Manöver der Flugstaffel von Drachenwelt verliefen gut. Die Rautenformation wurde akkurat geflogen, der Schaft des Pfeils war tatsächlich pfeilgerade, und auch die Gänseformation sah aus wie mit dem Lineal gezogen. Dann folgte die Feuerwerksfigur, und während die Hauptgruppe auf das Wohngebäude zuflog, um sich neu zu formieren, lenkten Cara und Britta ihre Drachen zurück in die Arena, um dem Publikum ihre Verbeugung vorzuführen.

Als Sternenstürmer und Mondfee sich anschickten, rückwärts zu fliegen, warf Cara einen Blick auf ihre Teamkollegin. Und obwohl ihr Verhältnis seit Wochen äußerst frostig war, war Cara doch bestürzt über den feindseligen, ja geradezu hasserfüllten Ausdruck auf Brittas Gesicht.

Na schön, dachte sie. Wie du willst. Mal sehen, wer von uns beiden die besseren Nerven hat.

Cara und Britta spulten auch den Rest ihres Paarauftritts mit lang eingeübter Routine ab, bis schließlich ihr letztes Manöver bevorstand. Die Finglassische Todesrolle war ein riskantes, aber sensationell wirkungsvolles Kunststück, das den Zuschauern immer wieder aufs Neue den Atem raubte. Cara und Britta mussten dabei direkt aufeinander zufliegen und dann im allerletzten Moment in einem Kurvenflug nach rechts abdrehen. Ihre Drachen flogen dann Klaue an Klaue aneinander vorbei, so eng, dass es für die Zuschauer aussah, als wären sie nur um Schuppenbreite einem Zusammenstoß entronnen. Und während sie sich wieder trennten, führte jede Reiterin ihre Rolle zu Ende.

Das einzige Problem bestand im Timing.

Cara wendete am nordwestlichen Mast und ließ Sternenstürmer dann in halsbrecherischem Tempo zur Arena zurückfliegen. Am südöstlichen Mast tat Britta dasselbe. Die Zuschauer in der Arena blickten mit wachsender Spannung von links nach rechts.

Cara drückte ihre Knie an den Sattel, und ihre Hände hielten die Zügel so fest umklammert, dass ihr die Lederschnüre ins Fleisch schnitten. Ein grimmiges Lächeln lag auf ihren Lippen. Ich werde nicht als Erste abdrehen, dachte sie, ich werde nicht …

Die beiden Drachen schossen aufeinander zu.

Cara behielt ihren Kurs bei, auch als Mondfee in ihrem Blickfeld immer größer und größer wurde. Sternenstürmer wollte automatisch zum Kurvenflug ansetzen, aber Cara schnipste an den Zügeln. Noch nicht, noch nicht…

Dann schien sich mit einem Mal alles zu beschleunigen und gleichzeitig zu verlangsamen. Sternenstürmer und Mondfee näherten sich einander so schnell wie ein Blitz und so langsam wie in Zeitlupe. Innerhalb eines Bruchteils einer Sekunde nahm Cara wahr, wie sich Brittas finsteres Gesicht zu einer Fratze des Entsetzens verzerrte. Sie spürte, dass ihr eigenes Gesicht kaum anders aussah. Beide Reiterinnen hatten begriffen, dass sie den Moment des Abdrehens um Sekundenbruchteile verpasst hatten.

Trotzdem hätten sie es beinahe noch geschafft. Sternenstürmers Klauen streiften Mondfees unteres Gurtwerk – und schon waren sie aneinander vorbei.

Doch auch ihre Flügelspitzen hatten sich berührt…

Mondfee kam kurz ins Schwanken, fing sich aber wieder und flog weiter.

Sternenstürmer hatte weniger Glück. Cara hörte die Schreie aus der Arena, als ihr verzweifelt mit beiden Flügeln rudernder Drache jede Kontrolle über sich verlor.

16. Kapitel

Sternenstürmers ausgezeichnete Reflexe hätten sie beinahe noch gerettet.

Im allerletzten Moment gelang es dem Drachen, aus dem Trudeln herauszukommen und sich wieder zu fangen. Cara zog an den Ohrenzügeln, damit Sternchen erneut nach oben ziehen würde. Das hätte der Drache nur zu gern von sich aus gemacht – doch sie befanden sich bereits im Sturzflug und waren inzwischen schon schlichtweg zu tief unten.

So schossen sie über die Arena hinweg und die entsetzten Zuschauer auf den höheren Rängen konnten sich nur noch kreischend in Deckung bringen. Sternchens Klauen befanden sich nur knapp über dem Gras. Einen Augenblick lang hoffte Cara, er würde doch noch einmal hochziehen können. Dann aber sah sie, dass sie geradewegs auf eine Reihe von Zelten zurasten, und schloss entsetzt die Augen.

Als Erstes stießen sie gegen das Imbisszelt. Sternchens Flügel schlitzten die Zeltbahnen auf und sein massiger Körper donnerte gegen die langen Tische, die sich unter Gerdas Köstlichkeiten geradezu bogen. Pasteten, Kuchen, Fleischscheiben und Puddings flogen durch die Gegend, Bratensoße, Sahne und Vanillesoße spritzten nach links und rechts. Obsttörtchen schossen umher wie Steine, die man über einen Teich hüpfen ließ. Krüge mit Kräuterlikör, Wein und Met wirbelten durch die Luft und ihr Inhalt spritzte in alle Richtungen. Gerdas Küchenkräfte, die das Pech hatten, Zeltdienst zu haben, warfen sich kreischend auf den Boden.

Cara und Sternenstürmer pflügten alles um, was sich auf ihrem Weg befand, und zogen eine Spur der Verwüstung hinter sich her.

Die wenigen Zuschauer, die sich nicht in der Arena aufhielten, brachten sich schreiend in Deckung. Kläffende Hunde suchten verschreckt das Weite. Zeltschnüre rissen, als handelte es sich um zarte Spinnenweben, und wickelten sich um den pfeilschnellen Drachenleib. Mit einem seiner Flügel demolierte Sternchen das Erste-Hilfe-Zelt. (Das bot den Sanitätern zumindest die Möglichkeit, wie Galen später spitz anmerkte, ihr Können zur Abwechslung mal an sich selbst auszuprobieren.)

Ein Marktstand mit Kastanien wurde ebenfalls in Mitleidenschaft gezogen und die ausgelegte Ware sauste niederprasselnden Hagelkörnern gleich durch die Gegend.

Weitere Zelte stürzten ein, weil Sternchen mit seinen Flügeln ihre Zeltschnüre zerstörte oder ihre Heringe aus der Erde riss und zudem immer mehr Schutt hinter sich herzog. Inzwischen war der Drache bei seinem unaufhaltsamen Gleitflug quer durch das Schaugelände zum Glück etwas langsamer geworden, und als er schließlich an einen Ringwurfstand stieß, wurde sein Flug endlich abrupt gestoppt. Cara und der übel zugerichtete Drache landeten mit einer Staubwolke in einem chaotischen Wirrwarr aus zerbrochenen Holzbrettern, flatternden Seilen und zerrissenen Zeltbahnen auf dem Boden.

Im ersten Augenblick saß Cara reglos da und wartete darauf, dass sich das Gefühl, die ganze Welt hätte sich aufgebäumt und wäre ihr ins Gesicht geschleudert, endlich verflüchtigte. Doch dann, als sie ihre fünf Sinne wieder einigermaßen beisammenhatte, dämmerte ihr, dass etwas Schreckliches passiert sein musste: Sternchen rührte sich nicht!

Obwohl sie selbst ziemlich erschüttert war, konnte sie nur an eines denken. »Sternchen!«, schrie sie entsetzt. Sie schnallte die Gurte auf, die sie im Sattel hielten, und ließ sich auf die Erde gleiten. Dann kämpfte sie sich durch die Trümmer der ehemaligen Marktbude bis zu Sternchens Kopf durch und nahm ihn behutsam in ihre Hände. »Sternchen! Bist du verletzt? Oh, Sternchen!«

Vor Kummer und Angst konnte sie keinen klaren Gedanken fassen. Tränen schossen ihr in die Augen, ein verzweifelter Schrei stieg in ihrer Kehle empor. Was, wenn Sternchen tot war? Dann wäre sie schuld, sie ganz allein, weil sie sich auf diesen dummen, sinnlosen Streit mit Britta eingelassen hatte. Cara spürte ihr Herz gegen ihre Rippen schlagen, ihr wurde kalt und übel …

Auf einmal begann der Geröllhaufen, unter dem Sternchen begraben lag, zu wogen und zu verrutschen. Cara wurde schwindelig vor Erleichterung. Sternenstürmer schüttelte sich wie ein nasser Hund und versuchte, sich aufzurichten, doch das auf ihm lastende Geröll hinderte ihn daran. Er winselte jämmerlich.

»Sternchen! Du lebst noch! Bin ich froh! Ich bin hier, ganz nah bei dir – ich hole dich gleich da heraus, keine Angst.« Hektisch begann Cara, an den Schnüren und Stofffetzen zu ziehen, in die ihr Drache verheddert war. Ihre Bemühungen führten jedoch erst dann zum Erfolg, als Stallburschen und Zuschauer herbeigeeilt kamen und sich mit Messern an Sternchens Fesseln zu schaffen machten.

Bald kam auch Huw angerannt. Er packte seine Tochter am Arm und zog sie von Sternchen weg. »Cara – ist dir etwas passiert?«

»Nein, Pa. Mir geht es gut, aber Sternchen ist eingeklemmt.«

Huw holte tief Luft. »In Ordnung.« Cara spürte, dass ihr Vater sich erst wieder beruhigen musste. Er zog ein Messer aus dem Futteral an seinem Gürtel und versuchte, ein Tau zu kappen. Für den Fall, dass das Messer ausrutschen würde, hielt Cara das Tau so weit wie möglich von Sternchens Körper weg. Als dieses Tau durchgeschnitten war, griff ein anderes Händepaar auch schon nach dem nächsten. Als Cara aufblickte, sah sie Daniel, etwas blass um die Nase, der verbissen an dem Tau säbelte.

Nachdem endlich auch die letzten Taue und Stofffetzen beseitigt worden waren, konnte Sternchen sich aufrichten und versuchsweise die Flügel bewegen. Er zischte und knurrte, weil ihn offenbar jede Bewegung schmerzte, aber zumindest konnte er beide Flügel ausstrecken.

»Keine ernsthaften Verletzungen, wie es aussieht.« Alberich Drachenmedikus war plötzlich neben Huw aufgetaucht und betrachtete Sternenstürmer fachkundig. »Erstaunlich. Um Genaueres festzustellen, muss ich ihn natürlich zuerst gründlich untersuchen. Eure Tiere müssen wirklich einen Schutzengel haben, Drachenmeister.«

Cara biss sich auf die Lippen. Sie hatte wacklige Knie und zittrige Hände. Sie legte ihre Stirn an die schuppige Stirn des Drachen und streichelte seinen Kopf. Sternchen brummte leise.

Alberich schaute sich um, erblickte Daniel und winkte ihn zu sich, weil er bei der Untersuchung des Drachen Hilfe brauchte.

»Cara!«

Britta, außer Atem vom Laufen, kämpfte sich durch die noch immer anwachsende Schar der Umstehenden. Mit kalkweißem Gesicht blieb sie dann unsicher vor den anderen stehen.

Cara drehte ihr den Kopf zu. »Er…« Ihre Stimme versagte. Sie schluckte und versuchte es erneut. »Er ist nicht weiter verletzt, Britta. Mit Sternchen ist alles in Ordnung. Mit uns beiden offenbar auch. Und was ist mit Mondfee?«

Britta nickte und versuchte, ein Schluchzen zu unterdrücken. Sie schloss die Augen, verschränkte die Arme vor der Brust und begann auf einmal wie Espenlaub zu zittern.

Huw hatte sich inzwischen wieder gefasst. »Britta«, sagte er leise, »bring Mondfee in ihren Stall zurück und versorge sie. Alberich kommt zu ihr, sobald er hier fertig ist. Du wirst heute nicht mehr fliegen.«

Entgeistert riss Britta den Mund auf, brachte aber kein Wort heraus. All ihre Hoffnungen und Träume zerplatzten in diesem Moment wie eine Seifenblase. Als Cara ihr bestürztes Gesicht sah, waren alle Feindseligkeiten der letzten Wochen vergessen.

»Pa, das geht nicht! Du darfst Britta nicht verbieten, am Wettfliegen teilzunehmen! Mondfee ist doch gar nichts passiert! Es ist Brittas letzte Chance, sich für die Inselm…«

»Cara!« Der Drachenmeister wurde zwar nicht laut, doch sein Ton war schneidend. »Es hat nicht viel gefehlt und du wärst jetzt tot. Ihr beide könntet tot sein! Ihr tragt die Verantwortung zu gleichen Teilen und dürft euch auch die Schuld teilen. Ihr habt euer Recht verwirkt, bei dieser Flugschau für Drachenwelt aufzutreten. Mehr habe ich im Moment nicht dazu zu sagen.

Cara, du bleibst hier bei Sternenstürmer, bis Alberich ihn gründlich untersucht hat. Britta, du hast gehört, was du zu tun hast!«

»Ja, Drachenmeister«, antwortete Britta kleinlaut. Wie in Trance und ohne Widerworte drehte sie sich um und bahnte sich ihren Weg durch die umstehende Menschenmenge. Cara schaute ihr betroffen nach und versuchte, das eben Gehörte zu verdauen. Die arme Britta!

Huw betrachtete die Spur der Verwüstung, die Sternenstürmer bei seiner Bruchlandung hinter sich zurückgelassen hatte. In einiger Entfernung stand Gerda inmitten der Trümmer ihres Imbisszelts und rang fassungslos die Hände, während die Sanitäter im Erste-Hilfe-Zelt überlegten, wie sie den nächsten Notfall meistern könnten, da über die Hälfte der Tragbahren mit ihren eigenen Krankenträgern belegt waren.

Mistress Hildebrand, die sich mit einer Gruppe von Stallburschen beratschlagt hatte, trat zu Huw. »Unter den Zuschauern und unseren eigenen Leuten gab es zum Glück keine größeren Verletzungen«, wusste sie auf ihre übliche brüske Art zu berichten. »Ein Glück, dass sich die meisten Leute am Turnierplatz aufhielten, als Cara uns mit einer Vorführung bodenloser Ignoranz beehrt hat.« Sie bedachte Cara mit einem frostigen Blick.

»Danke, Hildebrand. Würdet Ihr jetzt bitte in die Arena zurückkehren und dafür sorgen, dass die Wettkämpfe beginnen können?« Huw deutete auf die

Trümmerspur. »Ich werde hier gebraucht. Es gibt einiges aufzuräumen.« Da fiel sein Blick auf ein Häuflein aufgebrachter Standbesitzer. »Ich darf gar nicht daran denken, wie viel Schadenersatz wir zahlen müssen! Fragt Gerda, ob sie noch etwas Essbares in Reserve hat, aber ich fürchte, wir müssen unsere Besucher heute ausnahmsweise einmal hungrig nach Hause schicken.«

Mistress Hildebrand nickte und warf Cara einen weiteren vorwurfsvollen Blick zu. »Der Volksmund sagt, aller Unfälle sind drei«, sagte sie. »Ich frage mich, was als Nächstes kommt.« Danach stolzierte sie davon, und Huw folgte ihr kopfschüttelnd, nachdem er Cara kurz zugenickt hatte.

Alberich hatte den Drachen derweil von der Schnauze bis zur Schwanzspitze einer gründlichen Untersuchung unterzogen. Nun richtete er sich auf und fasste sich nachdenklich an seine Hakennase. »Hmmm.« Er wandte sich an Daniel. »Und? Was würdest du sagen?«

»Ich?« Daniel fielen fast die Augen aus dem Kopf. Doch er fasste sich rasch wieder und stammelte: »Ähm … nun ja, ich würde sagen … Muskelzerrung im linken Flügel – er hält ihn auf seltsame Weise schief, wie Gänse, wenn sie verletzt sind.«

»Jawohl – Zerrung am Flexor Alae Major. Weiter?«

»Ähm … entlang der Brust und am Bauch fehlen einige Schuppen oder sind aufgeschürft. Folglich dürfte er an diesen Stellen einige Prellungen haben. Und *hier* hat er Schmerzen.« Daniel deutete auf einen Punkt hinter dem Vorderfuß des Drachen. »Er könnte eine Rippe angeknackst haben. Das habe ich bei Kühen schon beobachtet. Doch da er regelmäßig atmet, ist es vermutlich nur eine Überdehnung. Ich denke, das ist alles.«

»Ganz meine Meinung. Behandlung?«

»Ah – nun, bei uns auf der Farm haben wir Umschläge auf Risse und Schnittwunden gemacht, um den Schmutz aus der Wunde zu ziehen …« Ratlos zuckte Daniel mit den Schultern. »Ich weiß aber nicht, ob das auch bei Drachen wirkt.«

»Wirkt«, teilte ihm Alberich mit. »Dann machst du das, einverstanden? Umschläge auf jene Stellen, an denen Schuppen fehlen, kalte Kompressen auf die Muskelzerrungen und die schlimmsten Schürfwunden. Mit Eis, wenn du welches kriegen kannst.« Er nickte. »Gut. Bringt ihn in seinen Stall zurück, während ich mir den anderen Notfall ansehe.«

Mit langen Schritten eilte er davon.

Daniel starrte der sich entfernenden Gestalt des Drachenmedikus nach. »Er hat mich nach meiner Meinung gefragt. Ich kann es kaum glauben. Er hat mich allen Ernstes nach meiner Meinung gefragt!« Stolz reckte er das Kinn.

Da meinte Cara kleinlaut: »Daniel, hilfst du mir, Sternchen in seinen Stall zu bringen? Bitte …«

Daniel schreckte auf. »Oh – ja natürlich – aber ich muss zuerst noch zu Wony. Sie wollte unbedingt mitkommen, aber ich ließ sie nicht. Ich dachte schon, ihr seid eventuell …« Er errötete bis an die Haarwurzeln. »Na ja, du weißt schon … Jedenfalls habe ich ihr gesagt, sie müsse bei Pummel bleiben. Ihr Drache war völlig außer sich – ebenso wie alle anderen Drachen.«

Erst jetzt wurde Cara auf die beständigen Hintergrundgeräusche aufmerksam: das aufgeregte Grunzen und Brüllen der ratlosen, erschütterten Drachen auf der Koppel. Sie stöhnte auf. »Oh je, ich glaube, wir müssen zuerst dafür sorgen, dass sie sich wieder beruhigen. In diesem Zustand können sie unmöglich fliegen.« Entschlossen straffte sie die Schultern. »Ich gehe mit Sternchen an der Koppel vorbei, damit sie sehen können, dass ihm nichts passiert ist. Dann sind sie und ihre Reiter wieder beruhigt. Wir sehen uns nachher im Stall, ja?«

Daniel nickte und eilte davon. Cara wandte sich an ihren Drachen. »Na, was ist, mein Junge? Kannst du so weit laufen?«

Sternchen grunzte zustimmend. Betont langsam schritt Cara dann an der Koppel vorbei, gefolgt von ihrem Drachen, der tapfer auftrat und nur leicht mit einem Bein hinkte.

Als Britta Mondfee in den Stall führen wollte, stieß sie ausgerechnet auf Hortense. Diese stand direkt vor Mondfees Stalltür, weshalb Britta sie keinesfalls übersehen konnte.

»Ich habe gesehen, was passiert ist«, sagte sie mit einer Stimme, die zwar mitfühlend und weich klang, von dem Aufblitzen in ihren Augen aber Lügen gestraft wurde. »Ist mit Mondfee alles in Ordnung?«

»Ja«, sagte Britta barsch, die keinerlei Lust verspürte, sich mit Hortense über ihren Drachen zu unterhalten. Die Tochter des Hohen Lords trat einen Schritt zur Seite, um Britta und Mondfee vorbeizulassen. Dann folgte sie ihnen in den Stall.

»Arme Britta«, sagte sie. »Das war deine letzte Chance, dich für eine Teilnahme an der Inselmeisterschaft zu qualifizieren, nicht wahr?«

»Ja«, entgegnete Britta.

»Und ich vermute, dass du jetzt auch nicht in die Wachtruppe aufgenommen wirst. Wie unfair! Und es ist alles Caras Schuld.«

Britta sagte nichts dazu.

Und dann beging Hortense einen folgenschweren Fehler.

Sie legte ihre Hand auf Brittas Arm und sagte leise: »Ich wollte dich nur wissen lassen, falls du jemals eine Freundin brauchst …«

Voller Abscheu starrte Britta auf die Hand, die sich so vertraulich auf ihren Arm gelegt hatte. Dann schüttelte sie sie ab und starrte Hortense mit vor Zorn geradezu blitzenden Augen an. Die Tochter des Hohen Lords sog erschrocken die Luft ein und wich einen Schritt zurück.

Brittas Stimme war leise, aber barsch und gehässig:

»Lass dir eines gesagt sein, Hortense. Um ein Haar hätte ich gerade meine beste Freundin umgebracht. Ich glaube nicht, dass sie jemals wieder mit mir reden wird, und das kann man ihr nicht verdenken. Ich habe meine letzte Chance verspielt, Juniorenmeisterin oder jemals in die Wachtruppe aufgenommen zu werden. Soll ich dir mal was sagen? Ich fühle mich so klein, dass ich unter einer Schlange durchgehen könnte und nicht einmal den Hut abnehmen müsste.« Sie musste tief Luft holen, ehe sie weiterreden konnte. »Aber wenn du denkst, dass ich *so* tief gesunken wäre, dass ich neuerdings Wert auf deine Freundschaft lege, bist du gewaltig auf dem Holzweg! Wie konnte ich nur so dumm sein, auf dich zu hören, als du mir dein Gift ins Ohr geträufelt hast? Dabei wusste ich doch genau, was du bist: eine gemeine, niederträchtige, heimtückische, hinterhältige Giftspritze, die es nur darauf abgesehen hat, Zwietracht zu säen! Ich wette, dir ist im Leben noch kein einziger positiver Gedanke durch den Kopf geschossen.«

Vor Entrüstung und Empörung über diesen unerwarteten Angriff bekam Hortense den Mund nicht mehr zu.

»So«, krächzte Britta zufrieden, »und jetzt bring deine widerliche Fratze aus meinem Gesichtsfeld, bevor ich dir auch noch die Augen auskratze!«

Hilflos klappte Hortense den Mund auf und zu und suchte vergeblich nach den richtigen Worten. Doch da ihr offenbar nichts einfiel, zischte sie nur wie eine wütende Gleitechse, drehte sich auf dem Absatz um und rannte aus dem Stall.

Schwer atmend schaute Britta ihr nach.

»Fee«, sagte sie dann leise, »hast du Lust auf einen kleinen Ausflug?« Mondfee grunzte zustimmend und scharrte mit den Füßen, sodass Funken unter ihren Klauen aufstieben. Britta betastete Mondfees Flügel an jener Stelle, an der sie mit Sternenstürmer zusammengestoßen war. »Ist dein Flügel in Ordnung?«

Mondfee grunzte erneut, als wollte sie sagen: Ich verletzt? Dass ich nicht lache!

»Gut, dann gehen wir! Ich weiß einen Ort, an dem wir unsere Ruhe haben.«

Britta führte ihren Drachen auf den Hof zurück und stieg in den Sattel. In der Ferne hörte sie die begeisterten Jubelschreie und den anhaltenden Applaus, der immer dann ertönte, wenn jemand einen fehlerfreien Durchgang geschafft hatte. Britta schloss die Augen. Der Stall, die Flugschau, all ihre Ängste und Hoffnungen kamen ihr mit einem Mal sehr weit weg und unwirklich vor.

Sie zog an den Zügeln. Mit ein paar kräftigen Flügelschlägen erhob sich Mondfee in die Luft. Drache und Reiterin flogen nach Norden, weg von der Arena. Unter ihnen wurde Drachenwelt immer kleiner und kleiner und verschwand schließlich ganz unter einem Dunstschleier.

So kam es, dass Alberich Drachenmedikus keinen Patienten vorfand, als er Mondfees Stall betrat.

Und so kam es auch, dass Britta mit Mondfee abflog, ohne zuvor das Zaumzeug zu überprüfen. Deshalb konnte sie auch nicht ahnen, dass Sternenstürmers Klauen bei dem Zusammenstoß hoch über der Arena tiefe Rillen in Mondfees ledernem Gurtzeug hinterlassen hatten …

Britta und Mondfee flogen über die Bucht der Meerleute hinweg und dann weiter über das Moorland. Dieses dehnte sich bis zur Heimischen Meerenge aus, dem langen Meeresarm, der sich vom offenen Meer bis zur Inselhauptstadt Südlanding erstreckte. Danach flogen sie suchend an der Küste entlang.

Es sollte nicht lange dauern, bis Britta entdeckte, wonach sie gesucht hatte: eine Felskuppe in den Klippen, die wie der Kopf eines Parden aussah.

»Da ist es, Fee!«, rief sie. »Hier wird uns niemand finden.«

Sie lenkte Mondfee auf eine kleine Höhle zu, die an drei Seiten von den Klippen verdeckt und nur vom Meer aus zu sehen war.

Gerade als sie sich im Anflug befanden, riss mit einem lauten Knacken der beschädigte Bauchgurt, mit dem der Sattel auf Mondfees Rücken befestigt war. Der Sattel rutschte unkontrolliert zur Seite. Britta schnappte fassungslos nach Luft.

In größter Panik überlegte sie, was in einem solchen Notfall zu tun war … Sie musste Notkette und Sicherheitsgurt öffnen, den Sattel abwerfen und ohne Sattel weiterreiten, bis Mondfee sicher irgendwo landen konnte.

Hektisch fummelte sie an den Schnallen herum. Dabei riss plötzlich auch der Brustgurt. Gerade als Britta noch dabei war, die letzte Schnalle zu öffnen, rutschte der Sattel von Mondfees Rücken.

Brittas Füße glitten aus den Steigbügeln. Die Zügel wurden ihr aus der Hand gerissen.

Mit einem verzweifelten Schrei stürzte Britta nach unten, direkt ins Meer.

17. Kapitel

Ich weiß, dass es wehtut«, sagte Cara. »Aber es muss sein.« Sie hielt eine Laterne hoch, um Sternenstürmers verletzten Vorderfuß zu inspizieren und dann behutsam mit einem nassen Tuch zu betupfen. »Alberich hat gesagt, damit würde die Entzündung zurückgehen.«

Sternchen grunzte verärgert und rutschte unruhig auf seiner Schlafplattform herum.

Nach dem Unfall hatte Cara Sternenstürmer in seinen Stall geführt, um seine Wunden zu versorgen. Von den Wettkämpfen hatte sie deshalb nichts mitbekommen. Jubelrufe und Applaus des Publikums hatten sie gelegentlich den Kopf heben lassen, doch nach dem schrecklichen Absturz war ihr Sternchens Wohlergehen natürlich wichtiger. Auch als die Besucher nach und nach abreisten, blieb Cara bei ihm. Mit Schaudern dachte sie an den Unfall zurück und tröstete sich mit dem Gedanken, dass sie eigentlich noch Glück im Unglück gehabt hatte. Es hätte auch sehr viel schlimmer ausgehen können.

»Noch hier?« Daniels Kopf tauchte aus der Dunkelheit über dem geschlossenen unteren Türflügel auf.

Cara lächelte matt. »Wo sollte ich sonst sein?«

Daniel zuckte mit den Schultern und stieß den Türflügel auf. Er kam herein, nahm einen Lappen aus dem neben Cara stehenden Eimer mit kaltem Wasser, und begann, eine andere verletzte Stelle Sternchens damit zu kühlen. Der Drache warf ihm einen gequälten Blick zu, ließ es sich aber gefallen.

»Alles in Ordnung mit dir?«, fragte er Cara.

»Ich hatte schon bessere Tage.«

»Stimmt, irgendwie stand der ganze Tag unter keinem guten Stern«, pflichtete Daniel ihr bei. »Wony ist untröstlich, weil Pummel schlecht abgeschnitten hat – aber unseren anderen Drachen erging es heute auch nicht besser.«

Cara ächzte. »Das ist alles meine Schuld! Sternchens Absturz hat alle durcheinandergebracht. Wie liefen die Wettkämpfe?«

»Na ja...« Daniel musste kurz überlegen. »Gerda steht noch unter Schock, Mistress Hildebrand hat wieder mal gekündigt, dein Vater hat sich den lieben langen Tag bei jedem entschuldigt, der ihm über den Weg lief. Und zu allem Überfluss hat Lord Torin herumposaunt, dass es die schlimmste Flugschau war, die er je erlebt hat.« Daniel grinste verlegen. »Aber abgesehen davon lief alles bestens.«

Seufzend schüttelte Cara den Kopf. »Armer Pa«, sagte sie. »Ich bin an allem schuld.«

»Und Britta«, versuchte Daniel sie zu trösten. »Und Hortense ebenfalls.«

Cara schien verblüfft. »Was hat *die* damit zu tun?«

»Ich hatte dich gewarnt.« Daniel wrang seinen Lappen aus und tunkte ihn dann erneut in das kühle Wasser. »Ich hatte dir gesagt, dass Hortense ständig hier herumlungert. Mir war von Anfang an klar, dass sie nichts Gutes im Schilde führte. Sogar Gerda kam zu Ohren, dass sie Britta und dich gegeneinander aufgestachelt hat.« Er schaute Cara in die Augen. »Warum hast du bei den Wettkämpfen in Klöppelkrall absichtlich verloren?«

»Wer behauptet, dass es mit Absicht war?«

»Ach komm, Cara! Das weiß jeder. Warum also?«

Cara errötete. »Na ja, ich habe zufällig mitangehört, wie Hortense zu einer ihrer Freundinnen sagte, wenn mir wirklich etwas an Britta läge, würde ich sie gewinnen lassen.«

Gequält schloss Daniel die Augen. »Glaubst du im Ernst, dass es Hortense auch nur einen feuchten Dreck interessiert, ob irgendjemand gewinnt? Abgesehen von ihr selbst und ihren Freundinnen natürlich. Findest du es nicht auch seltsam, dass sie es genau zu dem Zeitpunkt gesagt hat, als du mithören konntest?«

»Willst du damit sagen, dass Hortense es so eingefädelt hat, dass ich dieses Gespräch mithören *musste*?«

»Gratuliere!«, sagte Daniel spöttisch. »Ich wusste, dass du irgendwann von selbst darauf kommen würdest!«

Cara schloss die Augen. »›Die größte Unruhestifterin von ganz Seehafen‹ hat Britta Hortense mal genannt. Das wusste ich ebenso gut wie sie und *trotzdem* …« Sie stöhnte gequält auf.

»Hat Hortense heute mit dir gesprochen?«, fragte Daniel. »Vor der Flugschau?«

Cara nickte. »Ja, sie sagte, Britta hätte zu ihr gesagt, ich würde bei der Finglassischen Todesrolle zu früh abdrehen.«

»Lustig«, sagte Daniel. »Wenige Minuten, bevor sie zu dir ging, habe ich sie mit Britta reden sehen. Ich wette, dass sie ihr erzählt hat, du hättest dasselbe über sie gesagt!«

»Du hast gesehen, wie sie mit Britta gesprochen hat? Warum hast du es mir nicht erzählt?«

Daniel schürzte die Lippen. Schonungslos äffte er dann nach, was Cara damals am Drachenbach gesagt hatte: »Vielleicht freut sich Britta ja über Hortenses Anwesenheit. Es interessiert mich kein bisschen, wenn sich die beiden anfreunden wollen.«

Caras Augen begannen zu brennen. Der Kloß in ihrem Hals schwoll an. Hatte Hortense sie und Britta in den letzten Monaten tatsächlich gegeneinander aufgestachelt? Mit einem Schlag wurde ihr klar, dass Daniel recht hatte. Sie sah Hortense als riesige Spinne vor sich – ein widerliches schwarzes Geschöpf, das ein Netz aus Lügen und Halbwahrheiten gesponnen hatte, in dem Britta und sie sich verhedderten wie zwei Fliegen, die Hortense verschlingen wollte …

»Was war ich doch für eine Närrin«, sagte sie. »Nicht wahr?«

»Du weißt, dass ich dir nicht gern widerspreche.« Daniel schwieg für einen Moment. Dann ließ er den Lappen in den Eimer fallen. »Ich soll dir von deinem Vater ausrichten, dass er dich und Britta sehen will.«

»Die arme Britta.« Cara seufzte. »Gut. Sagst du ihr Bescheid?«

Daniel nickte und erhob sich. Als er gerade nach der Tür greifen wollte, wurde diese aufgerissen, und Wony stürmte herein.

»Habt ihr sie gesehen?«, keuchte sie. »Habt ihr Britta gesehen?«

Cara und Daniel wechselten einen kurzen Blick, ehe Cara fragte: »Ist sie denn nicht bei Mondfee?«

»Doch, wahrscheinlich schon«, antwortete Wony besorgt. »Aber Fee ist auch nicht da.«

»Was redest du da?« Cara lief ein eisiger Schauer über den Rücken.

»Ich kann die beiden nirgends finden. Und ich finde auch niemanden, der sie gesehen hätte, seit der Drachenmeister zu Britta gesagt hat, dass sie nicht am Wettfliegen teilnehmen darf.«

Cara fiel aus allen Wolken. »Aber das ist doch schon Stunden her! Wo ist sie?«

Wony biss sich auf die Lippen und schüttelte nur den Kopf.

»Vielleicht hat sie sich irgendwohin zurückgezogen, um allein zu sein«, mutmaßte Daniel.

»Aber doch nicht so lange. Es ist doch schon dunkel«, gab Cara zu bedenken. »Da stimmt etwas nicht.« Hastig richtete sie sich auf. »Ich muss zu meinem Vater.«

Der fast in seiner ganzen Fülle am Himmel strahlende Mond tauchte den kleinen Strand, an dem zwei Körper dicht beisammen auf den harten, runden Kieselsteinen lagen, in ein silbrig blaues Licht. Während das Wasser über den Kiesstrand plätscherte, stupste Mondfee Brittas schlaffen Körper an und gab leise Grunzlaute von sich, um ihrer Herrin eine Reaktion zu entlocken.

Britta blinzelte und machte eine abwehrende Handbewegung. »Nein, Fee. Geh wieder in deinen Stall.« Dann erst, ganz langsam, strömten die Erinnerungen in ihr benebeltes Gehirn.

Sie konnte sich an die starke Erschütterung erinnern, als sie auf das kalte Wasser aufschlug, an ein gedämpftes Dröhnen und Knacken in den Ohren, als ihre mit Wasser vollgesaugte Reitkleidung sie unter die Wellen zog.

Sie erinnerte sich daran, wie sie verzweifelt und endlos lange strampelte, um wieder an die Oberfläche zu kommen, und glaubte, ihre Lungen würden zerbersten. Dann an den erlösenden Schrei, als ihr Kopf endlich aus der tödlichen Umarmung des Meeres auftauchte. Sie erinnerte sich, dass ihre Augen von der Salzwassergischt brannten, und an die kläglichen

Schreie Mondfees, die über ihr kreiste. Dann der heiße, stechende Schmerz in ihrer Schulter, als der Drache seine angeborenen Ängste überwand und sich herunterstürzte, um sie aus dem schäumenden Wasser zu retten. Dann das Brausen der Riesenwelle, die vom Meer heranrollte, sich zu einer Wasserwand aufbäumte, Mondfee vom Himmel herunterriss und Britta und ihren Drachen in einen schäumenden Sog von Splitt, Sandkörnern und Blasen wirbelte.

Brittas letzte Erinnerung war, wie sie gegen die Felsen geschleudert wurde, dann ein pochender, unsäglicher Schmerz, der durch ihren rechten Arm jagte. Was danach geschah, wusste sie glücklicherweise nicht mehr.

Britta rollte sich auf die Seite – und ächzte. Jeder Muskel und jeder Knochen in ihrem Körper taten ihr weh, besonders der rechte Arm, den sie nur unter größten Schmerzen bewegen konnte. Mühsam richtete sie sich auf und tätschelte ihren verängstigten Drachen.

Wir sind noch am Leben, dachte sie. Wir beide! Seltsam, dass sie sich nicht einmal mehr darüber freuen konnte!

Sie schaute sich an dem kleinen Strand um und entdeckte eine Höhle in der Felswand.

Mit ihrem unverletzten Arm hob sie Mondfees Kopf an, damit sie ihrem Drachen in die Augen schauen konnte.

»Fee, komm mit, dahinten in den Klippen gibt es

eine Höhle – da müssen wir hin. Dann sind wir vom Wasser weg und können uns erstmal etwas erholen. Und danach fliegen wir wieder nach Hause. Komm, meine Süße, gehen wir!«

Der Drache richtete sich mühsam auf und Britta schrie entsetzt auf. Mondfees linker Flügel hing schlaff herunter.

»Oh nein, Feechen!« Britta kniete sich neben ihren Drachen und untersuchte die Flügelmembranen. Sie waren eingerissen und der Hauptknochen des Flügels schien am vorderen Ende gebrochen zu sein.

»Fee!«, stöhnte Britta. »Oh Fee!« Dann vergrub sie ihr Gesicht in Mondfees Flanke und schluchzte zum Steinerweichen.

Erst als sie keine Tränen mehr hatte, stand sie auf und tätschelte Mondfees Hals. »Komm mit, Fee!«

Sie wandte sich zur Höhle.

Im fahlen Mondschein sah der Höhleneingang düster und unheimlich aus – aber auch irgendwie vertraut. Von der Luft aus hatte Britta nur einen flüchtigen Blick darauf werfen können, da die überhängenden Klippen den Eingang fast verbargen. Doch nun erkannte sie die Höhle wieder.

Sie und Mondfee hatten ihr ursprüngliches Ziel erreicht, allerdings um sechs Drachenlängen zu tief. Britta hatte oben auf der Felskuppe landen wollen.

Doch es bestand kein Zweifel: Der felsige Schlund, der vor ihnen lag, war die Klagehöhle.

Cara klopfte hektisch an die Tür des Arbeitszimmers und riss sie dann auf, ohne eine Aufforderung abzuwarten. Galen war bei ihrem Vater, der mit gerunzelter Stirn herumwirbelte, da er es nicht schätzte, unterbrochen zu werden.

»Cara …«

»Vater!«, rief Cara aufgeregt. »Britta ist verschwunden!«

Die Falten auf der Stirn des Drachenmeisters vertieften sich. »Was?«

»Ja, sie ist weg. Und Mondfee auch.«

Huw lehnte sich mit dem Rücken an seinen Schreibtisch. »Erzähl!«

Cara erklärte ihm alles, was sie wusste, so aufgeregt, dass sie sich mehrmals verhaspelte.

Galen ließ sich nicht aus der Ruhe bringen. »Wahrscheinlich hat sie sich irgendwo versteckt und schmollt«, knurrte er. »Das macht sie in letzter Zeit häufig – verschwindet einfach für Stunden.« Er schüttelte den Kopf. »Typische Jungmädchenlaunen! Wenn ihr der Magen knurrt, wird sie schon wieder auftauchen.«

Huw streifte ihn mit einem kühlen Blick. »Ich bin weder ein junges Mädchen noch launisch, aber dennoch nehme ich es nicht auf die leichte Schulter, wenn eine meiner Reiterinnen bei Einbruch der Nacht nicht zurück ist.«

Galen versuchte zuerst, dem Blick des Drachenmeisters standzuhalten, schlug dann aber doch die Augen nieder.

»Gut«, sagte Huw. »Schickt Boten zu den anderen Höfen. Ich vermute, dass Britta von der Dunkelheit überrascht wurde und auf einem von ihnen Zuflucht gesucht hat.«

Galen nickte und wandte sich zum Gehen.

»Noch etwas, Galen.« Huws grimmige Miene sprach Bände. »Falls sich nichts ergibt – sorgt dafür, dass die Wachmannschaft bereit ist, gleich bei Tagesanbruch zu einer Suchaktion aufzubrechen.«

Beim ersten Licht der Morgendämmerung war ganz Drachenwelt auf den Beinen. Galen führte Nachtjäger aus seinem Stall und schaute durch den kalten, beständigen Nieselregen zu den grauen Wolken hinauf, die sich unermüdlich über den Himmel schoben.

»Ein lausiger Morgen für eine Suchaktion«, knurrte er. »Und dieses miese Wetter ist nur der Anfang. Ich wette, dass es morgen noch schlimmer wird.«

Flügelrauschen verkündete die Rückkehr des letzten Boten. Huw unterhielt sich kurz mit ihm und wandte sich dann an Galen. »Auch in Echsenwald keine Spur von ihr. Somit hätten wir sämtliche Höfe befragt – ohne Erfolg.«

»Dann müssen wir ausrücken!« Galen wandte sich an seine Männer.

»Regenausstattung«, befahl er. »Eisenrationen und wasserdichte Fackeln für jeden Reiter! Und wenn ihr nichts mehr seht oder wenn ihr oder euer Drache friert oder er zu müde zum Weiterfliegen ist, *gebt ihr auf* und kehrt nach Drachenwelt zurück! Mir ist ein Milchgesicht lieber, das morgen wieder ausfliegen kann, als ein Held, der anschließend tagelang das Bett hüten muss.«

Die Reiter grinsten betreten.

»Aufsitzen!«, befahl Galen.

Ein Reiter nach dem anderen setzte zum Start an.

Cara eilte in ihrer Reitkleidung auf Sternenstürmers Stall zu, als die strenge Stimme ihres Vaters sie stehen bleiben ließ. »Wo willst du hin?«

»Ich muss auch nach Britta suchen. Pa, es ist meine Schuld, dass sie verschwunden ist ...«

»Dein Drache ist noch nicht erholt genug«, sagte Huw mit Nachdruck.

»Aber Pa, sie ist meine Freundin.«

»Zu schade, dass es so lange gedauert hast, bis es dir wieder einfiel. Soll sich dein Drache wegen deines Leichtsinns noch weitere Verletzungen zuziehen?« Cara ließ den Kopf hängen. »Dann gehorche mir ausnahmsweise mal! Du fliegst heute nirgendwohin!«

Für den Rest des Tages litt Cara Höllenqualen. Sie versorgte Sternchen und kümmerte sich um ihn, bis Alberich kam, um nach ihm zu sehen, und ihr ausdrücklich sagte, dass ihr Drache nichts als Ruhe bräuchte. Danach lief Cara Gerda so lange im Weg herum, bis sie aus der Küche verbannt wurde.

Sie war von einer schrecklichen Unruhe gepackt. Lange vor Sonnenuntergang stand sie mit Wony auf dem Hof vor den Stallungen, schaute an den Himmel und wartete ungeduldig auf die Rückkehr der Wachmannschaft.

Doch als die Truppe landete, erschöpft und schmutzig, wurden Caras schlimmste Befürchtungen bestätigt. Die Männer hatten den ganzen Tag über gesucht und waren die ganze Insel abgeflogen. Doch das verschollene Mädchen und sein Drache waren wie vom Erdboden verschwunden.

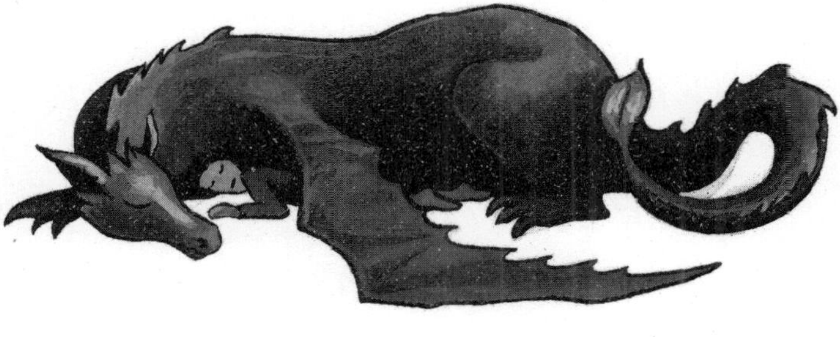

18. Kapitel

Als die Männer der Wachmannschaft am nächsten Morgen aufsaßen, warfen sie sich missmutige Blicke zu. Das Wetter war über Nacht noch schlimmer geworden. Wegen des anhaltenden, starken Regens würde die Sicht noch schlechter sein und auch der Wind war stärker geworden.

Cara wartete, bis die offizielle Suchtruppe, mit Öltüchern über der ledernen Reitkleidung, abgeflogen war. Sobald der Hof leer war, holte sie Sternenstürmer aus seinem Stall. Sie musste so schnell wie möglich losfliegen, ehe ihr Vater oder Mistress Hildebrand es ihr verbieten konnten. Deshalb zuckte sie erschrocken zusammen, als plötzlich jemand fragte: »Willst du weg?«

»Daniel!« Empört funkelte Cara ihn an. »Schleich nicht herum wie ein Dieb in der Nacht! Wieso bist du überhaupt schon so früh auf?«

Daniel schnaubte nur abfällig. »Früh auf? Ich war noch gar nicht im Bett!« Er hielt ihr seine verschürften, blutigen Finger unter die Nase. »Alberich Drachenmedikus hat mich dazu verdonnert, ihm dabei zu helfen, die Drachen zu versorgen, die gestern völlig erschöpft von der Suchaktion zurückkamen. Ich habe die ganze Nacht durchnässtes Zaumzeug getrocknet und verzerrte Muskeln eingerieben.«

»Oh«, sagte Cara betroffen. Sie hatte die ganze Nacht über geschlafen – oder besser gesagt, sich schlaflos in ihrem Bett gewälzt.

»Darfst du heute mitsuchen?«, fragte Daniel. »Ist Sternchen wieder genesen?«

»Fang *du* nicht auch noch damit an! Ich habe ihn untersucht, als die Wachtruppe sich zum Abflug bereit gemacht hat. Er ist noch nicht vollends gesund, aber wieder einsatzbereit.«

»Du solltest trotzdem nicht alleine fliegen.«

»Ich muss etwas tun, sonst werde ich noch verrückt! Aber sag es bloß nicht meinem Vater.«

Daniel seufzte. »Na schön.«

»Danke.« Cara berührte Daniels Arm. »Und danke auch, dass du dich so viel um unsere Drachen kümmerst.«

Daniel zuckte mit den Schultern. »Ich kann nicht fliegen«, sagte er schroff, »deshalb tue ich das, was ich kann.« Er gähnte ausgiebig. »Ich muss jetzt ins Bett. Gute Nacht … oder auch guten Morgen. Wie du willst.«

Cara schaute ihm kurz nach, dann kletterte sie in den Sattel und zog an den Zügeln. Reiterin und Drache stiegen an den nassen, trüben Himmel hinauf.

Britta stand am Kiesstrand und hatte einen Arm um Mondfees Hals geschlungen. Sie blickte auf das sich zurückziehende Wasser und überlegte, welche Möglichkeiten sie und Mondfee hatten.

Sie konnten warten, bis jemand kommen und sie retten würde. Bestimmt hatte man auf Drachenwelt inzwischen ihr Verschwinden bemerkt und einen Suchtrupp ausgeschickt. Doch bisher gab es noch keine Anzeichen dafür. Das war nicht weiter überraschend. Niemand wusste, wo sie waren. Die Klagehöhle war ein abgelegener Ort, und zudem war der Strandabschnitt, auf dem Britta stand, von der Luft aus fast uneinsehbar.

Aber selbst wenn sie gefunden würden, was dann? Die kleine Bucht war schmal und auf drei Seiten von hohen Felsen umgeben. Selbst wenn ein Suchtrupp käme, wie sollte er sie und ihren Drachen von hier wegholen?

Klettern kam nicht infrage – Britta konnte ihren rechten Arm noch immer nicht bewegen. Und wie sollte Mondfee hinaufkommen, wenn sie nicht mit den Flügeln das Gleichgewicht halten konnte? Auch Schwimmen kam nicht infrage. Zum einen konnte Britta nicht schwimmen, zum anderen hatte Mondfee inzwischen noch mehr Angst vor dem Meer als früher. Doch selbst wenn sie versuchten, auf dem Wasserweg von hier wegzukommen, gäbe es in beiden Richtungen über Meilen hinweg keine Möglichkeit, wieder an Land zu gehen. Das würden sie nie schaffen.

Und es gab noch mehr Probleme. Sie hatten nichts zu essen und kein Wasser – Britta konnte ihren Durst in den Regenpfützen stillen, die sich zwischen den Felsen angesammelt hatten, doch für einen Drachen würden sie nicht ausreichen.

Zudem war Mondfee in einem erbärmlichen Zustand. Der gebrochene Flügel war sicher nicht ihre einzige Verletzung. Schon an den wenigen Schritten, die Mondfee an der kleinen Bucht machen konnte, war ersichtlich, dass sie schwer hinkte und Atemprobleme hatte. Britta hatte Mondfees Wunden mit Salzwasser ausgewaschen und mit Seetang eingerieben, den sie in der Vertiefung eines Felsens zerstampft hatte – wie sie es früher bei den Fischern gesehen hatte. Doch ohne Holzstöcke konnte sie den gebrochenen Flügel nicht schienen.

Aber dann wurde Britta klar, dass ihr größtes Problem weder die Verletzungen noch das fehlende Essen waren, sondern das Meer. Die Wellen, die in die kleine Bucht rollten, hatten seit ihrer Ankunft abgenommen, doch Britta wusste, dass sie wieder ansteigen würden, sobald der Wind auffrischte. Ihre größte und unausweichlichste Bedrohung war die Flut.

Da Britta aus einer Fischerfamilie kam, wusste sie um die Gezeiten. Die Flut kam und ging zweimal am Tag, war aber nicht immer gleich stark. Bei Halbmond war der Unterschied zwischen Ebbe und Flut am geringsten, bei Voll- und Neumond am größten. Und heute Nacht würde Vollmond sein!

Die Flut an diesem Morgen hatte Britta und Mondfee bis in die Klagehöhle getrieben. Das Wasser war Britta bis zum Bauch gestanden. Bei der nächsten Flut am Nachmittag würde der Wasserspiegel noch mehr ansteigen, und bei der übernächsten Flut noch höher – bis er morgen Nacht, kurz nach Vollmond, seinen höchsten Punkt erreichen würde. Britta beobachtete die sich brechenden Wellen: Im Moment zog sich das Wasser zurück, doch schon nach Mittag, kurz nachdem die Sonne ihren Zenit erreicht hatte, würde die nächste Flut einlaufen.

Britta betrachtete die dunkle Öffnung der Höhle hinter ihr. Mit jeder Flut würde sie mehr und mehr unter Wasser gesetzt werden. Im besten Fall mussten sie und Fee damit rechnen, jedes Mal klatschnass zu werden. Doch wenn sich das Wetter weiter verschlechterte und die Flut noch höher ansteigen ließ, war es – wie Britta mit Schrecken klar wurde – nicht auszuschließen, dass das Wasser sogar die ganze Höhle ausfüllte. Und wenn das geschah …

Britta erschauderte und versuchte, diesen Gedanken schnell wieder zu verdrängen.

»Ich hoffe, du magst Miesmuscheln«, sagte sie zu Mondfee. »So wie es aussieht, gibt es hier nichts anderes. Es sei denn, du isst Wellhornschnecken?« Mondfee schnaubte und schüttelte ihren dicken Kopf. »Du hast recht«, sagte Britta mitfühlend. »Wellhornschnecken schmecken widerlich.«

In diesem Moment erblickte sie den Drachen.

Er tauchte nur ganz kurz in einem winzigen Ausschnitt des grauen Himmels auf, der über der Felsspalte zu sehen war. Da war der Drache auch schon wieder verschwunden, noch ehe Britta ihn richtig gesehen hatte. Trotzdem legte sie sich die Hände wie einen Trichter an den Mund und schrie aus Leibeskräften: »Hallo! Wir sind hier! Hier unten!«

»... ten, ten, ten ...«, rief das Echo von den Klippen zurück.

»Fee! Sie suchen nach uns!« Aufgeregt deutete Britta an den Himmel. »Ruf sie!« Im ersten Moment sah es so aus, als hätte Mondfee nicht verstanden. Doch als Britta erneut »Wir sind hier unten! Bei der Höhle!« rief, hob Mondfee ihren dicken Kopf und begann, aus Leibeskräften zu trompeten.

Doch vergebens! Der Drache tauchte zwar noch einmal kurz auf, doch er war diesmal noch höher und weiter weg und nurmehr undeutlich am trüben Himmel zu erkennen. Mondfee verstärkte ihre Anstrengungen und Britta schrie, bis sie heiser war. Doch der Drache am Himmel ließ sich nicht mehr blicken.

Irgendwann verstummte Mondfee und ließ den Kopf langsam auf die feuchten Kieselsteine sinken.

Britta fiel auf die Knie und brach vor Verzweiflung in Tränen aus.

Kurz vor Einbruch der Dunkelheit kehrte Cara von ihrer Suche zurück. Sie war restlos erschöpft. Sie hatte die Gegend rund um das Wolkenhorn überflogen, jede Felsspalte, jeden Abhang und jede Schlucht des höchsten Bergs von Seehafen abgesucht. Doch außer kreisenden Habichten und hin und wieder einem Peritonenschwarm hatte sie nichts entdeckt. Galen und seine Truppe waren schon vor ihr zurückgekehrt. Die Türen ihrer Drachenställe waren geschlossen und aus dem Haus tönten Stimmen. Cara sehnte sich nach der Wärme der Küche und einem dampfenden Teller von Gerdas Gemüsesuppe. Doch sie musste zuerst an Sternchen denken und rieb ihn mit routinierter Gründlichkeit ab, obwohl sie mit ihren Gedanken ganz woanders war.

Trotzdem kehrte sie abrupt in die Wirklichkeit zurück, als sie aus dem Stall trat und einen kleinen Drachen etwas unsicher über die Stallungen heranfliegen und auf dem Hof landen sah. »Wony!«, rief sie streng. »Wo kommst du her?«

Wony stieg steifbeinig ab. »Ich war mit Pummel unterwegs, um nach Britta zu suchen.«

»Bei diesem Wetter?«, fauchte Cara. »Bist du verrückt? Pummel ist noch zu jung! Was meinst du, wenn euch etwas zugestoßen wäre? Dann müssten wir morgen nach zwei vermissten Drachen samt Reiterin suchen statt nur nach einem!«

»Und du? Du bist doch auch allein weggeflogen, oder?« Wonys Lippen bebten. »Ich hab es doch nur gut gemeint!«

»Ich weiß, aber…« Cara sah ein, dass weitere Vorwürfe nichts nützten – und zudem hatte Wony recht.

Cara hatte sich ebenfalls ohne Erlaubnis auf die Suche nach Britta und Fee gemacht und ihr Vater würde sicher toben. »Komm«, sagte sie besänftigend, »ich helfe dir, Pummel abzuzäumen. Von Britta hast du sicher auch nichts gesehen, oder?«

Betrübt schüttelte Wony den Kopf. Cara griff nach dem Kopfgeschirr des kleinen Drachen und führte ihn in seinen Stall.

Während sie und Wony die unzähligen Schnallen öffneten und die Gurte und Zügel lösten, sagte Cara: »Ich frage mich langsam, ob wir nicht an völlig falschen Stellen gesucht haben. Galen denkt, dass Britta zu einem anderen Gestüt fliegen wollte, aber wozu? Und sie wollte sicher auch nicht jagen gehen, nicht nach dem, was beim letzten Mal passiert ist. Wo ist sie also hin? Nicht nach Klonmoor, nicht zum Wolkenhorn, nicht nach Finsterwalde, nicht nach Südlanding und ganz bestimmt auch nicht zum Hochland von Klöppelkrall …«

Ratlos und nachdenklich schüttelte sie den Kopf. »Wohin würdest du gehen, Wony, wenn du ganz furchtbar traurig wärst?«

»Ans Meer«, antwortete Wony spontan. »Ich mag die Wellen und die Schreie der Seemöwen.«

»Das Meer!« Cara dachte an den Tag zurück, an dem sie mit Britta in der Wirbelbucht gewesen war. Würde auch Britta ans Meer gehen? Sie hatte sich mit ihrer Familie überworfen und den Fischern den Rücken gekehrt, doch sie war am Meer aufgewachsen. »Du könntest recht haben«, sagte sie schließlich. »Aber an welchen Teil der Küste würde sie wohl fliegen? Auf einer Insel wie Seehafen gibt es so viele Küsten.«

Sie öffnete eine weitere Schnalle – und erstarrte. »Wenn sie tatsächlich ans Meer geflogen ist«, sagte sie mit wachsender Aufregung, »dann haben die Meerleute sie vielleicht gesehen! Vielleicht weiß Ronan etwas!« Sie klang sehr entschlossen. »Ich fliege zu ihm. Gleich morgen früh.«

Mondfees massiger Körper füllte fast den gesamten Höhlenraum aus.

Es war dunkel. Die Wände erbebten unter der Wucht der Wellen, die draußen an die Felsen donnerten. Es war die bislang höchste Flut. Sie hatte Britta und ihren Drachen immer näher an die Klagehöhle und schließlich ins Innere getrieben.

Das erste Wasser drang herein, plätschernd und gluckernd, stieg an Mondfees Flanken hinauf und zwang Britta, immer höher und höher zu klettern. Wenn eine besonders große Welle hereinschwappte, blieben nur ihre Köpfe über Wasser.

Erneut erfüllte ein brüllendes Tosen die Luft, als nun eine besonders große Welle gegen die Felsklippen donnerte. Mondfee stieß einen erschrockenen Schrei aus. Britta zitterte am ganzen Leib und ihre Zähne klapperten, doch sie achtete nicht darauf. Unermüdlich streichelte sie den Kopf ihres Drachen und redete ihm leise gut zu, während das Wasser, erbarmungslos und kalt wie der Tod, sie zu verschlingen drohte.

»Bald kommt Rettung, Fee. Ganz bestimmt. Sie werden uns finden. Bald sind wir wieder in Sicherheit.« Wehmütig dachte Britta an jenen Tag an der Wirbelbucht zurück, als Cara sie aus dem Wasser gezogen hatte. Doch diesmal war keine Freundin da, die sie hätte retten können. »Oh, Cara«, wisperte sie mit tonloser Stimme. »Wo bist du? Es tut mir leid. Es tut mir ja so leid. Bitte, komm bald … bald …«

19. Kapitel

Am nächsten Morgen, gleich nach Sonnenaufgang, machten sich mehrere Suchtruppen auf den Weg. Die Flugbedingungen waren auch an diesem Tag alles andere als erfreulich: Statt des grauen Nieselregens vom Vortag wehte nun ein stürmischer Wind, der die Wolken am Himmel entlangjagte. Dennoch ließ sich kein Reiter von Drachenwelt, der einen halbwegs einsatzbereiten Drachen hatte, die Teilnahme an der Suche nach Britta nehmen.

Jedes Mitglied der Wachtruppe führte nun eine eigene Schar von Freiwilligen an. Huw hatte Cara am Vorabend zwar gehörig ausgeschimpft, weil sie ohne seine Erlaubnis ausgeflogen war, doch dann hatte er widerwillig erlaubt, dass sie und Wony heute bei Mellans Truppe mitfliegen durften. Diese sollte die Gegend rund um Drachenwelt abkämmen, sowie die Hügel zwischen der Bucht der Meerleute und der Heimischen Meerenge.

Galen und Tord flogen nach Norden, in das Gebiet der Brachvögelhügel und zum Seenland, und Huw bezweifelte, dass Sternenstürmer einem so strapaziösen Flug gewachsen wäre.

Cara war es ganz recht, dass Mellan dieses Gebiet zugeteilt worden war. Als sie sich der Bucht der Meerleute näherten, bat sie um Erlaubnis, kurz zu Ronan fliegen zu dürfen, um ihn nach Britta zu fragen.

Mellan war skeptisch. »Tja, ich weiß nicht, Cara. Galen mag es nicht, wenn sich einzelne Reiter absondern …«

»Es dauert bestimmt nicht lange«, versprach ihm Cara. »Und ich *muss* allein sein – sonst lässt Ronan sich nicht blicken. Ich bin mir sicher, dass er etwas weiß. Bitte!«

Mellan seufzte. »Na schön, meinetwegen. Das bringt mir bestimmt Ärger mit Galen ein – aber es wäre nicht das erste Mal …«

»Danke, Mellan!« Cara ließ Sternenstürmer sofort in einem Kurvenflug davonsausen, damit Mellan es sich nicht noch anders überlegen konnte.

Sie landeten auf einem Felsen am Ufer. Cara zeigte Sternchen, was er tun sollte, indem sie mit der flachen Hand auf eine Wasserlache schlug, die sich zwischen den Felsen gebildet hatte. Ihr Drache begriff sofort und klatschte mit seiner Schwanzspitze dreimal kräftig aufs Meer. Er hatte Erfolg, denn prompt kam Ronan angeschwommen.

In aller Eile erklärte Cara ihm die Situation, doch die Antwort des Meerjungen klang nicht sehr ermutigend. »Deine Freundin ist nicht hier in der Bucht der

Meerleute«, erklärte er. »Sonst wüsste mein Volk Bescheid. Britta und ihr Himmelspferd waren nie hier. Tut mir leid.«

»Aber sie könnten ja auch sonst irgendwo an der Küste sein, oder?«, fragte Cara beharrlich. »An einer Stelle, wo ihr Meerleute nie hinkommt.«

»Das könnte natürlich sein«, stimmte Ronan ihr zu. »Delfine und Tümmler erzählen uns alles, aber sie sind nicht immer leicht zu verstehen. Und es gibt viele Plätze, an die sie ebenfalls nie schwimmen.«

»Bitte, Ronan, wirst du mir helfen? Britta ist meine beste Freundin, und es ist meine Schuld, dass sie verschwunden ist. Unsere Wachmannschaft hat bereits alle Moore und ganz Finsterwalde abgeflogen, doch sie ist wie vom Erdboden verschluckt.«

»Cara, ich muss meine Herde hüten …« Doch als Ronan Caras enttäuschte Miene sah, gab er sich einen Ruck und seufzte. »Na schön, ich werde dir bei der Suche helfen. Ich kann meine Herde ja mitnehmen. Ein bisschen Bewegung wird meinen Tiere nicht schaden.« Er schaute an den wolkenverhangenen Himmel. »Aber ich fürchte, wir haben nicht viel Zeit, Cara. Das Wetter wird schlechter. Heute Nacht wird es einen Sturm geben. Ich weiß nicht, wie lange du mit Sternenstürmer noch fliegen kannst. Ich werde Mordan und meine Herde durch tieferes Wasser führen müssen, sodass wir den hohen Wellen nicht so ausgesetzt sind. Und außerdem gibt es heute Nacht eine sehr hohe Flut. Wenn deine Freundin irgendwo entlang der Küste festsitzt und bis jetzt überlebt hat, müssen wir sie unbedingt noch vor Sonnenuntergang finden. Sonst könnte es zu spät sein.«

Britta stand am Strand und blickte an den Klippen hinauf. Sie war nass bis auf die Knochen. Ihre durchnässte Kleidung klebte an ihrem Leib. Sie zitterte und klapperte mit den Zähnen. Vergeblich versuchte sie, sich an das Gefühl zu erinnern, als sie noch trocken gewesen war und nicht gefroren hatte.

Die Flut am Morgen war die bisher höchste gewesen. Britta und Mondfee hatten nur mit Mühe überlebt. Das Wasser war so weit in die Höhle eingedrungen, dass nur ein kleiner Luftraum im hinteren Teil übrig geblieben war. Bis sich das Wasser dann endlich wieder zurückgezogen hatte, lag ein solch widerlicher Geruch in dieser Luft, dass Britta kurz vor einer Ohnmacht stand.

Sie fühlte sich elend und schwach und konnte ihren rechten Arm nur mit größter Mühe bis auf Schulterhöhe heben. Sie war sich sicher, dass sie und Fee keine weitere Flut dieses Ausmaßes überleben würden – und dabei stand ihr die höchste Flut diese Nacht noch bevor.

Seit dem Morgen des zweiten Tages hatte sie keinen Drachen mehr am Himmel gesehen. Sie konnte nicht mehr auf Rettung hoffen. Sie und ihr Drache mussten an den Klippen hinaufklettern. Es gab keine andere Möglichkeit.

»Komm mit, Fee. Folge mir.« Britta stellte sich auf einen Felsen am Fuß der Klippen und tastete nach einem Halt für ihre Hände. Ein grässlicher Schmerz durchzuckte ihren rechten Arm und ließ sie nach Luft schnappen. Doch sie biss die Zähne zusammen und wartete, bis der Schmerz etwas nachließ, ehe sie langsam zu klettern begann.

Als der Drache sah, was seine Herrin tat, begann er ängstlich zu winseln. Und als Britta sich beharrlich weiter hinaufarbeitete, wurden seine Schreie immer lauter und ängstlicher. Würde sie ihn allein hier zurücklassen? Schließlich hielt es der Drache nicht mehr aus: Er stellte sich auf die Hinterfüße, stemmte die Vorderfüße an das Felsgestein und begann, Britta nachzuklettern.

Sie kamen beide nur quälend langsam voran. Selbst für einen erfahrenen Kletterer wäre es ein schwieriger Aufstieg gewesen, für ein verletztes Mädchen und einen verletzten Drachen hingegen war es die reinste Tortur. Die steile Felswand zeigte an manchen Stellen spitze Kanten, und es sollte nicht lange dauern, bis Brittas Hände aufgeschürft und blutig waren. An anderen Stellen hingegen bröckelte das Felsgestein unter ihren Fingern weg.

Nach fast übermenschlichen Anstrengungen hatte Britta es schließlich bis auf halbe Höhe der Klippen geschafft. In ihren Ohren dröhnten die Schreie der Seemöwen, die mühelos oberhalb der Klippen entlangsegelten, an denen sie selbst sich nur unter größten Mühen hinaufzog. Die Wellen donnerten unablässig an den Felsstrand, der inzwischen gut drei Drachenlängen unter ihr lag. Als sie den nächsten sicheren Halt fand, machte sie eine Pause, blickte nach oben – und stieß einen bestürzten Schrei aus.

Der obere Teil der Klippen war sehr viel schlimmer als jener Abschnitt, den sie schon hinter sich hatte. Er war noch steiler und glatter, bot noch weniger Halt für Hände und Füße – und ganz oben, hoch über ihrem Kopf, ragte ein Überhang hervor.

Britta musste all ihren Mut zusammennehmen. Sie musste weiter, ungeachtet aller Schwierigkeiten. Sie musste Mondfee von diesem Zufluchtsort wegführen, der sich als tödliche Falle entpuppt hatte …

Sie warf einen Blick nach unten auf Mondfee, die sich eine gute Drachenlänge unter ihr an die Felswand krallte. »Weiter, Fee!«, rief sie. »Du schaffst es …!«

Doch Britta hatte noch nicht ausgesprochen, als ihr Drache auf einmal den Halt verlor. Seine Klauen rutschten am Gestein ab und suchten nach einem neuen Halt. Er flatterte verzweifelt mit den Flügeln, um sich von ihnen tragen zu lassen, doch der gebrochene Flügel zuckte nur kläglich.

Und dann fiel Mondfee! Steine lösten sich und hagelten hinter ihr herunter, als sie hilflos die steile Klippe hinabstürzte und dann mit voller Wucht auf den Kiesstrand donnerte. Sie zuckte kurz, dann lag sie reglos da.

»Feeeeee!« Brittas Aufschrei hallte an den Klippen

wider. Blindlings machte sie sich sofort wieder an den Abstieg – rutschte mit einem Fuß aus – fing sich wieder – klammerte sich zitternd an die Felswand. Sie musste möglichst schnell zu ihrem Drachen, sofort, auf der Stelle. Doch ihr war klar, dass es Mondfee nichts helfen würde, wenn sie ebenfalls abstürzte. Britta zwang sich, wieder ruhiger zu atmen, und setzte ihren Abstieg dann fort. Mit viel Bedacht wählte sie die Stellen aus, an denen sie Halt suchte, bewusst langsam, mit einem Gefühl, als sei die Zeit stehen geblieben.

Nach einer Weile, die ihr wie eine Ewigkeit vorkam, war sie endlich wieder auf dem Kiesstrand angekommen und wankte benommen zu Mondfee. Ihre eigenen Schmerzen waren vergessen, als sie den Kopf des Drachen zwischen ihre Hände nahm und schluchzend stammelte: »Fee – was ist mit dir? Geht es dir gut? Bitte, Fee …!«

Mühsam schlug Mondfee ein Auge auf und wimmerte kläglich. Britta fiel ein Stein vom Herzen. Angestrengt versuchte sie, ihren Atem und ihr Zittern unter Kontrolle zu bringen. »Fee, meine Süße«, sagte sie so nüchtern, wie es ihr möglich war, »dann wollen wir mal sehen, ob dir etwas passiert ist. Stehst du bitte mal auf?«

Mondfee grunzte protestierend, stellte sich dann aber benommen auf die Füße. Britta tastete sie behutsam ab, voller Angst, dass sie weitere Verletzungen finden könnte. Doch glücklicherweise waren alle Drachen so robust gebaut, dass sie auch misslungene Landungen überleben konnten. Außerdem war Mondfee zum Glück nicht sehr tief gefallen. Wie es aussah, hatte sie sich keine weiteren Verletzungen zugezogen.

Dennoch stand fest, dass Mondfee es niemals schaffen würde, die Klippen zu erklimmen. Was bedeutete das für sie beide? Britta hatte es bis auf halbe Höhe geschafft und würde es vermutlich auch bis ganz nach oben schaffen. Doch als Britta wieder an den Klippen hinaufblickte und daran dachte, wie anstrengend und schmerzhaft der erste Aufstieg gewesen war, verlor sie allen Mut.

Sie konnten bis oberhalb der Höhle klettern und warten, bis sich die Flut wieder zurückzog – falls es ihnen überhaupt gelang, sich an das nackte Gestein zu klammern, gepeitscht von Wind, Wellen und Regen, und das mindestens vier Stunden lang. Britta glaubte nicht, dass sie es schaffen würde, und Mondfee erst recht nicht.

Wenn sie erneut versuchte, an den Klippen hinaufzuklettern, und dann abstürzte, wäre Mondfee völlig allein. Und selbst wenn sie es schaffen würde, was konnte sie dann tun? Losrennen, um Hilfe zu holen? Die nächsten Bauernhöfe und Dörfer lagen weit im Landesinneren, in Finsterwalde, mindestens zwei Tage Fußmarsch von hier entfernt, und Südlanding lag noch weiter weg. In den Hügeln auf dem Weg dorthin lauerten Feuerhunde und Heuler, vielleicht sogar Parden …

Und die Zeit wurde knapp. Am Himmel teilten sich die Wolken und das nachmittägliche Licht warf Schatten auf die Klippen. Die Sonne war bereits am Sinken. Langsam und unerbittlich brach die Nacht herein. Und mit ihr rückte die höchste Flut des Monats unaufhaltsam näher.

»Es nützt nichts, Fee«, sagte Britta leise. Tief in ihrem Herzen spürte sie, dass sie und Mondfee keine weitere Nacht in der Höhle überleben würden, und sie hatte alle Hoffnung auf Rettung aufgegeben.

»Ach, Mondfee«, sagte sie traurig. »Auch wenn diese Nacht unser Ende bedeutet: Wir sind wenigstens zusammen!«

Mellan brach die Suche ab, als Wony ihm mit einem verzweifelten Handzeichen zu verstehen gab, dass sie dringend landen musste. Die kleine Truppe steuerte eine einsame Scheune an, die Kühen bei Unwettern als Unterstand diente. Wony fiel fast von Pummels Rücken und Cara rannte sofort zu ihr.

»Tut mir leid, Cara.« Wony war untröstlich. »Es ist wegen Pummel, er ist am Ende. Er braucht eine Pause.«

»Du siehst aus, als bräuchtest du auch eine Pause.« Auf ein Nicken von Mellan hin führte Cara ihre kleine Freundin mit ihrem Drachen in die Scheune und sagte, sie sollten es sich in dem frisch gemähten Heu gemütlich machen. »Aber nicht niesen!«, befahl sie Pummel streng. »Ein Feuertröpfchen von dir und der ganze Stall geht in Flammen auf!« Pummel blinzelte sie an, als wollte er sagen: Wer? Ich? Beleidigt steckte er dann seine Schnauze unter einen Flügel.

Cara kehrte gerade noch rechtzeitig zur Truppe zurück, um Mellan sagen zu hören: »Gut, abgemacht. Wir haben das gesamte, uns zugewiesene Gebiet abgesucht und nichts gefunden. Wir sind alle müde, nass und hungrig und frieren. Das Wetter verschlechtert sich auch von Minute zu Minute. Weiterzusuchen würde nichts nützen.« Seine erschöpfte Suchtruppe nickte übereinstimmend.

»Mellan«, sagte Cara, »ich muss vorher noch einmal zu Ronan. Vielleicht hat er etwas gefunden.«

Mellan seufzte. »Na schön, auf ein paar Minuten kommt es auch nicht mehr an.«

Cara spürte, dass manche der Reiter nicht allzu erfreut waren über diese Verzögerung. »Nein – schon gut. Fliegt ihr schon mal nach Drachenwelt zurück. Ich gehe kurz zu Ronan, komme dann wieder hierher und hole Wony ab. Anschließend fliegen wir zusammen zurück.«

Mellan kratzte sich am Kopf. »Hm, stimmt schon. Wozu sollten wir alle hier herumstehen …« Die anderen nickten eifrig. »Obwohl es Galen sicher nicht gefallen wird.« Mellan seufzte. »Aber gut – Abflug!«

Während die Drachen sich mit mächtigen Flügelschlägen in die Luft erhoben und dabei Schauer von Regentropfen in alle Richtungen schickten, kehrte Cara mit Sternenstürmer zur Scheune zurück. Wony war in Tränen aufgelöst. »Cara, es tut mir ja so leid, aber Pummel konnte einfach nicht mehr. Ich wollte euch die Suchaktion nicht vermasseln …«

»Mach dir keine Vorwürfe«, beruhigte sie Cara. »Mellan wollte die Suche ohnehin abbrechen. Es wird bald dunkel und wir hätten sowieso nicht viel länger fliegen können. Auf, versuch ein bisschen zu schlafen. Ich fliege derweil zu Ronan. Auch wenn du nur ein paar Minuten döst, fühlst du dich hinterher bestimmt besser.«

Wony schniefte. »Ich bin aber nicht müde.«

»Ruh dich trotzdem ein bisschen aus«, riet ihr Cara. »Und versuch, dich zu entspannen.« Brav legte sich Wony hin, schob sich einen Arm unter den Kopf und schloss die Augen.

Als Cara auf ihre kleine Freundin hinunterblickte, stieg in ihr plötzlich ganz deutlich eine Erinnerung auf: an einen Abend in der Küche von Drachenwelt, kurz nach dem Tod ihrer Mutter. Weil Cara in ihrem Bettchen geweint hatte, war sie von Gerda in die Küche geholt und mit einem Teller warmer Suppe gefüttert worden. Anschließend hatte Cara ihren Kopf auf Gerdas Schoß gebettet. Schatten huschten über die Töpfe und Pfannen und die herabhängenden Kräuterbüschel, das Feuer im Herd knisterte anheimelnd. Die beiden Gleitechsen Trixy und Traxy, die Vorfahren jener Gleitechsen, die heute in der Küche lebten, hatten es sich vor dem warmen Feuer gemütlich gemacht.

»Hörst du das Feuer?«, hatte Gerda gefragt und zärtlich über Caras Haare gestreichelt. »Weißt du, die Welt dreht sich weiter und morgen ist ein neuer Tag.«

Bei dieser Erinnerung streichelte Cara über Wonys goldene Locken und begann, leise zu singen:

La-le-lu, la-le-lu,
mach schön die Äuglein zu.
Ruh dich aus, mein liebes Herz.
Vergiss allen Kummer, allen Schmerz.
Die dunkle Nacht kann dir nichts tun,
denn Drachen halten Wacht.
Du kannst hier sanft und sicher ruh'n,
denn Drachen verjagen die dunkle Nacht.

Du brauchst nicht zu weinen, nicht zu klagen,
hör lieber das schöne Drachenlied,
es wird die Dunkelheit verjagen,
es wird die Dunkelheit verjagen.

Pummel lag ruhig auf seinem Lager aus Heu, zirpte leise und gähnte müde. Wonys Augenlider hörten auf zu zucken.

La-le-lu, la-le-lu,
hör dem Wind da draußen zu.
Auf unseren Inseln der Seligkeit
gibt es keine Traurigkeit.
Du kannst schlafen tief und fest,
in deinem weichen, warmen Nest.
Die Drachen beschützen jedes Kind,
bekämpfen das Dunkel und auch den Wind.

Du brauchst nicht zu weinen, nicht zu klagen,
hör lieber das schöne Drachenlied,
es wird die Dunkelheit verjagen,
es wird die Dunkelheit verjagen.

Wony blinzelte nicht mehr. Vorsichtig zog Cara ihre Hand weg und sang leise weiter:

Du brauchst nicht zu weinen, nicht zu klagen,
hör lieber das schöne Drachenlied…

»Klagen!« Die plötzliche Eingebung traf Cara wie ein Blitz aus heiterem Himmel. Sie schnappte nach Luft und setzte sich schlagartig auf. »Genau! Das ist es!«

Wony blinzelte sie verschlafen an. »Was ist was?«

»Das hat mir schon die ganze Zeit im Hinterkopf herumgespukt. Was Britta über einen Ort am Meer gesagt hat, als wir an der Wirbelbucht waren: ›Ich kenne eine Stelle, an der das Meer mehrmals im Jahr weint.‹ Genau das hat sie gesagt. Sie sprach von einer Klagehöhle. Begreifst du?« Cara sprang auf und wäre vor Aufregung fast auf- und abgehüpft. »An einen solchen Ort würde sie sich flüchten, wenn sie unglücklich ist. Dort ist sie bestimmt, ich bin mir ganz sicher!«

Wony war auf einen Schlag wieder hellwach. »Gut, dann fliegen wir jetzt gleich dorthin!«

»Ja, aber…« Vor Verzweiflung ballte Cara die Hände zu Fäusten. »Ich weiß nicht, wo die Klagehöhle liegt!«

»Du nicht«, sagte Wony, »aber Ronan bestimmt. Meinst du nicht auch?«

Cara starrte sie mit offenem Mund an. »Wony, du bist genial! Natürlich weiß er es!«

»Worauf warten wir dann noch?« Wony rappelte sich auf.

»Moment mal«, sagte Cara hastig. »Ihr beide bleibt hier!«

»Auf keinen Fall!«, widersprach Wony. »Jäger fliegen immer zu dritt. Erinnerst du dich? Das hat Galen zu Britta gesagt. Du, ich und Ronan macht drei. Ich komme mit!«

»Und was ist mit Pummel?«

Wony drückte sich an ihren Drachen. »Pummel geht es gut. Er hat nur eine kurze Pause gebraucht, nicht wahr, mein Süßer?« Pummel, der erstaunlicherweise tatsächlich wieder erholter aussah, brummte zustimmend. Cara musste sich rasch entscheiden. »Na schön! Dann kommt eben mit!«

Draußen wurde es bereits dunkel. Die Sonne stand tief über den Hügeln im Westen und färbte den Himmel, an dem orange- und blutrote Wolken entlangfegten, dunkelrot. Der Wind heulte um die Scheune und versuchte, Cara und Wony die Tür aus den Fingern zu reißen, als sie Pummel ins Freie führten.

Wenig später erhoben sich zwei Drachen mit ihren Reiterinnen in die Luft. Tapfer kämpften sie sich dann nach Nordosten vor, auf den Flügeln des Sturms.

20. Kapitel

Die letzten rötlichen Spuren des Sonnenuntergangs verblassten am Himmel und der Vollmond erhob sich langsam aus dem Meer. Heftige Windböen peitschten am Horizont entlang, der dunkel und bedrohlich aussah. Im Osten ballte sich eine Wolkenschicht nach der anderen zusammen, um wie eine angreifende Armee auf Seehafen zuzujagen, als Cara und Wony ihre Drachen in der Bucht der Meerleute landen ließen.

Cara stellte sich auf einen Felsen und schaute hinaus auf die mit weißen Schaumkronen tosenden Wellen, während Sternchen mit seiner Schwanzspitze aufs Wasser schlug. Innerhalb kürzester Zeit tauchte Ronan auf, allerdings jenseits der gefährlich hohen Brecher. »Cara!«, rief er, und seine Stimme wurde vom Heulen des Windes und dem Brausen der Wellen fast übertönt. »Ich habe den ganzen Tag gesucht, deine Freundin aber leider nicht gefunden …«

»Ich glaube, ich weiß, wo sie ist!«, brüllte Cara zurück. »In der Klagehöhle. Kennst du sie?«

Ronan erschrak. »Ja – nördlich der Heimischen

Meerenge.« In aller Eile beschrieb er die genaue Lage und fügte noch hinzu: »Ein scheußlicher Ort. Da gibt es Seelöwen und Leopardenrobben. Wir Meerleute schwimmen nie dorthin.«

»Wir *müssen* aber hin! Britta ist dort.«

»Bist du dir sicher?«

Cara zauderte kurz. Ganz sicher war sie sich natürlich nicht – wie auch? Doch wenn sie jetzt zögerte, wäre Britta verloren. Mit fester Stimme rief sie deshalb: »Ja, ganz sicher.«

Ronan blickte auf das Meer und zum Himmel. »Der Sturm wird gleich hier sein. Ich müsste meinen Brüdern helfen, unsere Herden in tiefere Gewässer zu tr…«

»Ronan, bitte!«

Resigniert zuckte Ronan mit den Achseln. »Na schön. Aber es ist ziemlich weit weg. Und die Flut läuft ein. Bei Hochwasser wird die Höhle überflutet sein, und wenn deine Freundin darin Zuflucht gesucht hat…«

»Kannst du uns rechtzeitig hinbringen?«

»Mordan kann es. Moment.« Und schon verschwand Ronans Kopf wieder unter den Wellen.

Wony starrte mit offenem Mund auf die Stelle, wo sich das Wasser noch leicht kräuselte. »Das war… War es…? Ich habe noch nie… Wie kann er…?«

Doch Cara hörte gar nicht hin. In ihrem Kopf überschlugen sich die Gedanken. Ich muss Galen Bescheid sagen, dachte sie. Aber ich muss auch mit Ronan gehen, sofort. Ich kann nicht zuerst noch nach Drachenwelt zurückfliegen, dafür bleibt keine Zeit. Sonst ist die Klagehöhle längst überflutet, bis ich dort eintreffe. Kann ich Wony allein zurückfliegen lassen? Aber es wird schon dunkel und Pummel ist erschöpft. Und dann noch das schlechte Wetter... Würde Wony es schaffen, den weiten Weg allein zurückzufliegen? Das wäre viel von ihr verlangt... Aber es ist Brittas einzige Chance...

Caras Entschluss stand fest. »Wony«, sagte sie mit fester Stimme, »du musst mit Pummel nach Drachenwelt zurückfliegen. Sag Galen, wo wir hingehen.«

Wony war alles andere als begeistert. »Ich will lieber mit dir kommen!«

»Es ist ein weiter Weg«, erklärte ihr Cara, »und es kommt auf jede Minute an. Pummel würde nicht mithalten können. Außerdem fürchte ich, dass ich Hilfe brauchen werde.« Eine leise Stimme in ihrem Hinterkopf fügte noch hinzu: *Wenn es nicht schon zu spät ist.* »Britta und Mondfee ist am meisten geholfen, wenn du sofort losfliegst und die Wachmannschaft holst. Du hast ja gehört, wie Galen neulich zu Britta gesagt hat, was zu tun ist, wenn sich ein Reiter in Gefahr befindet: ›Einer bleibt, der andere holt Hilfe.‹«

Wony kniff die Lippen zusammen, nickte aber brav. »Na schön.«

Cara packte sie an den Schultern. »Hast du dir gut gemerkt, was Ronan gesagt hat? Wie man zur Klagehöhle kommt?« Wony wiederholte Ronans Erklärungen und Cara drückte sie zum Abschied kurz an sich. »Gut, dann flieg los! Alles Gute!«

Wony drehte sich wortlos um und ging zu der Stelle zurück, an der Pummel auf sie wartete. Sie drehte sich nicht mehr um.

Sekunden später erhoben sich der kleine Drache und seine Reiterin in die Luft und waren aufgrund der einbrechenden Dunkelheit kurz darauf schon nicht mehr zu sehen.

Ein merkwürdiger, blubbernder Schrei schallte über die donnernden Brecher. Cara blickte aufs Meer und musste wegen des Windes und der Gischt die Augen zusammenkneifen.

Ronans wunderschöner Seedrache, Mordan, streckte den Kopf aus dem Wasser. Da stieß die Kreatur auch schon einen zweiten, drängenden Schrei aus. Ronan, der sich an seinen Rücken klammerte, winkte Cara zu und deutete nach Norden.

Cara schwang sich auf Sternenstürmers Rücken und schoss mit ihm hinauf in den stürmischen Himmel, um Wind und Wetter zu trotzen.

Es war ein wilder Flug. Cara musste sich in den Sattel ducken und mit aller Kraft festhalten. Über ihr schob sich der Mond höher, hinein in die dahinfegenden Wolken. Unter sich sah Cara einen dunklen Schatten, Ronan und Mordan, die blitzschnell unter den Wellen dahinpreschten. Immer nach etwa dreißig Drachenlängen schnellten der Seedrache und sein Reiter kurz aus dem Wasser und schlugen einen eleganten Bogen, ehe sie wieder im schäumenden Wasser verschwanden und nur eine Fontäne hinter sich zurückließen.

Cara und Sternenstürmer wurden von heftigen Windstößen hin und her geworfen und Cara fühlte sich wie ein Blatt im Herbstwind. Ein plötzlich einsetzender Regen prasselte ihr ins Gesicht und sie konnte kaum noch eine Drachenlänge weit sehen. Etliche Male befürchtete sie, Ronan aus den Augen verloren zu haben. Doch immer wenn er aus dem Wasser auf- oder wieder untertauchte, sah sie eine Fontäne im Mondlicht schimmern und konnte ihren Kurs korrigieren, um ihm zu folgen.

Ihr Wettrennen gegen den Sturm und die einlaufende Flut schien kein Ende zu nehmen. Doch dann, als Cara, völlig erschöpft und mit verspannten Gliedmaßen, schon nicht mehr daran glaubte, sah sie zu ihrer Linken auf einmal eine dunkle Landmasse aufragen, auf die Ronan und Mordan nun eindeutig zuhielten.

Als Cara ihnen zur Küste folgte, drang ein gespenstisches Heulen durch die Nacht, so laut, dass es sogar das Brausen des Sturms und der Wellen übertönte: die Klagehöhle. Der seltsame Klagelaut schwoll an und ebbte ab, und es klang wie ein Wehklagen um alle Seelen, die das Meer jemals verschlungen hatte.

Das Meer weinte.

Zitternd klammerte sich Britta an Mondfees Hals, während das kalte Wasser um sie herum beständig anstieg.

Selbst hier in der Höhle konnte sie die unbändige Kraft des Sturms spüren. Bei den früheren Fluten war der Wasserspiegel ruhig und beständig angestiegen und an die Höhlenwände geschwappt. An diesem Abend jedoch donnerten die Wellen so heftig an die Außenwände ihres Zufluchtsortes, dass gewaltige Ableger in den kleinen Höhlenraum schwappten, in dem sie sich an ihren Drachen klammerte. Gleich würde ihr das Wasser bis ans Kinn reichen. Danach würde es wieder sinken, bis auf Höhe ihres Bauchs, doch das wäre nur ein kurzer Aufschub. Wenn die Flut aber ihren Höhepunkt erreichte, würde das Wasser sie komplett verschlingen.

Das Wimmern begann so leise, dass sich Britta zuerst gar nicht sicher war, ob sie es sich nur einbildete. Doch es wurde von Minute zu Minute lauter. Eine eiskalte Hand griff nach Brittas Herz: Und auf einmal sah sie im Geiste alle Schrecken ihrer Kindheit vor sich – Gespenster und Hexen, Kobolde und heimtückische Zwerge. Auch Mondfee schien sich zu fürchten, denn sie blubberte besorgt.

Doch als das grässliche Geräusch fortdauerte, sich aber kein Schreckensgespenst aus der Dunkelheit auf sie stürzte, begann Britta verlegen zu kichern. »Was sind wir nur für zwei Dummköpfe, Fee, hm?« Sie tätschelte den Hals ihres Drachen. »Da fürchten wir uns vor einem Geräusch und dabei ist das Wasser weitaus gefährlicher für uns. Vielleicht ist es aber doch ein Geist oder die Todesfee, die gekommen sind, um unser baldiges Ende zu beweinen. Ein böses Gespenst, das hoffentlich bald ertrinkt.«

Wie hätte Britta auch wissen sollen, woher dieses merkwürdige Geräusch in Wirklichkeit kam? An der Rückwand der Höhle gab es einen schmalen Schacht im Felsgestein. Dieser war zwar zu eng, um in ihm hochzuklettern, er führte jedoch bis oben zu den Klippen. Immer wenn der Wasserspiegel nun in der Höhle anstieg, wurde die Luft durch diese natürliche »Orgelpfeife« nach oben gepresst – das erzeugte den Klagelaut.

Britta wusste lediglich, dass der Wasserspiegel nur noch wenige Zentimeter anzusteigen brauchte, bis sie und Mondfee vollkommen überspült werden würden. Jetzt war alles zu spät. Es gab keine Rettung mehr für sie. Seltsamerweise überkam sie auf einmal eine große Ruhe.

Als das seufzende Heulen den ganzen Höhlenraum ausfüllte, streckte Britta die Hand aus und streichelte Mondfees Schnauze. »Ich kann dich nicht sehen«, sagte sie zu ihrem Drachen, »aber ich hätte viel mehr Angst, wenn du nicht bei mir wärst.« Sie seufzte. »Ich war keine gute Herrin für dich, stimmt's? Meinetwegen hast du dich verletzt und zu allem Übel habe ich dich auch noch an diesen schrecklichen Ort gebracht. Das habe ich nicht gewollt. Es tut mir leid. Kannst du mir verzeihen?« Britta drückte Mondfee einen Kuss auf die Stirn. »Lebe wohl, Fee!«, sagte sie zärtlich.

Dunkle Gestalten tauchten im Wasser in der Nähe des Seedrachen auf, schwammen neben und unter ihm her. Im ersten Moment dachte Cara, es wären die

Schatten der am Himmel entlangjagenden Wolken. Doch dann stellte sie fest, dass sie sich nicht im gleichen Rhythmus bewegten, sondern unabhängig voneinander. Mal schossen sie nach vorne, mal blieben sie wieder in kleinen Grüppchen zurück.

Dann flitzten sie zu dritt oder zu viert vor, stürzten sich auf Mordan und schnappten nach seinen Flossen, wie ein Rudel Parden, das sich auf ein Wildschwein oder eine Kuh stürzt. Obwohl Cara keine Mähne und keine Haut sehen konnte, wusste sie sofort, wer die Angreifer waren: Seelöwen und Leopardenrobben. Sie waren auf der Jagd und hatten es auf Ronans Reittier abgesehen.

Mordans Sprünge aus dem Wasser wurden häufiger. Seine Verfolger jagten dem Seedrachen Sprung für Sprung nach, und jedes Mal wenn er wieder ins Wasser eintauchte, rückten sie ihm näher auf den Leib. Cara schlug das Herz bis zum Hals – sie hatte weder damit gerechnet, dass sie unterwegs auf so viele dieser Bestien stoßen würden, noch damit, dass sie so angriffslustig wären! Wie hatte sie Ronan überreden können, hierherzukommen? Ihretwegen war er jetzt in Gefahr!

Doch als dann das Wimmern der Klagehöhle an ihre Ohren drang, verwandelte sich Caras Angst plötzlich in nackte Wut. Ronan hatte sie hierhergeführt, um Britta zu retten – und davon würde sie sich von diesen elenden, blutdürstigen Bestien nicht abhalten lassen! Sie drückte ihre Knie an Sternenstürmers Flanken und fasste die Beinzügel straffer. »Auf, Sternchen! Zeig ihnen, was du kannst!«

Das ließ sich ihr Drache nicht zweimal sagen. Er schoss zu den Angreifern hinunter, genau in der richtigen Geschwindigkeit, um unten anzukommen, wenn sie den nächsten Luftsprung machten.

Ein zischender, siedender Flammenstrahl kam aus Sternchens Maul und fuhr mitten hinein in das Rudel: Der Jäger des Himmels stieß auf die Jäger des Meeres – Feuer auf Wasser. Schwelendes Fell, qualvolles Kreischen und Jaulen – schlagartig brachen die meisten der entsetzten Angreifer die Jagd ab und verschwanden unter den Wellen, wo sie vor den schrecklichen Flammen in Sicherheit waren.

Sternchen setzte zu einem engen Kurvenflug an und wendete, um auch die hartnäckigsten Angreifer noch vertreiben zu können. Wieder kam es zu einer heftigen Begegnung zwischen Feuer und Wasser. Weitere Schmerzensschreie der Jäger des Meeres ertönten, elegante Luftsprünge verwandelten sich unvermittelt in verzweifelte, zuckende Abstürze. Ein letzter Angriff, eine letzte, diesmal nur schwache Flamme, und auch Mordans restliche Angreifer waren in die Flucht geschlagen.

Der Seedrache konnte endlich wieder langsamer werden. Ronan hob den Arm, um Cara zu danken – und deutete dann ans Ufer.

Caras Blick folgte ihm, und sie erkannte eine kleine Bucht unter Klippen, deren Oberkante die Umrisse eines Pardenkopfs aufwies, genau wie Ronan beschrieben hatte.

Cara ließ Sternenstürmer am oberen Klippenrand entlangfliegen, hin und her, immer und immer wieder. Die weißlichen Felsbrocken und die borstigen Pflanzen schimmerten silbrig im fahlen Mondlicht – doch es gab absolut keine Anzeichen dafür, dass jemand hier wäre.

Sternenstürmer flog aufs Meer zurück und kreiste über Mordan.

»Sie sind nicht da oben!«, rief Cara.

»Dann vielleicht unten in der Höhle. Warte!«

Mordan tauchte mitsamt seinem Reiter unter die Wellen. Wenige Augenblicke später tauchte der Seedrache wieder auf, näher an der Küste – und allein.

Minuten verstrichen. Vielleicht waren es auch nur Sekunden. Doch Cara hatte die größte Mühe, ihren Drachen im wütenden Peitschen des Sturmwinds, der an die Klippen donnerte, kreisen zu lassen. Ihr kam es wie eine Ewigkeit vor.

Endlich tauchte Ronan wieder auf. Er winkte und rief etwas, doch der Sturm trug seine Worte mit sich fort. Cara schüttelte den Kopf und zuckte die Schultern. Ronan nickte mit Nachdruck und winkte sie aufgeregt zu sich.

Caras Herz machte einen Sprung. Diese Geste konnte nur eines bedeuten: Er hatte Britta und Mondfee gefunden! Bestimmt lebten sie noch …

Cara zögerte keine Sekunde.

Mit aller Kraft lenkte sie Sternchen in Ronans Richtung nach unten, bis die donnernden Wellen gierig um Sternchens Klauen schwappten. Cara riss sich die schwere Lederjacke vom Leib und kickte sich die Stiefel von den Füßen. Hastig klickte sie Notkette und Sicherheitsgurt aus. Dann holte sie tief Luft, schwang ihr rechtes Bein über den Hals ihres Drachen und ließ sich ins Wasser fallen.

21. Kapitel

Das Wasser war kalt. Die Wellen schlugen an Caras Kopf, Gischt peitschte ihr ins Gesicht. Zum Luftholen war keine Zeit. Sie bekam einen Schwall Salzwasser in den Mund und begann zu prusten, als würde sie gleich ertrinken.

Doch dann war zum Glück Ronan an ihrer Seite, packte ihren Arm und drehte ihr Gesicht von den Wellen weg. »Cara – was soll das? Es ist zu gefährlich für dich!«

»Ich weiß! Aber ich kann für Britta …« Sie verstummte und prustete, weil sie erneut Wasser geschluckt hatte, ehe sie fortfuhr: »… von der Luft aus nichts tun. Ist sie in der Höhle? Und was ist mit Mondfee? Geht es ihnen gut?«

»Im Moment ja, aber die Flut …«

»Kannst du sie herausholen?«

»Ich weiß nicht. Deine Freundin erschrak richtig, als ich in die Höhle geschwommen kam. Ich glaube, sie hielt mich für ein Gespenst.«

»Warum denn das?«

»Keine Ahnung. Ich sagte, ich würde ihr helfen, ins Freie zu schwimmen, aber sie wollte ihren Himmelsdrachen nicht allein lassen ...«

»Bring mich zu ihr!«

»Gut, dann komm!« Ronan legte seine Arme um Caras Schultern. Mit den kraftvollen Bewegungen seines Fischschwanzes zog er sie auf die Klippe zu. Als sie noch etwa zwei Drachenlängen entfernt waren, hielt er an und sagte: »Ab hier müssen wir unter Wasser schwimmen, sonst werden wir von den Wellen an die Felsen geschleudert. Es ist aber ziemlich weit für dich.«

»Ich schaffe es schon«, meinte Cara tapfer und fügte etwas leiser hinzu: »Wenn du bei mir bist.«

»Hol tief Luft!« Ronan wartete, bis Cara sich die Lungen vollgepumpt hatte, und sagte dann: »Jetzt!«

Er zog sie unter Wasser. Auch hier unten bekam Cara die Kraft der Wellen noch zu spüren, als Ronan sie nun durch das dunkle Wasser zog. Sie konnte nur verschwommen sehen, in ihren Ohren knackte es, unsichtbares Seegras streifte ihren Körper, der immer wieder von der starken Strömung gepackt wurde. Caras Lungen zogen sich schmerzhaft zusammen und ihre Ohren dröhnten, als Ronan noch tiefer tauchte, um nicht von den stürmischen Wellen an die Felsen geschleudert zu werden. Der Druck ließ erst nach, als sie in die Dunkelheit der Höhle eindrangen. Cara glaubte inzwischen, es keine weitere Sekunde mehr ohne Luft aushalten zu können. Jeder Muskel ihrer

Brust war zum Zerreißen angespannt, als sie sich gegen den Drang wehrte, Luft zu holen.

Dann endlich war ihr Kopf wieder an der Oberfläche, und sie schnappte erleichtert und verzweifelt nach der belebenden Luft, die allerdings intensiv nach Drache roch.

»Cara?« Es war so dunkel in der Höhle, dass man die Hand vor den Augen nicht sehen konnte, doch Brittas Stimme war unverkennbar. Cara streckte ihre Hand aus und ertastete die Freundin. Sie fielen sich um den Hals, umspült von den ansteigenden und wieder zurückweichenden Wellen der einlaufenden Flut. Fee gab ein besorgtes Gluckern von sich, und die beiden Mädchen begannen, sie zu streicheln, damit sie sich beruhigte.

Britta musste fast brüllen, um gegen das Heulen der Felsspalte über ihren Köpfen anzukommen. »Cara, du hättest nicht herkommen dürfen!«

Cara schnaubte. »Du hast gut reden …«

»Ich meine es ernst. Du kannst uns hier nicht herausholen, es ist schon zu spät. Das Wasser kann uns jederzeit überspülen. Es tut mir so leid, Cara, es ist alles meine Schuld …«

»Quatsch!« Cara hätte am liebsten geheult, aber sie wusste, dass sie jetzt keine Schwäche zeigen durfte. »Wir haben nicht viel Zeit. Wir müssen weg! Es muss einen Weg geben. Ronan ist hier und wird uns helfen. Kannst du klettern? Kann Fee klettern?«

»Ich vielleicht – mit Müh und Not. Aber Fee hat sich

einen Flügel gebrochen. Wir haben schon versucht, an den Klippen hinaufzuklettern, sie hat es aber nicht geschafft.«

»Egal«, sagte Cara. »Komm jetzt, wir müssen hier heraus!«

Britta machte sich steif. »Ich gehe nicht ohne Fee!«

»Aber was nützt es, wenn ihr beide …?«

»Es ist mein Ernst, Cara.« Brittas Stimme klang brüchig, und ihre Zähne klapperten, doch ihre Entschlossenheit war nicht zu überhören. »Ich habe Fee in diese Sache hineingeritten und werde sie nicht im Stich lassen. Ich gehe nur, wenn sie mitkommen kann. Das ist mein letztes Wort.«

Cara hätte am liebsten losgeschrien. Sie konnte nicht beide retten, das war unmöglich. Fee hatte Angst vor dem Meer, sie würde den Sturm nie überleben, und mit einem gebrochenen Flügel konnte sie auch unmöglich an den Klippen hinaufklettern.

Es sei denn … sie hätte wie durch Zauberhand plötzlich ein zweites Flügelpaar zur Verfügung.

»Ich habe eine Idee«, sagte Cara. »Ronan? Kannst du mich zu Sternchen zurückbringen?«

»Ja.«

»Bin gleich zurück«, sagte Cara zu Britta und tauchte dann, ohne auf eine Antwort zu warten, unter Wasser.

Der Weg zurück ins offene Meer war schlimm, aber nicht so schlimm wie der Weg in die Höhle, weil Cara diesmal wusste, dass sie es schaffen würde. Kaum war sie wieder an der Oberfläche, als sie sich auch schon so hoch sie konnte aus dem Wasser reckte und Sternchen zu sich winkte. Der Drache stieß sofort zu ihr herab. Cara gab ihm zu verstehen, er solle landen, was er prompt tat.

Er legte die Flügel an und setzte wie ein Schwan zuerst mit den Hinterfüßen auf das aufgewühlte Wasser auf, ehe er mit den Flügeln flatterte und wie ein riesiger Hund mit den Füßen paddelte.

Ronan riss die Augen auf. »Ich wusste nicht, dass Himmelsdrachen schwimmen können. Ich dachte, sie fürchten sich vor dem Meer.«

»Sternchen nicht.« Ronan half Cara, an die Flanke ihres Drachen zu schwimmen. »Sternchen, ich brauche deinen Sattel.« Sie machte sich an den Schnallen zu schaffen. Ihre Finger waren steif vor Kälte, doch schließlich gelang es ihr, den Sattel und das Zaumzeug abzuschnallen. Sie drückte es Ronan in die Arme. »Bring diese Sachen in die Höhle!«

»Und du?«

»Ich halte mich an den Zügeln fest – du kannst mich hinter dir herziehen.«

Es klappte, abgesehen davon, dass Cara in der Höhle zu früh auftauchen wollte und sich den Kopf anschlug. Sie geriet kurz in Panik, doch Ronan war sofort bei ihr und schleppte sie zu der immer kleiner werdenden Luftblase über den Köpfen von Britta und Mondfee.

Cara ertastete den Sattel und die Zügel. Welch ein Glück, dass Mistress Hildebrand so viel Wert darauf legte, dass ihre Reitschüler einen Drachen auch mit verbundenen Augen auf- und abzäumen konnten. Cara hatte diese Übung als lächerliche Zeitverschwendung empfunden – wie oft im Leben kam es schon vor, dass ein Reiter gezwungen war, seinen Drachen in völliger Dunkelheit auf- oder abzuzäumen? Na ja, höchstens einmal vielleicht, doch wenn dieses eine Mal den Unterschied zwischen Leben und Tod ausmachte …

»Ich mache die Zügel kürzer«, erklärte sie Britta, »und lege sie doppelt, damit sie besser halten. Dann binde ich sie als eine Art Schlinge um den Sattel. Fee kann mit ihrem gebrochenen Flügel nicht fliegen, aber Sternchen kann es. Natürlich ist er nicht stark genug, um Fee hochzuheben, aber er kann ihr helfen, an den Klippen hinaufzuklettern.« Sie zog an den Gurten. »So, fertig! Jetzt hilf mir, Fee den Sattel anzulegen.«

In der Dunkelheit und in dem beständig ansteigenden Wasser war dies kein leichtes Unterfangen, aber Cara und Britta hatten schon so oft zusammen ihre Drachen aufgezäumt, dass sie auch ohne Worte wussten, was zu tun war. Cara musste mehrmals in das dunkle Wasser eintauchen, um einen Brustriemen oder den Bauchgurt unter Mondfees Leib hindurchzuführen.

Als sie endlich fertig waren, war der Zwischenraum zur Decke erschreckend geschrumpft, und das Wasser schwappte zwischen ihren einzelnen Atemzügen über sie hinweg.

»So, fertig«, keuchte Cara. »Du lässt dich jetzt von Ronan hinausbringen, während ich Mondfee …«

»Fee zuerst!«, sagte Britta mit Nachdruck.

»Wir haben keine Zeit zum Streiten! Fee wird nicht als Erste gehen. Sie wird überhaupt nicht gehen, solange du noch in der Höhle bist. Das weißt du genau.«

»Stimmt«, seufzte Britta. »Aber sobald wir im Freien sind, sagst du Sternchen, dass er sich zuerst um Fee kümmern muss. Ich werde das Wasser nicht verlassen, solange sie noch drin ist.«

»Ja, versprochen. Vertrau mir!« Gleich würde auch die letzte Luftblase über ihren Köpfen verschwinden. Cara gab Britta einen Stoß. »Auf jetzt!«

»Komm!«, sagte auch Ronan. »Hol dreimal tief Luft. Eins – zwei – drei – und los!«

Cara hörte Britta keuchen. Dann wirbelte das Wasser auf, und Fee stieß ein klägliches Wimmern aus, das sich mit den Klagelauten der Höhle vermischte. Cara nahm den Kopf des Drachen zwischen ihre Hände. »Ja, richtig – Britta ist weg. Und wir beide müssen auch weg, sofort! Komm, Fee – wir müssen Britta folgen!« Sie holte tief Luft und zog dann an dem Kopfgeschirr. Mit einem letzten jammervollen Trompeten tauchte Mondfee hinter Cara in das kalte rabenschwarze Wasser ein.

Diesmal schien es ewig zu dauern, bis Cara beim Höhlenausgang war. Sie war erschöpft und Mondfee bewegte sich schrecklich langsam – sie füllte fast den ganzen Höhlenraum aus und das Wasser schwemmte sie immer wieder an die Decke. Cara musste heftig am

Zügel ziehen und den Drachen zwingen, tiefer zu gehen, damit seine Flügel nicht an den Felswänden hängen blieben. Doch schließlich zeigte ihnen der sanfte Mondschein, dass sie die Höhle hinter sich gelassen hatten. Caras Lungen standen kurz vor dem Zerspringen, und sie ruderte mit Armen und Beinen, um an die Oberfläche zu gelangen. Mondfee tauchte gleichzeitig mit ihr auf, verzweifelt um sich schlagend und panische Schreie ausstoßend. Sobald Sternchen sie entdeckt hatte, stieß er herunter.

Sie durften keine Zeit verlieren. Jeden Augenblick konnte die nächste Welle anrollen und Cara und Mondfee gegen die zerklüfteten Felsen schleudern. Mit letzter Kraft zog sich Cara auf Mondfees Rücken. Hin- und herrutschend saß sie dann in dem glitschigen Sattel, klammerte sich an die Zügel und winkte Sternenstürmer näher.

»Hier, Sternchen! Nimm!« Sie zeigte auf die Klippen und machte mit den Händen Kletterbewegungen. »Hilf Mondfee hinauf! Hast du verstanden, Sternchen? Nimm die Zügel! Und hilf Mondfee!«

Sternchen schwebte unschlüssig über ihnen. Cara wollte schon verzweifeln. Sternchen war der klügste Drache, den sie kannte. Aber hatte er auch verstanden, was sie von ihm wollte – was er zu tun hatte?

Zu Caras großer Erleichterung schnappte Sternchen dann aber nach den Zügeln in ihren Händen. »Ja!« Cara zeigte auf die Felskuppe. »Nach oben, Sternchen! Da hinauf! Nimm Mondfee mit dir!«

So, sie hatte getan, was sie konnte. Cara ließ sich wieder ins Wasser gleiten und kämpfte sich durch die Wellen, bis sie in sicherem Abstand zu den Klippen war. Als sie den Kopf drehte, konnte sie sehen, wie Sternchen eine Welle abwartete, die Mondfee hochheben und auf die Klippen zutragen würde. Als sich die Welle unter Fee aufbäumte, nahm Sternchen all seine Kraft zusammen und schlug hektisch mit den Flügeln – und statt von der Welle an die Klippen geschleudert zu werden, landete Mondfee auf allen vieren an der Felswand. Ihre Klauen glitten über das glatte Gestein, rutschten ab, tasteten erneut nach einem Halt – und fanden ihn schließlich.

Einen Augenblick lang verharrten die beiden Drachen in dieser Position. Doch als Mondfee spürte, dass sie von Sternenstürmers kraftvollen Flügel nach oben gezogen wurde, begann sie zu klettern, weg von den tödlichen Wellen.

»Cara! Hier!«

Cara schwamm in die Richtung, aus der Ronans Stimme gekommen war. Endlich konnte sie ihn sehen. Der Meerjunge hatte alle Mühe, Brittas Kopf über Wasser zu halten. Britta hing schlaff an seiner Schulter, ihre Augen waren geschlossen.

»Britta!« Cara versuchte Ronan zu helfen, ihre bewusstlose Freundin über dem Wasser zu halten. »Wir müssen sie so schnell wie möglich aus dem Wasser bringen!«

»Das schafft nur dein Himmelsdrache!«

»Ich weiß, aber er hat noch mit Fee zu tun.« Cara blickte an den Klippen hinauf. »Auf, Fee! Schneller!« Sie stöhnte. »Sternchen kann nicht ewig fast reglos im Gleitflug verharren, und Britta braucht ihn auch!«

Leider verhallte Caras Flehen ungehört. Je höher Mondfee kam, desto langsamer wurde sie. Sie war mit ihren Kräften am Ende, ebenso wie Sternchen. Und je weniger Zugkraft er auf Mondfee ausüben konnte, desto länger brauchte sie, um sich Schritt für Schritt höher zu kämpfen. Zu guter Letzt, kurz vor dem letzten, schwierigen Abschnitt, kamen die beiden Drachen ins Stocken. Sternenstürmer war sichtlich in Nöten. Er ließ seinen Kopf hängen und seine Flügelschläge waren schwerfällig.

»Oh, nein!« Cara war am Rande der Verzweiflung. »Ihr habt es fast geschafft! Jetzt darf nichts mehr schiefgehen! Auf, Sternchen! Auf, Fee! *Weiter*!«

Sternchen unternahm einen verzweifelten Versuch, Mondfee höher zu ziehen. Das Drachenweibchen setzte ihren Fuß ein Stück höher … und rutschte ab. Mit letzter Kraft stemmte es seine Klauen an das Felsgestein und konnte somit weiteres Abrutschen verhindern. Doch das war schon alles. Mondfee schien zu keinem weiteren Schritt mehr fähig zu sein. Der Überhang erwies sich als unüberwindliches Hindernis.

Doch dann hörte Cara, trotz Sturmbrausen und Wimmern der Klagehöhle, ein weiteres Geräusch: das Trompeten vieler Drachen und das Rauschen vieler Drachenflügel. Und schon kam ein halbes Dutzend

Drachenreiter über das Meer herangeflogen und landete oben auf den Klippen. Cara konnte die Umrisse von Nachtjäger, Galens massigem Buckeldrachen, erkennen. Wony hatte es tatsächlich geschafft, nach Drachenwelt zurückzufliegen und die Wachmannschaft zu alarmieren!

Cara war zu weit weg und der Gegenwind war zu stark, um hören zu können, was Galen seiner Truppe zurief. Sie konnte nur undeutlich erkennen, wie sich mehrere Reiter an den Klippen entlang abseilten und weitere, noch dickere Taue bei sich hatten, die sie nun in aller Eile an Caras behelfsmäßiger Schlinge befestigten. Die Taue strafften sich. Da wusste Cara, dass nun oben auf der Klippe, an einer Stelle, die sie nicht sehen konnte, die Drachen der Wachmannschaft mit aller Kraft an den Tauen zogen – wie Ochsen, die einen schweren Pflug über den harten Acker ziehen mussten.

Mit vereinten Kräften wurde Mondfee zum Klippenrand gehievt, verharrte für einen Moment reglos direkt über der Kante – und verschwand gleich darauf aus Caras Blickfeld, nachdem die Retter sie in Sicherheit gebracht hatten.

Cara stieß einen triumphierenden Schrei aus und boxte mit der Faust in die Luft. Kaum wusste Sternchen Mondfee in guten Händen, ließ er die Zügel los und wendete schwerfällig. Mit ausgestreckten Klauen schoss er wieder von den Klippen herunter, um seine Herrin zu holen.

Cara gab Ronan ein Zeichen und sie hoben Britta gemeinsam hoch. »Sternchen!« Cara hatte fast keine Stimme mehr. Sie unternahm einen erneuten Versuch. »Sternchen! Britta zuerst! Britta! Sie braucht Hilfe!«

Wieder wusste Cara im ersten Moment nicht, ob Sternchen sie verstanden hatte, und ob er ihr gehorchen würde – doch dann packte er Britta behutsam an den Schultern und flog mit ihr hinauf in den nächtlichen Himmel.

Ronan stützte nun Cara, um sie vor den stürmischen Wellen zu schützen. »Alles in Ordnung mit dir?«

»Ja, Ronan! Ich weiß gar nicht, wie ich dir danken k...«

»Ein andermal! Ich muss zu Mordan zurück – er macht sich bestimmt die größten Sorgen! Komm und besuch mich – wenn der Sturm vorüber ist.«

»Wenn der Sturm vorüber ist«, wiederholte Cara benommen. »Versprochen!«

Plötzlich fühlte sie sich von Sternenstürmers Klauen gepackt. Sie spürte einen Sog, als er sie aus der Umklammerung des Meeres befreite, und kalte Luft umströmte sie. Mit einem Mal schien alle Energie, die sie die langen Stunden der Suche hatte durchhalten und allen Gefahren trotzen lassen, aus ihr herauszufließen, und sie war nur noch ein schlaffes, schwaches, erschöpftes Menschenbündel.

Behutsam setzte Sternchen sie im borstigen Gras auf der Felskuppe ab und sank dann unweit von ihr auf den Boden. Sein Brustkorb hob und senkte sich, als er keuchend Luft holte. Seine Flügel zuckten, und er hielt sie halb ausgestreckt, als wäre es zu schmerzhaft, sie ganz anzulegen. Ihr armes, tapferes Sternchen! Sie musste unbedingt zu ihm und ihn trösten.

Doch da ließ sie ein markerschütternder Jammerlaut mitten in der Bewegung innehalten. Sie drehte den Kopf und sah Mondfee über eine reglose Gestalt gekauert. Die Reiter der Wachmannschaft und ihre Drachen standen in einem Halbkreis um sie herum. Cara taumelte zu ihnen.

Britta lag auf dem Rücken, ihre nassen Haare klebten ihr im Gesicht. Mondfee winselte und stupste sie an, doch vergebens. Britta rührte sich nicht. Atmete sie überhaupt noch?

Es begann zu regnen. Nur das gespenstische Wimmern der Klagehöhle war zu hören, das anschwoll und schließlich sogar das Heulen des Windes übertönte.

22. Kapitel

Cara saß an Brittas Bett im Krankenhaus von Südlanding. Außer dem Stuhl, auf dem sie saß, gab es in dem Zimmer ein Eisenbett mit weißer Bettwäsche, so rein und glatt wie frisch gefallener Schnee, und einen Nachttisch aus Holz. Das Fenster mit den Butzenscheiben war hoch und schmal. Auf der Fensterbank stand eine Vase mit farbenfrohen Wildblumen, die Cara gepflückt und mitgebracht hatte.

Britta lag im Bett, so bleich und zart wie ein Porzellanpüppchen. Ihr Kopf war auf so viele Kissen gebettet, dass es aussah, als würde sie auf einer Wolkendecke ruhen.

Bei Caras Ankunft schlummerte Britta noch tief und fest, und Cara hatte es nicht über sich gebracht, sie zu wecken.

Jetzt aber bewegte sie sich und blinzelte Cara verschlafen an.

»Hallo«, sagte Cara verlegen.

Brittas Augen wurden groß. Sie versuchte zu lächeln und etwas zu sagen. Doch ihre Stimme versagte. Erschöpft schloss sie die Augen wieder. Dicke Tränen rollten über ihre Wangen.

Cara legte ihren Arm um Brittas Schultern, bis die Tränen versiegten.

»Es tut mir so leid«, flüsterte Britta mit schwacher Stimme.

Cara richtete sich wieder auf und schaute ihr in die Augen. »Nein, *mir* muss es leidtun. Ich hatte vergessen, was im Leben wirklich zählt.«

Leise sagte Britta: »Ich auch.«

Es kam zu einer verlegenen Pause, die meist dann eintritt, wenn zwei Menschen sich viel zu sagen haben, aber nicht wissen, wo sie anfangen sollen.

Um das Schweigen zu brechen, meinte Cara schließlich: »Oben auf den Klippen dachten wir einen Moment lang, wir hätten dich für immer verloren. Hast du immer noch so hohes Fieber? Wie fühlst du dich?«

Britta starrte sie einen Moment lang verblüfft an, dann lachte sie: »Was für eine dumme Frage!« Sie kicherte, hielt sich dann aber die Rippen. »Au, bring mich nicht zum Lachen, es tut weh. Wenn du die Wahrheit wissen willst: Ich fühle mich, wie wenn mich eine Gleitechse zum Frühstück verspeist und wieder ausgespuckt hätte.«

»Die Ärzte sagen aber, es ginge dir wieder ganz gut«, erklärte ihr Cara. »Deshalb durfte ich heute auch zu dir. Letzte Woche ließen sie niemanden zu dir, abgesehen von deinen Eltern.«

»Erinnere mich nicht daran!«, stöhnte Britta. »Ich

bin zwischendurch immer nur kurz aufgewacht. Und stets war meine Mutter am Heulen, und mein Vater hat mir mit dem Finger gedroht und gesagt, er hätte es ja gleich gewusst, dass es ein schlimmes Ende nehmen würde, wenn ich der Fischerei den Rücken kehre und mich nur noch mit Drachen abgebe! Leider war ich zu schwach, um meine Eltern darauf hinzuweisen, dass es ausgerechnet das Meer war, das mir um ein Haar zum Verhängnis geworden wäre!« Sie holte kurz Luft, ehe sie etwas kleinlaut hinzufügte: »Ich hatte noch gar keine Gelegenheit, mich bei dir zu bedanken.«

Cara schüttelte den Kopf. »Das ist nun wirklich nicht nötig.«

»Oh doch!« Britta griff nach Caras Hand. »Ich dachte wirklich, ich müsse sterben, Cara. Im Ernst! Ich und Mondfee. Und weißt du, was mir da durch den Kopf ging? Ich wünschte mir, ich hätte mich mit dir versöhnt, ehe …« Sie brachte den Rest des Satzes nicht über die Lippen.

»Mir erging es ähnlich.« Caras Kehle fühlte sich an, als steckte sie in einem Kragen, der drei Nummern zu klein war. »Die ganze Zeit, als ich nach euch suchte, dachte ich mir: ›Ich muss Britta finden, damit ich weiß, dass ihr nichts passiert ist. Und damit ich ihr sagen kann, wie leid mir alles tut …‹« Sie schüttelte den Kopf. »Ich war so schrecklich dumm!«

»Und ich erst!«, sagte Britta leise.

Cara versuchte zu lachen. »Sollen wir darüber streiten, wer von uns beiden die größere Närrin war?«

Britta lächelte verlegen, und Cara fuhr fort: »Hm, mal überlegen, was ich dir Neues erzählen kann. Mein Vater hat Sternchen und Fee auf einer Farm in Finsterwalde untergebracht.«

»Wie geht es ihnen?«, fragte Britta besorgt.

»Erstaunlich gut, nach allem, was sie durchgemacht haben«, antwortete Cara heiter. »Mein Vater hat eine Scheune gemietet«, fuhr sie fort. »Die beiden Drachen hätten es nicht bis nach Drachenwelt zurückgeschafft, und Alberich wollte sie so schnell wie möglich von den Klippen wegbringen, jetzt da der Blätterfall beginnt. Er hat jeden Tag nach ihnen gesehen und Daniel ist immer bei ihnen. Er hat in einer der Futterkrippen sein Bett aufgeschlagen und ist rund um die Uhr für sie da, reibt sie mit Salben ein, wechselt ihre Verbände und sorgt dafür, dass Mondfee regelmäßig ihre Arznei nimmt.«

Britta erschrak. »Arznei?«

»Oh, keine Bange«, versicherte Cara ihr hastig, »nur etwas gegen Husten. Vermutlich weil sie so lange im kalten Wasser war. Daniel hat alles im Griff. Er hat ein echtes Händchen für kranke Drachen – und dabei hatte ich immer gedacht, er sei zu gar nichts nütze!« Cara kicherte verlegen. »Jedenfalls heilen Fees Flügel gut und ebenso ihre Flügelmembranen. Sie ist erstaunlich zäh – genau wie ihre Reiterin!«

Britta stöhnte. »Na, ich weiß nicht. Im Moment fühle ich mich alles andere als zäh.«

»Nur keine Angst, Gerda hat mir ein paar Sachen

mitgegeben, die dich ruckzuck wieder kräftig und stark machen.« Cara ging zum Fuß des Bettes und förderte mit geheimnisvoller Miene einen großen Weidenkorb zutage, der förmlich überquoll mit Kuchen, Pasteten und Früchten aller Arten und Farben.

Britta beäugte den vollgepackten Korb. »Und wie werde ich damit wieder kräftig und stark? Indem ich ihn hochstemme?«

»Ich glaube, es reicht, wenn du alles auffutterst.«

»Was glaubt Gerda, wie lange ich hier bin? Damit bekommt man ja das halbe Krankenhaus satt.«

»Wony hat mitgeholfen, den Korb zu füllen, und darauf geachtet, dass auch genügend Kuchen dabei war. Sie lässt dich übrigens ganz herzlich grüßen.«

»Die liebe Wony.« Britta nickte. »Bist du so nett und bedankst dich in meinem Namen bei ihr? Ich habe ihr auch viel zu verdanken. Es war sehr mutig von ihr, ganz allein nach Drachenwelt zurückzufliegen, um Hilfe zu holen.«

»Das kannst du ihr persönlich sagen«, erklärte Cara. »Sie kommt dich morgen besuchen. Daniel auch, falls er sich für ein paar Stunden von seinen Patienten trennen kann …« Sie verstummte.

Britta schaute angestrengt zum Fenster hinaus und in ihren Augen schimmerten Tränen. »Wieso haben wir es so weit kommen lassen, Cara?«

Leise antwortete Cara: »Ich war so mit mir selbst beschäftigt, dass ich alle anderen vergessen habe.«

»Und ich war so schrecklich neidisch – wie ein

kleines Kind, das sieht, dass ein anderes Kind mehr Süßigkeiten bekommt. Und dann war ich auch noch so dumm, auf Hortense zu hören.«

»Ich auch«, gestand Cara geknickt. Sie nahm Brittas Hand. Nach einer Weile sagte Britta: »Ich überlege mir, ob ich Drachenwelt den Rücken kehren soll.«

»Was?« Ungläubig starrte Cara ihre Freundin an. »Warum denn das?«

»Ich weiß nicht, ob ich noch reiten soll. Nach all den Unfällen, die ich in letzter Zeit hatte …«

»Sei nicht albern!«, sagte Cara. »Du weißt, was Mistress Hildebrand immer sagt: ›Wer von seinem Drachen fällt, muss so schnell wie möglich wieder in den Sattel.‹ Sobald du wieder bei Mondfee bist, siehst du die Sache anders. Da bin ich mir ganz sicher.«

Britta schüttelte den Kopf. »Ich habe keine Angst um mich, sondern um Fee. Ich wollte ihr nichts Böses, aber ich habe sie schon so oft in Gefahr gebracht. Ich glaube nicht, dass sie mir jetzt noch vertraut. Ich wüsste nicht, warum sie das tun sollte.«

»Das ist doch Unsinn!«, rief Cara vehement. »Nach dem, was passiert ist, wird das Band des Vertrauens zwischen euch stärker sein denn je zuvor.«

Britta schüttelte den Kopf. »Außerdem habe ich einfach nicht das Zeug zu einer guten Reiterin. Deshalb wollte mich Galen auch nie in seiner Wachmannschaft haben. Und einen so wunderbaren Drachen wie Mondfee habe ich gar nicht verdient! Ich bin es nicht wert, jemals wieder einen Drachen zu reiten.«

»Pah, jetzt weiß ich, dass du im Fieberwahn redest!«, rief Cara. »Wie kannst du dir ein Leben ohne Drachen auch nur *vorstellen*? Etwas von dem Salzwasser, das du geschluckt hast, muss in dein Gehirn eingedrungen sein! Hör mal, ich habe es noch nicht erwähnt, aber Mondfee verzehrt sich nach dir – sie frisst kaum noch, und jedes Mal wenn ich zur Scheune gehe, kommt sie angestapft, um zu sehen, wer kommt. Wenn sie sieht, dass ich es bin, schleicht sie mit Jammermiene in ihren Stall zurück und bläst Trübsal.«

Britta zupfte an ihrer Bettdecke herum und schwieg. In Caras Kopf überschlugen sich die Gedanken. Wie konnte sie Britta all das in Erinnerung rufen, was Drachen ihren Reitern gaben? Allein schon wie sie sich bewegten – am Boden waren sie schwere Trampeltiere, in der Luft jedoch leichte, anmutige, kraftvolle Geschöpfe. Sie hoben ihren Reiter empor in die Freiheit des Himmels, entführten ihn aus der Langeweile des Alltags, reagierten auf die leichteste Bewegung von Hand oder Bein. Dennoch war man sich ständig der Unberechenbarkeit dieser riesigen Kreaturen bewusst. Man wusste, dass sie einen jederzeit abwerfen könnten, ein Zucken ihres großen, muskulösen Körpers würde genügen.

Und was war mit den langen Stunden, in denen man sie versorgte? Füttern, schrubben, einölen, ausmisten, nicht von ihrer Seite weichen, wenn sie krank oder pflegebedürftig waren … Und vor allem: Wie man sie liebte! Wie konnte Cara all diese Punkte zum Ausdruck bringen? Ihr fehlten die richtigen Worte und außerdem wusste Britta das alles mit Sicherheit selbst. Es musste einen anderen Grund für ihr verändertes Verhalten geben …

»Weshalb willst du weggehen? Meinetwegen?«

»Nein!« Britta schaute zur Seite. »Ich bringe es einfach nicht über mich, nach Drachenwelt zurückzukehren. Alle werden mich auslachen.«

»Unsinn! Niemand wird dich auslachen. Alle vermissen dich. Wenn ihnen nichts an dir läge, warum hätte dann der ganze Hof drei volle Tage lang bei diesem schrecklichen Wetter nach dir gesucht?«

»Ich weiß«, wimmerte Britta. »Aber wie kann ich euch das jemals wieder zurückgeben? Dir und den anderen?«

»Indem du dafür sorgst, dass es dir bald wieder gut geht«, entgegnete Cara mit fester Stimme. »Damit du wieder zu uns kommen und auf Mondfee reiten kannst.«

Britta seufzte. »Na schön, ich werde es mir noch einmal durch den Kopf gehen lassen. Auf jeden Fall werde ich alles daransetzen, dass ich bis in drei Wochen wieder gesund bin. Ich möchte schließlich zuschauen, wenn du die Inselmeisterschaft gewinnst.«

Cara schüttelte den Kopf. »Ich werde nicht teilnehmen.«

Ungläubig starrte Britta sie an. »Wie bitte?! Und warum nicht? Du bist die beste Reiterin von ganz Seehafen und Sternchen ist der beste Drache …«

»Er wird noch nicht ganz genesen sein«, sagte Cara nachsichtig. »Seine Flugmuskulatur ist völlig überdehnt wegen des Unfalls bei der Flugschau und nachdem er Fee die Klippen hinaufgezogen hat. Alberich hat mir verboten, ihn während der nächsten sechs Wochen zu reiten. Und mein Vater auch«, fügte sie hinzu.

Vor Verzweiflung rang Britta die Hände. »Oh nein, Cara! Es ist alles meine Schuld! Es tut mir ja so leid.«

»Mir nicht. Ich habe dir doch vorhin gesagt, dass ich vergessen hatte, was wirklich zählt im Leben. Als du und Fee verschollen wart, fiel es mir wieder ein. ›Freunde sind wichtiger als Rosetten.‹ Das hatte Hortense gesagt.«

Britta riss die Augen auf. »Ich hätte mir nie träumen lassen, dass du jemals mit Hortense einer Meinung sein könntest!«

»Aber sie hatte recht.« Cara lächelte geknickt. »Das Traurige daran ist, zumindest in Hortenses Fall, dass sie es zwar gesagt, aber nie begriffen hat. Ich schon.«

»Ich auch.« Britta griff nach Caras Hand und hielt sie ganz, ganz fest.

»Ähm …«

Cara und Britta zuckten zusammen und blickten zur Tür. Galen stand da. Der Hauptmann der Wachmannschaft von Drachenwelt war ein großer, stämmiger Mann. Aber er war auch ein Jäger und konnte sich deshalb irritierend lautlos bewegen. Weder Britta noch Cara hatten ihn eintreten gehört.

»Wie geht es der Patientin?«, erkundigte er sich kühl.

Britta errötete und versuchte, sich aufzusetzen, zuckte aber zusammen, als ein plötzlicher Schmerz durch ihren Arm schoss.

»Bleib ruhig liegen, Britta.« Abwehrend hielt Galen eine Hand hoch und trat auf das Bett zu. »Was macht dein Arm?«

»Ist noch verstaucht, aber nicht gebrochen«, erwiderte Britta verlegen. »Danke der Nachfrage.«

»Und von Daniel habe ich gehört, dass Mondfee auch zügig wieder gesund wird.« Galen setzte sich auf Brittas Bett, das beängstigend knackte. »Nun, du siehst aus wie ein gerupftes Moorhuhn, lass dir das gesagt sein. Aber ein bisschen Ruhe und viel gutes Essen helfen dir sicher bald wieder auf die Beine.« Er deutete auf den Korb, den Cara mitgebracht hatte. »Verhungern wirst du jedenfalls nicht.« Er räusperte sich, ehe er etwas verlegen fortfuhr: »Tja, und was die Wachmannschaft betrifft …«

»Schon gut, Galen.« Britta klang erstaunlich gefasst. »Ich habe zu viel falsch gemacht, das ist mir klar. Ich verstehe, warum Ihr mich nicht in Eurer Mannschaft haben wollt. Und ich werde Euch auch nicht mehr damit belästigen.«

»Nun ja, du musst es von meiner Warte aus sehen«, sagte Galen. »Eine Reiterin, die unbefugterweise und auf eigene Faust jagen geht und ihren Drachen dabei verletzt? Eine Reiterin, die eine erfolglose Saison hinter sich hat und dann mitten in der Arena mit einem anderen Drachen zusammenstößt? Und die anschließend drei Tage lang als vermisst gilt? Eine Reiterin, die sich kein einziges Mal für die Inselmeisterschaft qualifiziert hat?« Galen schüttelte sein grau meliertes Haupt. »Nein, eine solche Reiterin möchte ich nicht in meiner Mannschaft haben.«

Cara funkelte den alten, erfahrenen Hauptmann wütend an. Wie konnte er so gemein zu Britta sein? Britta hingegen hielt Galens Blick ungerührt stand und schwieg.

»Aber andererseits …«, fuhr Galen im gleichen, gemessenen Tonfall fort, »eine Reiterin, die drei Tage an einer abgelegenen Küste überlebt, an der es nichts zu essen gibt außer Kieselsteinen? Eine Reiterin, die sich um ihren verletzten Drachen kümmert, obwohl sie ihm nichts als Seetang und ihre Zuneigung geben kann? Eine Reiterin, die ihr eigenes Leben retten könnte, sich aber weigert, ihren Drachen im Stich zu lassen? Eine Reiterin, die ihren Ängsten nicht nachgibt, und das, obwohl sie zweimal am Tag vom Tod durch Ertrinken bedroht ist und alles verloren scheint? Eine Reiterin, die darauf besteht, dass ihr Drache noch vor ihr gerettet wird – und dann noch zufällig eine Reiterin, von der Mistress Hildebrand sagt, sie sei eine der Besten, die sie jemals ausgebildet hat …? Nun, genau so eine Reiterin brauche ich in meiner Wachmannschaft!«

Galen erhob sich. »Alberich sagt, dass Mondfee vermutlich bis Ende des Blätterfalls wieder ganz genesen sein wird. Also sieh zu, dass du bis dahin auch bereit bist. Lieg nicht länger als nötig hier herum! Ich erwarte dich dann im Morgengrauen des ersten Tages im Nebelmond zum Training. Na, was sagst du zu meinem Angebot?«

Britta beugte sich vor und vergrub ihr Gesicht in der Bettdecke. Ihre Schultern bebten.

Eine strahlende Cara wandte sich an Galen. »Ich glaube, sie sagt ›Ja‹.«

23. Kapitel

Die letzten Tage des Blätterfalls waren kühl und klar – geradezu perfekt für einen Ausritt. Doch Britta und Cara konnten es leider nicht ausnutzen. Brittas Genesung verlief eher schleppend. Sie durfte noch nicht fliegen und ohne Britta wollte auch Cara nicht fliegen.

Doch dann endlich, nach einer ernsthaften Diskussion, hatten Alberich, Gerda, Huw und Mistress Hildebrand übereinstimmend erklärt, dass Britta wieder flugfähig sei. Und so kam es, dass Cara und Britta eines schönen Morgens ihre nunmehr vollständig genesenen Drachen aufzäumten, um gemeinsam mit Wony und Pummel zur Bucht der Meerleute zu fliegen. Selbst Daniel hatte sich überreden lassen, die Mädchen zu begleiten – seine Neugier auf Ronan erwies sich als stärker als seine Flugangst. Trotzdem klammerte er sich den ganzen Flug über ängstlich an Cara, wimmerte vor sich hin und hielt die Augen eisern geschlossen.

Sie flogen über dunkle Hügel und karge Moorlandschaften, glitten über einen Wald aus Eichen und Buchen, die der Wind vor ihren Augen entlaubte. Spiralförmig wirbelten die von den Ästen gerissenen Blätter kurz hinter ihnen her, ehe sie als braungoldener Schauer zur Erde sanken. Wenig später kam das graue Meer in Sicht und sie flogen auf die Bucht der Meerleute zu.

Auf Caras Befehl hin schlug Sternchen mit seinem Schwanz auf die Wellen, um Ronan herbeizurufen. Gespannt standen die Freunde gemeinsam auf einem Felsen, beobachteten die friedlich ans Land rollenden Wellen und warteten.

Cara blickte an den Horizont, zum blauen Himmel mit den vereinzelten Wolkenfetzen, auf das ruhige, blaugraue Meer. »Seit damals in der Wirbelbucht ist eine Menge passiert«, sagte sie.

Britta hatte es aufgegeben, Mondfee näher ans Ufer lotsen zu wollen, und deshalb kam sie nun allein zu Cara und stellte sich neben sie. »So viel nun auch nicht«, sagte sie ironisch. »Oder, Feechen?« Der Drache schnaubte, nickte mit seinem dicken Kopf und wich noch einen Schritt weiter zurück.

In einiger Entfernung zur Küste tauchten die gehörnten Köpfe einer Seebockherde auf. In ihrer Mitte spritzte plötzlich eine Gischtfontäne hoch und Mordan vollführte einen eleganten Sprung aus dem Wasser. Cara strahlte, als sie den Seedrachen wiedersah, während Britta und Daniel nach Luft schnappten und Wony einen verwunderten Schrei ausstieß.

Am höchsten Punkt von Mordans Bogen sprang Ronan von seinem Rücken und tauchte geschmeidig wieder ins Wasser. Mordan schwamm zu den Seeböcken zurück, während Ronan nur eine Drachenlänge von den Felsen entfernt wieder auftauchte.

»Ronan!«, rief Cara voller Freude darüber, dass er so schnell auf Sternchens Signal reagiert hatte.

»Cara!« Auch der Meerjunge war sichtlich erfreut, seine Menschenfreundin wiederzusehen. »Ich dachte schon, du kommst nie mehr.«

»Tut mir leid.« Cara streckte eine Hand aus, um Ronan auf den Felsen zu ziehen. »Sternchen durfte eine Zeit lang nicht fliegen, danach konnte Britta nicht. Und sie wollte unbedingt mitkommen, um sich persönlich bei dir zu bedanken.«

Britta starrte den Meerjungen mit unverhohlenem Staunen an. »Das stimmt«, sagte sie schließlich. »Beim letzten Mal hatten wir nicht viel Zeit.«

»Ich freue mich, dass ich dir helfen konnte«, sagte Ronan, »aber es tut mir natürlich leid, dass ich dich damals mit meinem Auftauchen so überrascht habe.«

»Überrascht?« Britta musste lachen. »Ich bin vor Schreck fast gestorben!«

Ronan war bestürzt. »Ich bedauere, dass ich dir zusätzlichen Kummer bereitet habe.«

»Ach, Unsinn«, versicherte ihm Britta in herzlichem Ton. »Ohne dich wäre ich gar nicht mehr hier, und Fee auch nicht. Ganz herzlichen Dank.« Sie streckte die Hand aus und Ronan schüttelte sie.

»Das ist Daniel«, sagte Cara, als ihr die guten Manieren wieder einfielen. Sie zog ihren verdutzten Freund nach vorn. »Und Wony hast du ja bereits getroffen. Sie hat die Wachmannschaft geholt, die Britta und Mondfee letztendlich gerettet hat.«

Feierlich schüttelte Ronan beiden die Hand. »Ich bin froh, dass du rechtzeitig Hilfe holen konntest«, sagte er zu Wony. »Es war sehr mutig von dir, durch einen solchen Sturm zu fliegen.«

Bei diesem Kompliment lief Wony hochrot an. Sie stammelte gerade: »Na ja, eigentlich war es ja Pummel, der …«, als sich eine Formation von vier Drachen über die Klippen näherte und auf die Bucht und Ronans Seebockherde zuhielt. An der Farbe ihrer Reitkleidung konnte Cara sie sofort erkennen. Wütend ballte sie die Fäuste.

»Hortense!«, schnaubte sie. »Hat sie es etwa gewagt, wieder herzukommen?«

Ronan nickte. »Schon mehrmals, seit du das letzte Mal hier warst.«

»Na, der werden wir es zeigen! Britta, Wony, kommt schnell!« Cara rannte zu Sternchen. Innerhalb von Sekunden waren die drei Mädchen mit ihren Drachen in der Luft.

Die Konfrontation mit Hortenses Freundinnen dauerte nicht lange. Ihre Drachen erinnerten sich offenbar noch lebhaft an ihre letzte Begegnung mit dem Goldstirndrachen, und sie wichen ängstlich vor Sternenstürmer zurück. Nur die wütenden Schreie und hektischen Peitschenschläge ihrer Reiterinnen konnten sie davon abhalten, Hals über Kopf das Weite zu suchen.

Cara gab Ernestina und Hortense per Handzeichen zu verstehen, sich auf dem Boden zu treffen. Mit einem süffisanten Grinsen, bei dessen Anblick Caras Finger juckten, signalisierte Hortense ihr Einverständnis und flog vor ihren Freundinnen her auf den Felsen zu, auf dem Daniel und Ronan warteten.

Dort angekommen, musterte Hortense ihre Gegner mit einem abschätzigen Blick, während sie Ronan demonstrativ ignorierte. Mit gelangweilter Stimme sagte sie dann auf ihre hochnäsige Art: »Cara, die Sache wird mir allmählich zu blöd. Willst du uns schon wieder den Spaß verderben?«

»Spaß?« Cara war empört. Ronan schlug wütend mit seiner Schwanzflosse aufs Wasser.

»Wir wollen doch nur ein paar wilde Tiere jagen und du kommst uns schon wieder in die Quere. Wart's ab! Das sag ich meinem Vater.«

»Dein Vater ist mir egal. Und die Tiere gehören Ronan.«

»Ach ja? Was du nicht sagst!«, fauchte Hortense sarkastisch. »Haben sie ein Brandzeichen? Gibt es eine Besitzurkunde? Oder eine Rechnung, die besagt, wo sie gekauft wurden?«

Cara blieb stumm.

»Aha, dachte ich's mir.« Mit einem triumphierenden, höhnischen Grinsen wandte sich Hortense an ihre Getreuen. »Erzählt ihr, was mein Vater über das Jagen gesagt hat!«

»Lord Torin sagt, dass alle Tiere des Meeres gejagt werden dürfen«, sagte Anhängerin Nummer eins.

»Richtig«, bestätigte Anhängerin Nummer zwei, »weil sie wild sind und niemandem gehören.«

Hortense funkelte Cara angriffslustig an. »Mein Vater macht hier die Regeln. Er sagt, dass man die Ziegenfische jagen darf. Sie gehören niemandem und …«

»Sie gehören mir!«, rief Ronan empört.

»Oh, die Kreatur kann sprechen!« Hortense beäugte den Meerjungen mit spöttisch hochgezogenen Augenbrauen. »So sieht er also aus, Caras fischschwänziger Liebhaber.«

»Er hat einen Namen.« Mit geballten Fäusten machte Cara einen Schritt auf Hortense zu. »Und er ist nicht mein Liebhaber!« Unvermittelt blieb sie stehen und verstummte. Dann warf sie den Kopf in den Nacken und lachte schallend. »Oh, Hortense, du bist wirklich unschlagbar!«

Hortense beäugte sie argwöhnisch. »Wie bitte?«

»Nun, die Art, wie du wühlst und gräbst, um dich bei deinen Mitmenschen unter die Haut bis auf ihre Nerven durchzugraben. Eine besondere Gabe, nehme ich an. Ich bin nur froh, dass ich sie *nicht* habe. Das Problem ist nämlich, dass es nur einmal klappt.« Cara zog Britta zu sich und sie standen Arm in Arm da. »Du hast uns gegeneinander aufgehetzt, aber das schaffst du jetzt nicht mehr. Richtig, Britta?«

Britta nickte grimmig. »Richtig!«

»Das gilt auch für mich«, sagte Wony beherzt. Auch Daniel nickte. »Du verschwendest hier deine Zeit, Hortense«, sagte Cara mit fester Stimme. »Niemand von uns interessiert sich für dein Geschwätz … nie wieder.«

Hortenses Gesicht lief vor Zorn hochrot an. »Glaubst du etwa, dass es mich auch nur im Geringsten interessieren könnte, was du denkst, tust oder sagst? Ich bin die Tochter des Hohen Lords!« Sie richtete die Spitze ihrer Reitpeitsche auf Cara. »Du hältst dich für so klug, dich und deinen Oh-was-für-ein-wunderbarer-Drachen.« Sternenstürmer stieß einen trotzigen Schrei aus und erhob sich in die Luft.

»Ja, gut so«, kreischte Hortense triumphierend. »Flieg fort, du überdimensionale Gleitechse! Und was den Rest von euch betrifft … ihr seid nur Pöbel, jämmerliche Waschlappen.« Hortense hatte sich so sehr in ihre Wut hineingesteigert, dass sie gar nicht bemerkte, dass sich ihr von hinten ein dunkler Schatten näherte, der zunehmend größer wurde. Sie deutete der Reihe nach auf Daniel, Britta und Wony. »Du – *du* bist nur ein kleiner Emporkömmling, ein ehemaliger Schweinehirt, *du* eine gescheiterte Möchtegern-Reiterin und *du* eine kleine dumme Anfängerin. Allesamt Hohlköpfe und Versager, ihr alle …« Ein kraftvolles Flügelrauschen direkt hinter ihr in der Luft übertönte ihre Worte. Sie blickte sich um und stieß einen schrillen Schrei aus, als sich Sternenstürmer mit ausgefahrenen Krallen auf sie stürzte.

»Nein, Sternchen!«, rief Cara.

Doch ihr Drache ignorierte ihren Befehl. Er packte Hortense an den Schultern und hob sie vom Boden. Hortense kreischte wie am Spieß. »Lass mich sofort wieder runter!«

Doch Sternenstürmer dachte nicht daran! Mit eleganten Flügelschlägen schwebte er mit seiner zappelnden Beute aufs offene Meer hinaus.

»Was hat er vor?«, zischte Britta.

»Wenn ich das wüsste!« Cara schlug das Herz bis zum Halse. Was führte Sternchen im Schilde? Hatte er sich daran erinnert, wie er Hortense letztes Jahr in den Drachensee hatte fallen lassen? Hatte er eine Art Plan? Bei Sternchen konnte man nie wissen …

Hortenses Gefolgschaft brach in Wehklagen aus. Ernestina beobachtete das Ganze mit kühler Gelassenheit. Sternenstürmer wendete und flog tiefer. Hortenses Füße streiften das Wasser und ließen zwei Wasserfontänen aufspritzen. Daniel grinste.

Unweit der Küste ließ Sternchen seine Beute los und Hortense plumpste ins Wasser – mitten hinein in die Seebockherde.

»Er hat sie fallen lassen!« Wony blinzelte. »Was soll das?«

Als die Seeböcke neugierig auf die wild um sich schlagende Hortense zuschwammen, war Wonys Frage beantwortet.

»Ich glaube, sie wollen nur ein bisschen spielen«, sagte Daniel grinsend.

Ronan warf Cara einen besorgten Blick zu. »Soll ich sie zurückrufen?«

Caras Lächeln hätte selbst einen Haifisch das Fürchten gelehrt. »Ach, hat keine Eile«, sagte sie leichthin.

Die Seeböcke wurden zunehmend dreister. Einer nach dem anderen wagte sich vor und stupste die zappelnde Hortense mit seinen harten, kleinen Hörnern an. Cara wusste, was diese Hörner vermochten – sie hatte schließlich selbst einmal mit ihnen Bekanntschaft gemacht, als sie einen von Ronans Seeböcken aus dem kleinen Felsentümpel hatte retten wollen. Im offenen Meer konnten die kleinen Hörner sicher noch härter zustoßen …

Nach Hortenses Geschrei zu schließen, war es auch so. »Autsch!«, kreischte sie. »Aua! Au! Lockt sie von mir fort! Ruft sie zurück!«

Ihre Schreie wurden zunehmend lauter, als sich immer mehr Seeböcke dem fröhlichen Treiben anschlossen. Einer griff Hortense unter Wasser an und warf sie eine viertel Drachenlänge hoch in die Luft. Als sie wieder herunterfiel, rückte ihr die Herde noch dichter auf den Leib, und Hortense wurde erbarmungslos durch die Luft geschleudert, von einem Kopf zum nächsten – es sah so aus, als spielten ein paar Stallburschen Fangen und Werfen mit einer Schweineblase …

Ihre beiden getreuen Anhängerinnen rutschten vom Rücken ihrer Drachen und warfen Kieselsteine und

Seetang nach den Seeböcken, die allerdings viel zu weit weg waren, als dass es etwas genützt hätte. »Lasst sie in Ruhe!«, riefen sie dabei. »Verschwindet, ihr scheußlichen Viecher!«

Ernestina dagegen blieb im Sattel sitzen. Cara glaubte, den Anflug eines Grinsens auf ihrem Gesicht zu entdecken, als sie sah, wie die Tochter des Hohen Lords wie eine Flickenpuppe herumgeworfen wurde.

Hortenses schrille Schreie wurden lauter und regelmäßiger. »Tut etwas!«, kreischte sie, verstummte aber augenblicklich, als einer der Seeböcke sie nun in den Bauch stieß.

Ronan wandte sich an Cara und Britta. »Was immer sie in der Vergangenheit auch getan hat – ich möchte nicht, dass ihr ein Leid geschieht.«

»Warte!«, sagte Cara. »Ich habe eine Idee.« Sie ging bis zum Wasser und legte die Hände an den Mund. »Hast du gesagt, wir sollen sie zurückrufen?«

»Ja, natürlich, ich … Arrrghhhh!« Hortenses Kopf verschwand wieder einmal kurzfristig unter Wasser. Als sie wieder auftauchte, rief sie: »Sag dem Fischjungen, er soll sie zurückrufen!«

»Wie könnte er das tun, da sie doch wild lebende Tiere sind?«

»Ich weiß nicht! Ist mir auch egal! Sag ihm einfach, er soll sie mir vom Leib schaffen!«

»Er kann sie nicht zurückrufen, wenn sie wild sind. Aber …« Cara tat so, als wäre ihr diese Idee erst jetzt gekommen. »… mal angenommen, er ruft sie zurück und sie gehorchen ihm – würde das nicht beweisen, dass sie ihm gehören?«

»Oh, du …« Hortense heulte auf, als ein weiteres Paar Seebockhörner sein Ziel traf.

»Ja oder nein?«

»Ja, ja«, schrie Hortense. »Wie du willst!«

»Und wenn sie Ronan gehören, können es keine wilden Tiere sein, richtig?«

»Ja! Autsch! Ja, ja, ich gebe es zu.«

»Und versprichst du auch, dass du und deine Freundinnen sie nie wieder jagt?«

»Ja, ja, ich verspreche es! Aber jetzt erlöst mich endlich von ihnen!«

Cara nickte Ronan zu. »Du kannst sie zurückrufen!«

Ronan klatschte mit seinem Schwanz in einem ganz bestimmten Rhythmus aufs Wasser. Da tauchte Mordans Kopf auf und er schwamm auf die Seeböcke zu, die ihren Angriff sofort einstellten und ruhig und brav unter den Wellen verschwanden. Ronan glitt vom Felsen und schwamm Hortense entgegen.

Sie weinte vor Wut, schien allerdings relativ unverletzt. Die Seeböcke waren sanfter mit ihr umgegangen, als ihre Schreie es hätten vermuten lassen – oder als sie es verdient hätte, wie Cara fand.

Mit etlichen blauen Flecken, Seetang in den Haaren und tropfnass schleppte sich Hortense zu ihren Freundinnen, die ihr besorgt die Hände entgegenstreckten. Daniel, Wony, Cara und Britta schauten nur zu und lachten sich ins Fäustchen.

Sobald Hortense wieder sicheren Boden unter den Füßen hatte, schüttelte sie ihre aufgeregt piepsenden Anhängerinnen ab und wandte sich empört an Cara und ihre Freunde. »Das war ein vorsätzlicher Versuch, mich zu ertränken! Wartet ab, was mein Vater sagt, wenn er davon erfährt!«

»Erzähl es ihm ruhig, Hortense«, teilte Britta ihr unbekümmert mit. »Und wenn du schon dabei bist, denk daran, dass du ihm auch von deinem Versprechen erzählst!«

»Das letzte Wörtchen ist noch nicht gesprochen! Das werdet ihr mir büßen!«

Wutschnaubend und schluchzend zugleich stieg Hortense in ihren Sattel und ließ die Peitsche durch die Luft sausen. Ihr verdutzter Drache hob umgehend ab. Mit kläglichen »So warte doch auf uns!«-Rufen folgten ihr zwei ihrer Anhängerinnen.

Hortense kreiste in der Luft und wartete darauf, dass auch Ernestina ihr folgen würde. Als diese jedoch keine Anstalten machte, wendete Hortense ihren Drachen und flog in Richtung der väterlichen Burg davon.

Erst dann wandte sich Ernestina an Cara. »Ich möchte mich bei dir entschuldigen.«

Cara fiel aus allen Wolken. »Du? Warum?«

»Als Hortense dich neulich mit dieser List dazu gebracht hat, bei der Flugschau auf Klöppelkrall so schlecht zu fliegen, tat sie das nur, damit ich gewinnen konnte.«

Britta trat empört einen Schritt vor, doch Cara gab ihr zu verstehen, sich zurückzuhalten.

»Ich wusste nichts davon«, fuhr Ernestina fort, »sonst hätte ich sie natürlich davon abgehalten. Trotzdem habe ich ein schlechtes Gewissen.«

Britta konnte sich nicht länger beherrschen. »Für Reue ist es zu spät«, fauchte sie. »Dein schlechtes Gewissen hat dich jedenfalls nicht davon abgehalten, weiterzumachen und auch die Juniorenmeisterschaft zu gewinnen.«

»Und du hättest sicher nicht gewonnen, wenn Cara mitgeflogen wäre«, mischte sich nun auch Wony ein. Daniel nickte zustimmend.

Ernestina zuckte mit den Schultern. »Um das herauszufinden, müssen wir bis zur nächsten Saison warten, nicht wahr?« Sie wandte sich wieder an Cara. »Eines jedoch kann ich dir versichern: Ich werde dafür sorgen, dass sich Hortenses Versprechen auf Klöppelkrall herumspricht. Das Jagen von Seeböcken wird eingestellt werden, da kannst du unbesorgt sein.«

Cara nickte. »Gut, dann sehen wir uns bei der Flugschau in der nächsten Saison.«

»Ich freue mich schon darauf!« Ernestina tippte sich grüßend an ihren Reithelm.

»Ernestina, warte!« Cara griff nach Ernestinas Steigbügel. »Du und Hortense – wie schaffst du es nur, sie zu ertragen?«

Betont unbekümmert antwortete Ernestina: »Nicht alle von uns sind in der glücklichen Lage, einen Vater zu haben, der ein Hoher Lord ist … oder aber ein Drachenmeister.«

Sie zupfte an den Zügeln. Sturmvogel schoss zum Himmel hinauf und schlug die Richtung von Gut Klöppelkrall ein, ohne dass seine Reiterin ahnte, dass sie auf dem Boden ein verblüfftes Schweigen zurückgelassen hatte.

Nach einer Weile wandte Cara den Kopf nach Westen. Die Sonne stand bereits tief am Horizont. Cara schüttelte sich. »Wir sollten langsam zurückfliegen.«

»Noch nicht.« Britta reichte Ronan ihre Hand, die dieser überrascht ergriff. Sie machte Cara ein Zeichen, Ronans andere Hand zu nehmen. Zusammen mit Wony und Daniel bildeten sie dann einen Kreis.

Britta setzte zu dem uralten bresalischen Freundschaftsschwur an:

Der Friede der dahinplätschernden Wellen,
der Friede der dich umströmenden Luft,
sei dir gegeben.

Nun stimmten auch die anderen ein und ihre feierlichen, fröhlichen Worte übertönten das Rauschen der Wellen.

Freunde wollen wir sein für alle Zeiten,
Freunde für immer, uns allzeit begleiten.
Freunde für heute und Freunde auch morgen,
Freunde, die stets füreinander sorgen.

Draußen in der Bucht planschte Sternenstürmer zwischen den übermütigen Seeböcken herum, die fröhlich »Fangt-den-Drachenschwanz« spielten. Mordan kam vorsichtig näher geschwommen. Der Himmelsdrache und der Seedrache beäugten sich eine Weile, ehe sie ihre langen Hälse vorstreckten und schließlich die Schnauzen aneinander rieben.

Cara lächelte. Neid und Argwohn waren zweifellos starke Gefühle. Sie konnten Menschen auseinanderreißen. Güte und Toleranz waren jedoch immer noch stärker. Und dauerhafter. Sie trotzten jedem Sturm.

Nicht zuletzt deshalb konnten Feuer und Wasser schließlich doch Freunde sein!

DRACHENSTAMMBUCH

Schriftstück zur Identifizierung eines Dunkelaugendrachen

Aufgezeichnet im Auftrag der Drachenzuchtbehörde von Bresal mit Sitz im Haus der Drachen in Südlanding, Bresal

NAME DES DRACHEN:
Mondfee

GATTUNG:
Dunkelauge

Name des Drachen: *Mondfee*
Farbe: *Mittleres Blaugrün, Unterseite: Taubenblau*
Geschlecht: *weiblich*
Anmerkungen: *Vorstehende Augenwülste aus Horn.*
Dunkler Wirbel im Bereich der mittleren Brustschuppen.
Weiße Tupfen am linken Hinterfuß oberhalb des Knies.
Erst neulich zugezogene Narben an den Flügelmembranen rechts und links.

DUNKELAUGENDRACHEN

Dunkelaugendrachen gehören nach Meinung vieler zu den anmutigsten Schaudrachen, welche Kraft mit Schnelligkeit und Wendigkeit verbinden. Der Dunkelaugendrache gilt als robust, ist jedoch anfällig für kleinere Beschwerden, besonders für Erkrankungen der Atemwege.

Aufgrund ihrer Veranlagung ist zu bedenken, dass das Band des Vertrauens zu dieser Drachengattung mit besonderer Sorgfalt aufgebaut werden muss. Ist dieses Band jedoch erst einmal geknüpft, wird der Reiter seine Beziehung zu einem Dunkelauge als bereichernd empfinden, und die lebenslange Zuneigung des Drachen ist ihm gewiss.

Dunkelaugen zeichnen sich durch charakteristische dunkle Flecken am Kopf direkt unterhalb der Augen aus, die vermutlich dazu dienen, allzu grelles Sonnenlicht abzulenken. Ihre Fähigkeit, nachts zu sehen, ist bemerkenswert gut.

Name des Drachen: *Mondfee*

Besitzer: *Huw von Drachenwelt*

Geburt: *Im Maienmonat 953, Jahr des Treueabkommens*

Brutstätte: *Insel Seehafen*

Gestüt: *Drachenwelt*

Geschlecht: *weiblich*

Vater: *Mulgor*

Mutter: *Sommerwind*

Großvater: *Nebelbrecher*

Großmutter: *Sternenflügel*

Zusätzliche Anmerkungen:
Kleinstes Exemplar der Brut

Tag der Untersuchung:
Elfter Tag im Maienmonat des Jahres 953

Unterschrift des untersuchenden Drachenmedikus:

Alberich

DIE RICHTIGE DRACHENPFLEGE

Auszug aus dem offiziellen Handbuch der bresalischen Drachengesellschaft

Autorisierter Nachdruck

2. KAPITEL

Der Umgang mit einem Drachen

Genau wie bei den Menschen gibt es auch bei Drachen große Unterschiede: Ein jeder hat seine eigene Persönlichkeit und muss dementsprechend anders behandelt werden.

Zum erfolgreichen Aufbau eines Bands des Vertrauens sollte jede/r Drachenreiter/in seinen/ihren Drachen aufmerksam beobachten und verständnisvoll und einfühlsam auf ihn eingehen. Indem er/sie viel Zeit mit dem Tier verbringt, lernt der/die Drachenreiter/in die Persönlichkeit seines/ihres Drachen kennen, während der Drache seinerseits seine/n Reiter/in besser kennenlernt.

Die richtige Pflege

Das Putzen ist ein wichtiger Baustein für das Band des Vertrauens. Der Körperkontakt bei der täglichen Drachenpflege trägt dazu bei, eine innige Beziehung zwischen Mensch und Tier aufzubauen.

Das Putzen sollte tunlichst vor und nach jedem Ausritt vorgenommen werden. Hierbei sollte man besondere Sorgfalt walten lassen.

Das richtige Putzen

Alle notwendigen Utensilien sollten der Einfachheit halber stets zusammen aufbewahrt werden.

Man nähert sich dem Drachen, indem man leise auf ihn einredet. Andernfalls könnte er erschrecken und versehentlich Feuer speien!

Vom Kopf her beginnend, wäscht man mit einem Tuch und Seifenwasser allen Schmutz und Staub ab.

Mit einem Schuppenkratzer werden danach alle zwischen den Schuppen verbliebenen Schmutzspuren entfernt. Um sicherzugehen, dass man auch gründliche Arbeit geleistet hat, sollte man anschließend mit den Fingerspitzen die Schuppenzwischenräume abtasten.

Nun wird der Körper des Drachen mit einer Pufferbürste poliert. Für ganz junge Drachen ist es ratsam, eine weiche Bürste mit wenigen Borsten zu verwenden, weil ihre Schuppen noch nicht so hart wie jene der älteren Tiere sind.

Behutsam bürstet man damit den gesamten Drachenleib ab, wobei darauf zu achten ist, an empfindlichen Körperstellen weniger Druck auszuüben.

Mit dem Klauenschaber werden alle zwischen den Klauen haftenden Schmutzpartikel entfernt.

Danach poliert man die Schuppen mit einem trockenen Tuch und Schuppenpolitur. Das wird anschließend auch an den Flügelmembranen durchgeführt, wobei darauf zu achten ist, dass der Drache ausreichend Platz hat, um seine Flügel – und somit auch die Membranen – ausbreiten zu können. Mit dem speziellen Flügelmembranöl und einem trockenen, sauberen Lappen werden die Flügelmembranen des Drachen, ausgehend vom vorderen Ende des Flügels, in ihrer ganzen Länge eingeölt.

Zum Schluss werden die Klauen mit Klauenwachs eingerieben und so lange mit einem Mulltuch poliert, bis sie glänzen.

Pflegeutensilien

»Doktor Gallapfels berühmte Schuppenpolitur«

Schuppenkratzer – für die perfekte Reinigung der Schuppenzwischenräume

Pufferbürsten mit unterschiedlicher Borstendichte – zum Polieren der Schuppen

Lappen – zum Abreiben

Schuppenraspel – zum Abfeilen von Wucherungen auf den Schuppen

Klauenschaber – zur gründlichen Reinigung der Klauen

Klauenschneider – zum regelmäßigen Stutzen der Klauen

Zahnfeile – dient dem Erhalt der Zähne des Drachen und folglich seiner Fähigkeit, Feuer zu speien

Klauenwachs – zum Einreiben und Polieren der Klauen

Flügelmembranöl – zur Feuchtigkeitspflege der Flügelmembranen

Salamanda Drake

Sternenstürmer – Alles für einen Drachen!

288 Seiten ISBN 978-3-570-22043-6

Cara wünscht sich nichts sehnlicher, als endlich auf einem Drachen reiten zu dürfen, schließlich ist ihr Vater der Drachenmeister von Bresal. Doch seit dem Unfall von Caras Mutter, will dieser nichts davon wissen. Gemeinsam mit ihrem Lieblingsdrachen Sternenstürmer unternimmt sie heimliche Ausritte. Als Sternenstürmer dann an die gemeine Tochter des Grafen verkauft werden soll, hält Cara es nicht aus. Für ihren Drachen würde sie alles tun ...

George R. R. Martin
Adara und der Eisdrache

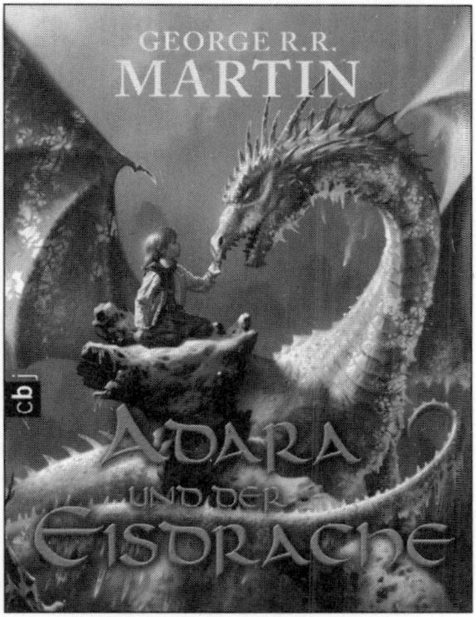

120 Seiten   ISBN 978-3-570-22045-0

Adara ist ein Winterkind, geboren in der eisigsten Nacht seit Menschen Gedenken. Und Adara ist anders: Sie liebt die Kälte, das Eis, die Stille. Ihr einziger Freund ist ein kristallblauer Drache, der sie winters besucht. Als eines Tages feindliche Drachenkämpfer Adaras Heimat bedrohen, ist es die Freundschaft zwischen Winterkind und Eisdrachen, die das Leben ihrer Familie rettet ...

5445

cbj

www.cbj-verlag.de

Holly Black / Tony DiTerlizzi

Die Spiderwick Geheimnisse

Tony DiTerlizzi & Holly Black

Jared und seine Geschwister Simon und Mallory haben in dem alten Haus, das sie seit Kurzem bewohnen, eine unglaubliche Entdeckung gemacht: Arthur Spiderwicks Handbuch der magischen Geschöpfe! Plötzlich eröffnet sich den Dreien eine Welt voller Magie und Fabelwesen – doch aufgepasst! Nicht alle sind ihnen freundlich gesinnt ...

Eine unglaubliche Entdeckung
ISBN 978-3-570-12863-3

Gefährliche Suche
ISBN 978-3-570-12864-0

Im Bann der Elfen
ISBN 978-3-570-12920-3

Der eiserne Baum
ISBN 978-3-570-12921-0

Die Rache der Kobolde
ISBN 978-3-570-12922-7

Das Lied der Nixe
ISBN 978-3-570-13211-1

Die Rückkehr der Riesen
ISBN 978-3-570-13212-8

5389/7

cbj

www.cbj-verlag.de